一

自从两个月前遇见乔伊·莫兰德后，凯瑟琳的时间似乎变得不够用了，收入也随之减少；但是今天为等两位大学同学共进午餐，她却站在临海的常春藤饭店外面的人行道上浪费了将近20分钟的时间。凯特琳·雷恩斯和梅根·斯泰尔斯是一块儿来的，开着凯特琳的奔驰车。凯瑟琳认为这并不是一款真正的奔驰，车身不比本田汽车大，只是带有奔驰标志：直径约5英寸的铬合金圆环内有一个三叉戟。

看到她俩一起过来，凯瑟琳的心情变得很糟糕。她是独自开车从西米谷市赶来的，而她俩却结伴而来，这意味着她俩已经先于她共度了一段时间，分享了一些信息，之后在回去的路上还有机会议论她，或者在和她分别后继续一起消磨掉这个下午剩余的时光。

有些人会出于喜欢或欣赏对方的优秀品质而成为朋友，她们却不是。她们三个曾经都是魅力十足的女孩——其中两位很“火辣”，这是那时候她们校园里流行的黑话。凯特琳是一个苏格兰－爱尔兰裔姑娘，有着乌黑闪亮的秀发、蓝色的眼眸、丰满的乳房和天真无邪的笑容。梅根则是位身材高挑的金发女郎，天生丽质，因此她俩曾经都是红得发紫的尤物。但凯瑟琳不属于这类女孩，她的头发是金红色的，容貌秀丽但并不光彩照人，眼眸淡褐，而非蓝色。她们在高中时都学习了参加高考的必修课程，以优异成绩顺利通过了大学入学考试，获得了大学入学资格。

在加州大学洛杉矶分校，她们学习的是一些名称十分响亮的专业，这些专业既高深艰涩，又有教化意义，但并不是为未来拥有谋生之能开设的。她们在新生宿舍里相识，然后一起被选中在一个女生联谊会上宣誓，这个团体里全是拥有相似抱负和局限性的年轻姑娘。她们的友谊取决于当时的情境，即她们各自在那个地方注定扮演的角色，此后的三年多里，她们是相互竞争的对手。

竞争是不可避免的。只要你进了一所大学的某个专业，就会有一个平均成绩点数，不管你想不想要它。拒绝泄露你的分数就等于承认它比别人的低。当你参加派对或大学里的社交活动时，你会一眼看出谁最受异性青睐，谁是第二选择，谁只能留给那些个子最矮或身材过胖的男生。这种原始形态的残酷竞争真是令人痛苦。男人单纯依据女人的床上潜力进行选择。尽管他们并不清楚自己在做什么，但他们选择时的态度绝对真诚。一般来说，等到男生要靠近女生的时候，他们往往是喝多了。他们甄别不出细微差异，他们四处寻找，跟着感觉走，要么要，要么不要。

在这场竞争中，凯瑟琳屈指可数的几次胜利归因于一种不同寻常的特殊机遇。梅根·斯泰尔斯，那位身材高挑的金发女郎，实际净身高超过 6 英尺，这样的女生令很多个头偏矮，甚至中等身高的男生望而却步。她是一枚光彩夺目的“金质奖牌”，只有具备足够自信心的男生才相信自己能够让她产生兴趣。因此在有些晚会上她只能无聊地站着，目光偷偷越过那些“不太合格的追求者”的头顶，期盼着某个身高合适的男生出现在视野里。

凯特琳同样也有孤独的夜晚。她有一副大嗓门和更加高亢的笑声，因此有几次，每当有男士正要被她那乌黑的头发、白皙的皮肤和诱人的身材吸引过去时，他们却因为耳朵受不了那种噪音而中途撤退。

一般来说，在这场竞争中，凯瑟琳在平均成绩点数和学术表现的较量中是赢家，但是在社交活动和男女交往中会输掉。梅根和凯特琳的一起出现让她想起了过去的种种失望，她真后悔自己没有以忙为借口推掉这顿午餐。

当她们让泊车员把那辆紧凑型的奔驰车停放好，凯特琳将行驶证塞进钱包后，凯瑟琳冲她们招呼道：“嘿！”

“你早就来了吧？”这句问话比迟到更糟，表明凯特琳明明知道自己来迟了，却不打算道歉。

“没有多长时间，”凯瑟琳说，“我刚好是在12点半到的。”“12点半”是她们约定的见面时间，也就是她们都承诺到达这里的时间。

凯特琳和梅根靠近她，给了她几个飞吻。凯瑟琳希望自己身上的香水味以及头发闻起来和她们的一样好闻，但她不能确定她们是怎么想的。

“天哪，凯茜，”梅根说，“我们有多久没见面了？至少两年了吧。”

“至少两年了。”凯瑟琳说。七年前她刚踏进加州大学洛杉矶分校时，没有人允许她用除“凯茜”以外的其他名字。她曾暗下决心要成为“凯瑟琳”，但是她的朋友们，那帮所谓的姐妹们都拒绝这个名字，她们根本不尊重甚至不承认她的更名，对此她一直很恼火。她确信这是竞争者要打败对手所使用的一种策略。在所有的集体照上，她的名字都是凯茜·汉密尔顿。如果要编制一份花名册或列一个名单，她的某位好事的朋友会改动她的名字，让她成为“凯茜”。有一阵子，当他们这么称呼她的时候，她总是要纠正：“实际上我的名字叫凯瑟琳。”但是现在她发现自己对此已经不在意了，正如对她们不在意一样。于是她说：“咱们进去吧！”

她以手撑门，让两个同伴先进去。有一会儿，她希望她们能够在领班的脸上看到一丝不快——对她们迟到半小时表示不满。但是没有，只要她们看上去心安理得，她们就被允许为所欲为。领班满面笑容地把她们带到一张临窗的桌子前，在这里她们可以欣赏街对面的海景，其他客人也可以欣赏她们。

在饭店温馨愉快的氛围里，她们坐下来，点了饭店的招牌海味——蟹糕、鳎目鱼和箭鱼。她们小口品尝着，就像上大学时那样，吃得小心翼翼，不要面包，沙拉里也不放调味品。她们喝的是不加糖的冰茶。极少量的咖啡因有助于燃烧脂肪，而冰镇饮料可以使身体消耗热量。

凯特琳说：“毕业快四年了，我们终于又聚到一起了，离了婚，又成了单身。”

凯瑟琳一直未婚，但是她觉得没有必要纠正凯特琳的话。

“我想你俩肯定是最早完成这两件大事的。”

梅根狡黠地看了一眼凯特琳，“我认为第一个完成这两件大事的人非你莫属。”

凯特琳轻轻拍打了一下梅根的手臂，“我希望你这是在表扬我。”

凯瑟琳问：“你在电影工作室的工作还好吗？”

凯特琳说：“我又换了两份工作。两年前全世界的人都被解雇了，不仅仅是我。我想如果电影工作室的工作如此不稳定，那它就不适合我。虽然报酬低得可怜，但我工作起来却很卖力，以为付出就会有回报，甚至很快会得到提拔。另外这份工作也缺少乐趣，总是‘给某某人打个电话’或者‘把这个消息发给某某人’。”

“你现在做什么？”

“我打算读工商管理硕士。”

“噢。”凯瑟琳点点头，好像认为凯特琳这样做是明智之举，尽管她心里压根儿不这么想。“你呢，梅根？”

“我正在筹备开一家公司。”

“什么样的公司？”

“时装。我发现一个商机，在市中心低价加工一些成衣，这样我就可以干自己的老本行。到春天时应该可以准备好。”

更多具体但并不存在的计划。她们的计划总是很具体，但是并不真实，因为她们已经学会用这种方式撒谎了。凯瑟琳知道如果她进一步追问细节，只要她愿意听，她们能编造无数谎言。

梅根把话题转移到凯瑟琳身上，“你呢？还在上学吗？”

“不，我现在给一位律师当助手，他的客户都是商人。这份工作枯燥极了，没有离婚案中常见的有趣细节，也缺乏犯罪案件中的紧张刺激。只是公司之间的合同——一式四份，签上名字，然后归入客户档案。”

“哦，天哪，凯茜，真可怜。这种事情怎么会发生在你身上？”

“我找了一年多的工作，结果一无所获。我需要一份工作，别无选择，我要付房租，要养活自己，要既能支付日常花销又能有所节余。”凯瑟琳说到这里笑起来，“但还不至于像进了监狱一样。最艰难的时刻就要熬过去了。合同到期后，我再找别的工作。”

梅根和凯特琳彼此对看了一眼，齐声说：“祝你好运。”

凯瑟琳能看出来她们认为她犯了一个错误。当一名失业的时装顾问或一个徒有虚名的老板比当一名秘书好；做一个永远没有工作机会的自命不凡的人比放弃幻想——架子——自认为高人一等的感觉良好的人要好。她能看出她们已经在心里把她的层次降低了。

接下来的时间里，梅根和凯特琳一直在谈论“失去”丈夫一事。凯瑟琳知道她们这也是在说谎，就像她们说的大多数话一样。女人不会“失去”丈夫，而是把他们甩掉。只是后来她们才会意识到她们做的事情，到那时有些女人会后悔。她们后悔的是失去了一座靠山，但这并非凯特琳和梅根的感觉。她们感到失去的是一个可以任由她们为所欲为，而且不会带来任何后果的世界。

凯特琳得意地称自己是一个“被宠坏的婊子”，她曾经还拥有一件用金属亮片镶着这个称号的T恤衫。凯瑟琳想知道如果看到一个男人T恤衫上标着“不堪重负的驴子”，凯特琳会有何感想。很显然，她们都是在大约一年后对丈夫失去了性趣，正如凯特琳说的，“不再表现得像一个小情妇。”因此丈夫们只好离开她们，另找他人。凯特琳杜撰了一个关于男人如何自私、如何见异思迁的故事。

凯瑟琳不知道这个故事是否发生过。或许这种事发生过，但是从来没有发生在她认识的人身上。遭遇这种不幸的女人只是像关闭水龙头一样关上了她们爱的阀门。她们把自己奉献给了房子、孩子、朋友和社交活动，尽管她们既不打扫也不整理房间，一天中和孩子在一起的时间也仅仅几个小时。有时候她们也拥有某种事业，做些适合女人们做的小生意，但是通常情况下没有。她们不再关心丈夫，因此就会“失去”他们。

凯瑟琳不担心梅根和凯特琳，因为她们会找更多的丈夫。她们已经知道可以通过离婚捞一笔钱，结婚后离得越快，钱来得越容易。如果婚姻的解体来得确实很快，就不会有感情投资上的损失，而她们的资产——光滑的皮肤、浓密的头发、苗条的身材，几乎不会贬值。

正在凯瑟琳想得出神时，服务员微笑着走到他们桌前，手里拿着餐单和账单。没等服务员开口，凯瑟琳便接过账单。一开始这个举动还引起了凯特琳和梅根几句温和而无力的抗议，继而就变成了缺乏热情的感谢。凯瑟琳这么做是因为她从她们的闲聊中捕捉到了一些信息，知道了她们手头很紧。她自己也曾经说过凯特琳说的话："我太忙，没有时间工作。"这意味着她找不到一份工作。而梅根所说的"我的前夫总是推迟付抚养费"意味着不仅仅是推迟。凯瑟琳已经不介意那么多了，因此也不再为她们撒谎而心生不快。

在凯瑟琳所从事的行业里，她经常听到此类借口。当一个理应承担供养义务的人停止这种行为时，几乎没有一个女孩子不会为此而喋喋不休地抱怨。

凯瑟琳和梅根、凯特琳一起走出饭店，像以往那样相互交换了拥抱和轻吻，这是她们在大学一年级时就养成的习惯。凯瑟琳非常清楚她们三个站在饭店门前洒满阳光的人行道上所带来的视觉冲击力。三个精致、优雅、正值生命最美时光的年轻女人形成了街边一道亮丽的风景线——一个是金色头发，一个是金红色头发，还有一个是黑发。

泊车员把那辆紧凑型奔驰从停车位开出来，两个女伴上车后，凯瑟琳和她们挥手告别。看着她们沿着海滨大道绝尘而去，她想为什么洛杉矶没有人把海洋和陆地相接的地方称为"海岸"。然后，甚至没有下意识地朝她们离去的方向看一眼，她就发现自己已经决定今后再也不会和这两个女人见面了。她曾经想了解的关于她们的一切早在毕业前就了解了。现在，四年之后她们还和从前一样，永远都一样。

没有理由再见她们。凯瑟琳把停车收据递给泊车员，他跑过去把她的车开了出来，是一辆光洁可鉴的黑色奔驰 S600。多亏她来得早，她们没能见到她的车，凯瑟琳为此感到高兴。因为她们是梅根和凯特琳，她们总是想当然地认为她应该按时到，开着一辆破日产什么的，而不是一辆价钱是凯特琳那辆小奔五倍的大奔。正当泊车员停下汽车打开车门下来时，凯瑟琳听到了一阵警笛声。她听了听，发现警笛声渐渐远去了。

凯瑟琳沿着海滨大道向蒙大拿州的边界开去，准备返回洛杉矶西部。这顿午饭吃得时间很长，等她赶到家时肯定要过 3 点了，这样一来只有到 4 点她才能开始工作。她拿起手机开始接听留言。

第一条留言的大致内容是“我时时刻刻都在想你”。她听出了留言者的声音，是比利还是鲍比？反正是类似的名字。这个男人很随和，有几分魅力。她到家后会给他回电。还有一条留言是“我在 Backpage.com 上看到了你的照片，想给你打电话，看看我们能不能做一桩交易”。不，凯瑟琳想，如果你看了广告，你就看了价格，没有什么好谈的。她接着往下听。“你好，我是乔治，稍后我再给你打电话约定见面时间。”乔治 60 多岁，比凯瑟琳的父亲还大，但他是那种能让女孩们有钱花的常客。乔治是个鳏夫，对他的亡妻有很深的感情，也懂得如何爱女人。年长者往往温柔体贴，耐心十足，很容易满足，何况乔治每次都很慷慨。

凯瑟琳把车开进一条私人车道，沉重的铁门升起后，她把车子开进院子，按一下开关，铁门随即关上。她把汽车开进自己的停车位，下了车，穿过内门，走进一楼大厅。虽然她穿着高跟鞋，但踩在大厅厚厚的地毯上，也发不出咚咚的脚步声。她上了电梯，直达自己的公寓。

凯瑟琳走进房间时，能感觉到他在她的卧室里，尽管他很安静。好像是感觉到有人开门时他才停止了动作，侧耳倾听，以确保来人是凯瑟琳。“嘿！”凯瑟琳边说边走进卧室。

他笑着回了句“嘿”，笑容很灿烂——充满孩子气，毫无戒备之心，然而他那双又大又好看的眼睛里却流露出心照不宣的狡黠神情，表明他是一个真正的坏男孩。这种神情让她想扑向他。凯瑟琳走到他身边，看到床边放着一只半开的健身包，里面装着他叠好的衣服。

“你要走吗？”

“我想我已经占了你太多的便宜。谢谢你，凯瑟琳，非常感谢你对我的容忍。”

“同时也感谢我对你发火？”

他又笑了，“也是。不，那要特别感谢。”

凯瑟琳走近一步，“我忘了告诉你，指针一直在走，你欠我7万朵玫瑰。哈哈，开个玩笑。”

“要是我有那么多钱，我情愿都给你。”他在床边坐下来，把其余的物品装进健身包里。

“你找到公寓了吗？”

“我不可能因为这件事搬出去，”他说，“我最终同意接受了菲尼克斯的那份工作。不过每逢周末我会回来的，那份工作在春末结束。”

“那好吧，”凯瑟琳说，“听起来不错。”

“那时候天气会热起来，不适合施工，而且活儿也少了。”他伸手拿起一瓶快喝光了的百事可乐喝了一口，然后递给她。

凯瑟琳看着他，想象着菲尼克斯的骄阳洒在建筑工地上，炙烤着他那光滑而英俊的面孔，心里一阵难过。她接过瓶子喝了一口，还给他，“啊，是真的，我原以为是用来节食的。”

他一口气把它喝光，放下空瓶，转身继续收拾行李。

凯瑟琳走进浴室，脱掉新裙子和昂贵的丝绸衬衫，“你会把你的电话号码和地址发给我吗？”

“当然。不过你已经有我的手机号和电子信箱。这些足够了。”

趁着凯瑟琳在浴室里，他从包里取出一卷胶带，撕下一段，又把手伸进去取出一支贝瑞塔 M92 手枪，把枪口塞进可乐瓶的瓶颈里，用胶布把它固定住。他大声对凯瑟琳说：“我也打算过来看你，只要我回来。”

“来之前一定要提前几天打电话通知我，别你来的时候我忙得没空见你。”话一出口凯瑟琳就后悔了。因为舍不得他走，她只是想用这种方式刺激他。

“我会打电话的。”

凯瑟琳光着脚从浴室里走出来，身上只穿着胸罩和丁字裤，经过他的身边，走到壁橱前，把她的外衣挂在里面。

他走到她身后，举起套在可乐瓶里的手枪，扣动了扳机。只听见砰的一声，枪声喑哑，比他们的说话声大不了多少。因为瓶子被打穿了，第二次枪声略大一些，但还不至于让他惊慌。他看着她摔倒在地板上，摸摸她的颈动脉——死了。

他接着搜索她的房间。在家接客的陪伴女郎每当获得一笔可观的现金时，往往没有时间赶到银行存起来，另外她们也不敢存大笔现金。至少凯瑟琳不敢，因为她无法向国税局的工作人员解释一天 2000 多美元的收入从何而来。今天，当她外出和同学聚会时，他已经在她公寓里找到了约 35000 美元。正如他推测的一样，这笔钱存放在卧室里。他希望能够把整个房间彻底搜一遍，但是，在扣动扳机的一瞬间，他放弃了这个念头。此时已是傍晚时分，就在他从床上抓起她的手提包，掏出钱包里的现金时，他听到她的手机响了起来。他被这突然的响声吓了一跳，随手将手机调成静音，扔到一边，继续开始寻找现金。

其实他在搜索房间的同时也在清洁房间。现在他停止了搜索，开始一门心思做清洁工作。近来，他特别留意他离开一个女人时的方式，确保不留下指纹、毛发或衣物纤维。这个世界上有些愚笨至极的家伙会漏掉抹去“到此一游”的细节，但是他不会。他总是清理下水道——甚至打开存水弯，把管道里堵塞的毛发清除掉。他用吸尘器清洁了地板和家具，把咖啡罐里剩余的咖啡倒进要扔掉的垃圾袋中，洗了床单、枕套和毯子。在他离开的所有女人当中，从来没有把她们的房间清理得如此彻底。

他跪在凯瑟琳的尸体旁，把一条金项链从那白皙雅致的脖颈上取下来，小心翼翼地扯下缠在环扣上的几根金红色头发，又把一条和项链配套的脚链从右脚踝上取下来，装进自己的衣兜里。

他把健身包放在床上，将缠在枪上的胶带撕下来，取下瓶子，把这些东西统统塞进包里，拉上拉链，向卧室门口走去。他回头看了一眼，真可怜——她不知道自己有多么美，多么善良。他转过头捡起垃圾袋，走到通向走廊的门边，驻足听了听，又打开一条缝，向门外张望，看到走廊里空荡荡的，才放心走出房门。他锁上门，从正门走出公寓，向自己的汽车走去。

一旦上了路，他就变得自信起来。他知道如果警察在凯瑟琳·汉密尔顿的房间里发现毛发、指纹和衣物纤维，他们对此也会束手无策。每周大约有40个男人在那间公寓里留下痕迹，而他们当中没有一个人和她的关系是长久的。

她曾经非常美丽，有一双明亮温和的眼睛和一头金红色秀发。给她做头发的那家发廊经常有电影演员光顾，那些演员依然是完美的样品，但名气还没有大到请美发师上门服务的地步。她要挤时间去做头发。她是那种无意中被拉下水而从事性交易的女孩，她们因为钱来得太容易而没有能够抵挡住某次诱惑。她从不吸毒，也不酗酒，因此这样做绝不是出于她的本意。她上过大学，很聪明。

她是受到了算术的诱惑。如果当一名律师，她每小时向顾客收费400美元，但是要从中扣除250美元，包括事务所租金、所得税、秘书的薪酬和助学贷款。现在她每小时收费300美元，大约过一个月就置办一些情趣内衣。有一次，她告诉他她喜欢和男士亲密无间，看来这份工作不是一桩苦差事。

提供性服务是一种可以让女孩子们控制男人的职业——通过承诺、挑逗和哄骗。这会让一些女孩自以为是。因为能够轻而易举地操纵男人，她们就误以为自己比别人更聪明或更强大。她们当中很多人因为这种想法丢了性命。凯瑟琳比她们有头脑，她活在现实世界里，没有变得自信过了头或头脑发昏，对任何事都不会有理所当然的想法。

她唯一的问题是遇见了他。当他在洛杉矶做一个活儿的时候，她喜欢上了他，让他在自己的公寓里住了几周。他已经告诉过她这个活儿做完之后他就要离开，但是没有告诉她他的工作性质迫使他离开时必须把她杀掉。

上了东行的高速公路后，他加快了车速并且变道挤进了两辆货车之间。没多久，估算了其他汽车的车速后，他又挤进了左边的两辆汽车之间。他终于在完美的车道上找到了完美的速度，彻底放松下来，把凯瑟琳永远抛在了身后。她已经走了。

二

杰克·提尔知道完全控制好双手是一项基本功。他稳稳地握住手枪，把呼吸调整均匀，保持三点一线。长长地吐了一口气后，他扣动了扳机。格洛克手枪的扳机压力很重，他知道随后会有砰的一声巨响，枪会轻微弹跳一下，但是他要假装不知道——在完成射击动作前让大脑不去想它。砰！一颗黄铜子弹壳落在他右边的水泥地面上。

离这么远很难看到纸上9毫米直径的孔。如果你的射击目标是一个人，你立刻就知道了。当子弹击中他身体的某个部位时——对他来说确实是个坏消息，身体首先得到这个坏消息并产生反应。他会猝然倒下，不再动弹。提尔还有更多的子弹，和他弹匣里的第一发子弹一样。他的手再次把两个后瞄准具之间的准星对准靶子，砰！提尔再次击中了靶心，但是枪管出现了明显的右移。

没有必要调整目标，是扳机压力把枪拖到了右边。他必须在保持瞄准具静止不动的情况下集中注意力把扳机扳回来。砰！接着是弹壳落地的声音。

在发射余下的六发子弹时，提尔知道必须解决一个问题，靶上的第十个环内的孔变得十分密集，已经无法阻挡光线的射入。砰！这是最后一发子弹，他卸下空弹匣，把它和手枪一起放在面前的操作台上。他取下耳机，伸手摁了一下按钮，靶子顺着细线滑到他面前。他把靶心切分得相当不错，只有一发子弹向右偏离了半英寸。枪战几乎没有发生在25码开外的，它们更可能是近距离的激战，然而恶习应该在刚刚萌芽时就被根除。

提尔认为他需要在实战演习靶场上花些时间练习，走一条不熟悉的路线可以打磨他的技能。很多人不能很快识别视觉提示或及早开火，因此如果他们开了火，射中什么都无关紧要。他打算尽快抽时间找一个实战演习靶场。眼下他有一个约会。

提尔把格洛克手枪、耳机和备用弹匣装进铝合金箱子里，锁好，打开门离开了靶场。他把箱子放进汽车后备箱里，驱车离去。

枪战的问题在于人物都是移动的，没人会像决斗者那样一动不动地站着。射击者的视觉和听觉会受到枪声、呼喊声和枪口飞出的火花的干扰。你来不及躲起来，也没地方躲，更不会有兴趣把脑袋长久地贴在枪筒上，确保瞄准目标后再射击。你头脑中要时刻牢记一点，不是他死就是我亡。

杰克·提尔把汽车停放在他的事务所后面的市政停车场，取出铝合金箱子。他可不想让汽车后备箱在装有枪支弹药时遇袭，哪怕这种可能性微乎其微。他绕到大楼前面位于珠宝店和牙科诊所之间的入口处，走楼梯来到二楼走廊。他的事务所正对着楼梯，门上挂着个牌子：提尔调查事务所。他放好枪盒，在办公桌旁坐下来，看看表。

在顾客按约定时间到来之前，提尔还有几分钟时间可以打发。他希望见到顾客后不会感到紧张。他已经知道他们是一个被害女孩的父母，女孩的名字叫凯瑟琳·汉密尔顿。这意味着他们也许想让他完成一件连警方都无力办到的事情。他现在急需钱，而弄到钱的唯一办法就是接手一桩案子，但是他必须保留拒绝权。

提尔听到他们正在上楼梯，女士的高跟鞋踩在木质楼梯上发出刺耳的声音，而先生的皮鞋发出的是沙沙的摩擦声，听上去像一步步地贴着地面走。提尔站起来打开了门。丈夫和 6 英尺 3 英寸高的提尔比起来矮多了。他 60 岁出头的样子，上身很宽，一头粗硬的白发，脸上布满皱纹。妻子看上去似乎比他年轻十来岁，头发是光亮的浅红色，皮肤很白。从他们脸上的神情可以看出，这一两个月里他们一直沉浸在悲痛中，提尔还意识到他们的悲痛永远不会消退。

提尔说："我叫杰克·提尔。"他握了握汉密尔顿先生的手，又轻轻握了一下汉密尔顿夫人伸过来的手，在桌后坐下来。汉密尔顿夫妇在他对面坐下，开始向他讲述他期待听到的故事。

在杰克·提尔的前半生中，他曾经多次坐在被罪犯夺去亲人的人们的对面。所有这样的经历都证明，当你想安慰别人时，语言是多么无力，也证明了人类在建立一种像样的文明时的努力的不足。"我为你们的灾难感到难过。"他说。当他还是一个戴着金色徽章的年轻人时，这句话就说过数百遍了。他每次说这句话时都是发自内心的。

提尔很难过。他能体会他们的心情——失去美丽可爱的女儿会让一个家庭变成石头，让所有活着的家庭成员都希望他们自己也死去，使他们从此以后沉湎于过去而难以自拔。他能想象到当他们听到噩耗的一瞬间，所有的记忆都中断了，好像被封在了玻璃后面。对于其中的某些部分，他知道的比他们多得多。他曾经上百次地亲临现场，目睹了尸体和混乱不堪的场面，闻到了浓重的血腥味。他也永远忘不了尸体被运走前那一张张在事发地点拍摄的彩色照片。

杰克·提尔以前从事的工作是去逮捕那些暗藏着凶器甚至挥舞着刀枪的暴徒。他听到过各种各样的辩解——以及招供和认罪。他总是感到痛心，最终决定急流勇退。申请退休时他已经在洛杉矶当了 23 年的三级侦探。他之所以成为私家侦探，一部分原因是他永远不想再面对一张张被暴力死亡的残酷和不公所震惊的面孔。

“汉密尔顿先生，”提尔说，“我曾经做过警察，但那是在很久以前。现在我只是一名私家侦探，我的全部工作几乎就是为民事案件搜集证据。”

“请不要这样说，”汉密尔顿先生说，“我不会幻想你突然被再次起用来处理这个案子，我想要的是一些建议。只是建议。”

“我认为对你来说最好的办法是与负责这桩案件的侦探配合，列出一张她的联系人和熟人的名单。如果给侦探一张 Facebook 的网页或一个地址簿，他们会和上面的所有人取得联系，以便找到线索。发现行凶者虽然不能减轻你们的悲痛，但是会让你们感觉到自己也许救了其他人，使她们免遭这种不幸。”

“我们已经和侦探们见过面了，他们没有向我们隐瞒案件的进展情况。我们的女儿凯瑟琳是一名专职陪伴女郎，我相信这是他们使用的一个词。这意味着她有各种各样的假名字。她居无定所，遇见过很多男人，而且都是陌生人，因此很容易受到他们的伤害。警方已经做了四周的调查，和几个女孩子交谈过，看了法医的尸检报告；他们还检查了她的银行记录、信用卡账单等，已经有了定论——一起抢劫案。她是被枪杀的。”

“她是怎么干上这一行的？”

“我们也不是很清楚。大学毕业后她找了一份工作，很忙，回家的次数越来越少。她从来不接电话，因此我们习惯了给她留言。我们不知道她在干这一行。”

“你们认为会不会是有人逼她这么做的？”

母亲终于开口说话了：“不会的，她可以报警。她不是那种轻易屈服的孩子。她知道她有权利，而且，如果她需要的话，有很多人可以求助。”

“会不会是因为吸毒？”

父亲说：“我们也不这么认为。她读高中时没吸过毒。她是一名运动员——体操运动员，赛前要接受抽检。上大学时她也不和那种学生混在一起。法医在她的血液中没有发现毒品。他特别强调说她看起来很健康，保养得很好。没有任何痕迹，什么也没有。”

“你问的问题不对。”汉密尔顿夫人说。提尔看出她已经到了发狂的边缘。她听得很仔细，回答得也很认真，但是不得要领。

她丈夫用力搂搂她的肩膀，似乎试图在把一捆散开的棍子聚拢在一起。“我很抱歉，提尔先生。我们知道那些问题一般都要问到。朱迪只是……被击垮了。”

提尔挪动了一下身子，面向汉密尔顿夫人问：“什么才是正确的问题？”

“为什么有人要杀她？没有明显的原因。她没有为某个皮条客工作，她很自立。她不吸毒，也没有欠债。验尸官说她并没有遭到性侵，尽管在她离开人世前的几个小时里可能发生过性行为。是的，我们知道这很糟糕。谁也不愿认真考虑这件事。大家所了解的关于她的一切都是下流无耻的。我们也不否认，至少在过去一年里，凯瑟琳为了钱提供过性服务，但这并不意味着她就可以被杀害。我能看到侦探们互相递眼色，能看出他们是怎么想的：‘这个女人的女儿和那些看到她的主页后联系她的男人发生性关系。她还指望有什么好结果？’这些全是事实。人人都知道这是一种危险游戏，是非法的。但这是一个年轻女孩，才26岁。她一生中从没伤害过别人，但是现在却死了。而警察表现得仿佛她不是一个人，而是像谁家的一只瘦弱的老猫跑出来死掉了。他们也有些同情我们，这一点我能看出来。但实际上他们不把我女儿的死当回事，认为她是明知故犯，自作自受，我们当父母的没管教好她。”她耸耸肩，“他们是对的。凯瑟琳犯了一个错误。我们的家庭破碎了，被毁掉了。”

“我所认识的警察们不会自动放弃任何一桩谋杀案的，”提尔说，“他们提的问题可能不妥，但是我知道他们会尽力找到凶手。”

“除非出现新的线索，不然他们就结案了，”汉密尔顿先生说，“因此，我想我们要争取尽快找到新线索。我们有一张私家侦探的名单，这些侦探都曾接手一些很难破的命案，并取得了令人满意的结果。你能看一下吗？”他递过来一张纸。

提尔把纸接过来，浏览着上面的名字。他故意跳过列在最前面的自己的名字，“是的，我认识这位，还有这位，还有……不，这位我不……”

汉密尔顿先生看着他指的那个名字，“你的意思是你不认识他，还是不雇用他？”

“不雇用他，”提尔说，“由于某种原因他被警察局开除了。我不认为他自己会有多大改观。”

“哪位私家侦探最厉害？”

“没有那么简单，”提尔说，“无论侦探多么厉害，这种案子都很难破，而且进行下去的话要花费一大笔钱，如果我不这么说就是不诚实。即使他成功了，也不会让你们感觉好受一些。”

“我们知道会有一大笔开销，即使没有结果我们也认了。我们打算做这件事情。”汉密尔顿夫人说，“我们就直截了当地问吧，希望你能给我们一个诚实的回答。哪位私家侦探最厉害？”

“我。”

“和我们听说的一样。”汉密尔顿先生说，从上衣口袋里掏出一张支票，“这是 10 万美元，这是我的名片。这笔钱用完了就给我打电话。”

“求求你了。”汉密尔顿夫人说。

提尔叹了口气，“我需要你们把已知的所有信息提供给我——照片、社会保险号、银行记录等，所有能够帮助我查到她过去几年来行踪的东西。”

汉密尔顿夫人打开她的超大款手提包，把一个厚厚的马尼拉信封放在桌子上。“所有的东西都在这里。还有几样东西，我们认为……你知道的。很多东西是个人隐私，像她说过的话或者写的东西。”她开始哭起来，“对不起，我只是控制不住自己。”

“我能理解，”提尔说，“我自己也有一个女儿。”

三

像往常一样，杰克·提尔把车停在角落里，向那所房子走去。他做了多年的凶杀案警察，把很多坏蛋送进了监狱。他们中的大多数人早就不在人世了；有些人在死囚室里关了20年或更长时间，还有少数被处死了。但是这些年来他也激怒了一些疯子，他可不想把他们中的任何人引到霍莉住的房子里去。

霍莉已经28岁了。自从18岁中学毕业后她就一直住在这所房子里。当初建这所房子是一对夫妇的主意。提尔并不怎么喜欢这对夫妇，他们很富有，他们的钱来自和电影业相关的某种行业。这个镇上到处都是给电影业提供某种商品或技术服务的人。在提尔看来，他们表现得都像导演或明星。这对夫妇建议班里所有孩子的父母每月捐献一点钱作为房子的维护费。他们还很慷慨地把房子买了下来，成立了一个基金会，并且承担了大部分维护费用。他们下决心为他们有幸活下来的儿子约书亚提供一个快乐的家。

这是一个很棒的计划。从父母们注意到孩子有些异样、为他们寻找学校的那一刻起，孩子们就彼此依恋，因此他们亲如兄弟姐妹。这些做父母的也知道他们不想在自己死后把一个身患唐氏综合征的孩子孤孤单单地丢在这个世界上。提尔仍然把他们看成孩子，尽管他们已经成年了。或者再过几年他们就人到中年了。

他绕着大楼转了一圈，然后从对面向房子走过去，观察着四周的变化，留心有没有可疑迹象。这也会让那些跟踪他的人自动暴露出来。他最担心的事情就是他也许会把一个在工作中遇到的恶魔带到这群可爱的、缺乏自我保护能力的人身边，目的是找到杰克·提尔的女儿。

他踏上通向前门廊的台阶，利娅的声音透过纱门传过来，“嘿，杰克！”

“黑杰克？”他说，“黑鸭利娅。”

“海亚里赛马。”她说。这是他俩之间一个老掉牙的玩笑，但是利娅依旧笑了，因为她喜欢他，也想让他开心。她打开纱门让他进入客厅，“我确信几分钟前我看到霍莉下班回来了。要我去找她吗？”

“太好了，”提尔说，“谢谢你。”

利娅爬上二楼，杰克在客厅的沙发上坐下来。他环顾四周，观察着有没有反常之处。这里比他的房间整洁多了，部分原因是因为住在这所房子里的女孩子不仅爱干净，数量上也比男孩子多，谁如果弄乱房间，就会遭到大家的蔑视。

“嘿，爸爸。”

提尔抬起头，看到霍莉正在下楼。和其他 28 岁的大姑娘一样，她下楼时也是小心翼翼的。下到最后一级台阶时，出于兴奋，她一下子跳到地板上，跑过来紧紧地抱住了父亲。

看到女儿洋溢着爱意和快乐的表情，提尔的心情也变得轻松愉悦起来。

“你的密探工作有什么进展？”霍莉问道。

提尔笑了。“一如既往，”他说，“它能阻止我变懒和变穷。花店生意怎么样？”

“相当不错，”霍莉说，“今年夏天很多人光顾我们的花店，我和卡莫迪夫人都很满意。虽然母亲节过后没有需要送花的重大节日了，但是我们的生意很好。”接着她挨近提尔悄声说，“卡莫迪夫人说看起来好像很多男人正在为欺骗他们的妻子而感到愧疚呢。”说完她开心地笑了。

还是接受现实吧，提尔想。现在的孩子们都不避讳性话题，包括他女儿在内。在他看来，有时候他们对性的态度比他成熟。但是有时这仍然会令他感到不安。他无法回避一个事实：霍莉和她男友比尔发生了性关系，而她并没有刻意隐瞒这件事。对此他试图说服自己看开点儿，“她毕竟已经过了21岁。如果她和大多数人一样不是很好吗？我何必为此烦恼？”想到这里他问道：“比尔怎么样？”

“很不错，”霍莉说，“他一定会为没见到你而感到遗憾。今晚他要加班，给夏季年度大甩卖补充货架。”

“我猜他会遗憾的。不甩掉一些东西就不会有大甩卖，代我向他问好。”

“来自杰克最亲切的问候。”霍莉模仿着他的声音说，“你和我可以共进晚餐了。”

“我很乐意，去雷德拉托吃意大利餐怎么样？”

“不，我自己会做意大利餐。而且我们经常做。去摩尔餐厅吃汉堡怎么样？”

“当然没问题，如果你喜欢吃的话。”

“我喜欢吃，配上酥脆的炸薯条。你的车呢？”

“停在邻近街区的角落里，我们要走一小段路。”

“噢，”霍莉说，“你又接手一桩可怕的案子了吧？”

“你是从我停车的位置知道这一点的吗？”

“从你停车的位置、走路时观察四周的样子以及和我说话时你担心有人在盯着我们的行态。你应该又重拾那些戒律了。”

“戒律，有意思。”提尔说，“你小时候我们常常说起它，你还记得吗？”

“当然记得，”霍莉说，“你给我说过上百遍了。不要因为有人按门铃就开门；没有玛丽亚陪着不要单独外出；不要在电话里告诉别人爸爸不在家……你当警察时，我每天都担心电视剧里那些可怕事情会发生。不过现在好多了。”她观察着他的表情，“这一次是什么样的案子？”

“和我过去处理的案子差不多，是桩谋杀案。一个和你年龄相仿的女孩在公寓里被害。警方认定这是一起杀人抢劫案。女孩的父母想弄清真相。”

“这对你来说不难，不过那对父母真可怜。”

“我认为这不会给我带来危险，只是感觉可能要外出一段时间。如果是这样你行吗？”

“当然能行，我又不是孤身一人，我们有 10 个人呢。如果有空，你也可以给我打电话。”

“那没问题。”

父女俩来到饭店，在快餐区找了个雅座。吃饭时他们聊了各自的工作以及和霍莉住在一起的朋友们。父女俩都认为偶尔来一份炸薯条感觉特棒。

霍莉的一双蓝眼睛显得特别生动迷人。提尔想起了霍莉的母亲琳达。霍莉出生时他们刚刚二十一二岁，医生们认为琳达不需要做羊膜穿刺术，只有高龄孕妇才被建议做这种检查。当琳达得知孩子患了唐氏综合征时，她一下子崩溃了。她无法面对这个不幸，也无法接受她对未来生活的想象完全变了样。她提出了离婚申请，把霍莉的全部监护权都给了提尔，再也没有回来。在最初的几年里，他曾无数次谴责她，怨恨她，为她的逃避鄙视她。但是近年来，他有些同情她了。随着岁数的增长，他意识到她可能每天都会难过几分钟，因为她永远不知道霍莉后来的样子。

提尔把霍莉送回住处，走进公共客厅，看到晚餐刚刚结束。“过来，杰森，”一个女孩说，“该你值日了。”

“我们可以晚点儿洗碗，”杰森说，“我想看完这场比赛。”

电视里正在直播洛杉矶道奇棒球队的一场比赛，已经进行到第八局。杰森看上去仿佛正奋战在球场上，他侧着身子站在电视机和厨房之间，眼睛紧紧地盯着电视屏幕。

“如果你愿意明天洗碗的话，这次我来洗。”霍莉说，“你不介意，是吧，爸爸？”

“不介意，”提尔说，弯腰亲了一下她的脸颊，“你这样做很好，我会尽快给你打电话的。”

“谢谢你，霍莉。”杰森说。

提尔从前门出来后在门廊里停了片刻，假装在看手机，其实是在观察楼房周围的动静。他要弄清有没有可疑的车辆或可疑的人躲在暗处，或者这附近最近几天有没有什么变化。发现没有任何异常后，他跳下台阶，快速向停放在角落里的汽车走去。

四

杰克·提尔坐在自己的公寓里打开笔记本电脑，连上网，找到一些提供陪伴女郎服务的广告。他研究着这些广告，直到对这种服务及其价位和相关术语有了一定的了解。他发现自己对这个行业运行方式的认识还停留在他当警察的年代，已经过时整整一代人了。他最后一次处理一桩和卖淫有关的凶杀案时是一个到处都是皮条客和老鸨的年代。

该看汉密尔顿夫妇给他的材料了。提尔打开那个厚厚的马尼拉信封，看到了凯瑟琳在竞技场上拍的照片——一张是她参加游泳比赛时纵身一跃而起的身姿，另一张是她在绿茵场上跳起来头球射门的一瞬间。提尔之所以能认出凯瑟琳是因为那微微拳曲的金红色头发，她让他想起了一张前拉斐尔派画。还有一张照片是她的大学毕业照。

凯瑟琳的父母没有能够——永远不能对他们提供的信息进行筛选，使其具有相关性。他们也许曾经想把她的分数也包括进来，只是控制住了这种冲动。他们想向提尔证明他们女儿的生命是有价值的。

信封里还装着一个独立的文件夹，和那些反映她真实生活的材料分开了。里面的信息也许才是至关重要的——关于塔玛拉·桑德斯的生活。塔玛拉是凯瑟琳的曾用名。她身高 5 英尺 8 英寸，体重 119 磅。她的皮肤很白，肩膀和前臂上布满雀斑。塔玛拉的鼻子和额头上也有雀斑，但是不会有人知道，因为她总是化着妆，这使她的皮肤看起来像陶瓷一样洁净光滑。她的眼睛是淡褐色的，很大。她似乎在每天下午 4 点神奇地出现，然后持续到凌晨 3 点左右。然后她就关上手机，打发走最后一位客人。

读了凯瑟琳发布的广告后，提尔认为她对这种工作带来的危险至少有部分认识。她说只有在认识客人之后才接待他们，而且她还让客人接受"适度的审查"。这是一个出乎意料的好消息。如果她对那些已经通过审查的人做了一些记录，那么他接下来的调查就简单多了。提尔还没有听说或看到任何类似她的记录的东西，不过也许警察手里有。警方知道的越多，向外透露的就越少。因为在报纸上对一起重大案件大肆报道只能引起罪犯的警觉，让他躲得更远，藏得更深。

提尔又把这些材料仔细看了一遍，但是没找到任何和审查有关的东西。他再次观察凯瑟琳广告里的照片时注意到了那条项链，一条细细的金项链，末端有一个椭圆形金项坠，项坠四周镶嵌着一颗颗小钻石，而稍稍偏离中心的位置有一颗个头较大的钻石。她右脚踝上还戴着一条与项链匹配的脚链。小钻石每颗约四分之一克拉重，因此项链加脚链价值至少几千美元，也可能更昂贵。

提尔看了看汉密尔顿夫妇收到的遗物清单——这些物品目前在警方手里——没有首饰。项链和脚链一定被偷走了。他又把清单看了一遍。在她公寓里没发现现金。提尔想象着一个陪伴女郎的生活。一个杀手假扮成客人走进房间，四处查看，找到了所有的首饰和现金。这种可能性有多大？几乎没有可能。杰克·提尔穿上黑色运动外套，把一把点 38 口径手枪塞进兜里，出了公寓，向他的汽车走去。

巡警吉恩·吉恩凌晨 4 点半驾车回到了西米谷市他那所低矮的平房前。他累极了，同时还感到几分恶心，之前为了保持清醒，他连着喝了几小时的陈咖啡。凌晨 2 点半时，他制伏了一个拼命反抗的醉汉，把那人押进了警车里，以至于到现在体力还没有恢复。他感到肌肉发酸。当搭档给醉汉戴手铐时，他既要扶着那个随时会跌倒的家伙，还要用力压住其手臂。

吉恩用遥控钥匙打开车库的门，把车开进去，下了汽车，关上车门，猛然看见车库门边站着一个人。他吃惊地倒退了一步，不明白是怎么回事。

“站住，”提尔说，“不许动。”

“你搞错了。我是警察。”

提尔说：“别紧张。我还没对你做任何事情，吉恩。我来的目的是想找你单独谈谈，免得你被解雇。”

“你是谁？”

“我是杰克·提尔，你还在上小学的时候，我已经是一名三级凶杀案侦探了。”

吉恩看着对方，在暗淡的光线中，他辨认出此人手里拿的是一把枪。

提尔说："我想要的只是你能如实回答几个问题，然后我就走开。"

"问吧。"

"你还记得一个月前发生的那起凶杀案吗？一个年轻女孩在恩西诺区的公寓里被枪杀了，她的名字叫凯瑟琳·汉密尔顿。"

"记得。"

"你和你的搭档是接到报警后最先赶到现场的人，是吗？"

"是的。"

"有没有医护人员或其他人比你们先到？"

"没有。被害者的某个朋友很为她担心，就拨打 911 报了警。电话里是一个女孩的声音，但是她不愿透露自己的姓名，或许也是一只'鸡'。我们被派去了。物业经理让我们进了公寓，发现她被杀了。"

"接下来的问题有些棘手。之所以问这些问题是因为我需要了解凶手的情况——他是怎么行动的，他得到了什么。如果你私下里告诉我真相，我永远不会告发你。还有你们赶到的时候，她的公寓里存放有多少钱？"

"对房间进行搜查的侦探的报告里有记录，我想大概是三四百美元。这不归我管，因此我不知道确切数目。"吉恩显得有些不耐烦。

提尔平静地说："我真的很想现在就走开，不再打扰你。因此告诉我我想要的信息，让我走。"

“什么？”

“你我都知道，负责这起案件的侦探可能会起疑心，但是他们不会来烦你，除非……”

“除非？”

“坦白地说，我曾经是一个非常不错的凶杀案侦探，人们都记得我。有些领口上带星的家伙的性命是我救的。如果我要求他们去做，他们会把你的房子搜个底朝天，冻结你的银行账户，检查你的每一项存款和支出，把你家的院子掘地三尺，直到他们找到它，然后由我自己来点清数目。我觉得你现在就应该给我一个诚实的数字。你们赶到公寓的时候，屋里存放有多少现金？”

“我怎么知道你身上没有带录音设备？”

吉恩还没反应过来是怎么回事，提尔就以迅雷不及掩耳之势用手臂箍住他的脖子将人摁倒在地。

提尔说：“你知道我没有带那玩意儿，因为如果我带了，我就直接把你扔到水泥地上，折断你的气管。这个答案你满意吗？”他的手在吉恩的喉咙上又用了些力。

吉恩点点头，提尔起身让他坐起来。“只有不到13000美元，我和搭档把它平分了。”

“你们是在哪里找到这笔钱的？”

“在冰箱的一只食品包装袋里。有些人也许注意不到，但是每次我们进屋搜查毒品的时候，都要检查一下最新款的储藏设备。因为911这个号码的存在，我们随时待命出警。也许房东刚刚离开两分钟，派遣科就派人去搜查现场。之后我用无线电向局里汇报受害人的情况，负责凶杀案的侦探就会赶到现场。”

“很好。现场看上去像是凶手找到钱了吗？”

“是的。卧室里还有一些不易发现的藏匿处，但是都空了——几本被掏空的书，梳妆台后面的几只空盒子。她也许还有 4 万美元左右。”

“最后一个问题，有首饰吗？”

“我们没时间检查，而且也绝不会占有这种物品。”

“交给死者父母的物品清单上没有任何首饰。”

“我确实不知道。我们不会把任何物品拿到典当行当掉的。”

“有毒品吗？”

“没有。”

“你确定吗？这种事情以前发生过——警察、急救人员、消防员，都有可能。”提尔说。

“我也听说过，是在他们被抓之后才听说的。”

提尔说：“我的问题结束了，我会替你保守秘密。如果你突然想起任何我可能感兴趣的事情，请给我打电话。”他把一张名片放进吉恩的胸袋里。

“我为什么要那么做？”

“我想你可以向周围的人打听一下我。人们会告诉你我值得你信任。”

说完，提尔便离开了。

五

提尔在他的事务所里拨打了一个号码，一边等待一边向文图拉大道眺望。有时洛杉矶的这片区域让他想起他曾经和霍莉一起读的一本儿童故事书，内容是关于一座“忙碌城”，每页上都有数不清的轿车、卡车、飞机、自行车和重型机械。电话通了。“你好，我是风化队队长麦卡恩。”

“你好，麦卡恩。我是杰克·提尔。”

“你好，杰克。很高兴听到你的声音。工作进展如何？”

“我女儿问我，‘你的密探工作有什么进展？’她推崇大白话。”

“她还好吗？”

“很好。我告诉你打这个电话的原因。我刚刚接手了一桩案子，一个年轻的陪伴女郎在她位于恩西诺区的公寓里被杀害了。”

“是那个凯瑟琳·汉密尔顿吧。我想她的父母一定是不顾一切了。”麦卡恩停顿了一下，“无意冒犯，你懂我的意思。”

“你说得完全正确。如果不是不顾一切，没有人会花钱雇私家侦探的。我刚刚开始看材料，想起一件事。这桩案件是连环案中的一起吗？近来有没有别的从事这个行业的女孩遭到枪杀和抢劫？”

“没有，”麦卡恩说，“这里没有。”

“别的地方有吗？”

“哦，是的。过去一两年在其他城市发生了几起非常相似的案件，国家犯罪信息中心有记录。我和你的做法一样。当这类犯罪发生时，我会尽力找到处理案子的思路，看看是不是存在某种模式。当然我们部门不同于凶杀科。”

“我懂你的暗示了，”提尔说，“我只是不了解那两个负责处理这起案件的家伙——安东尼和塞勒斯。我不想冒犯谁或伤害谁。死者父母似乎认为这两位已经做了他们能做的事情，但是还不够。而且我知道你了解案子的进展。”

“这样吧，我给你发一封电子邮件，告诉你我所掌握的那几起案件的一些情况。共有五名受害者，住在不同的城市，都是年轻漂亮的姑娘，都是在她们的住所内被杀害的。”

“没有站街女？”

“没有，都很独立，大部分是在家接客的陪伴女郎。”

“多谢，麦卡恩，我会留意你发来的邮件。眼下我还在做案件的外围调查工作。凯瑟琳的父母昨天来事务所找我了。我所能了解到的任何和案件有关的信息都可能对破案有帮助。”

“如果你发现任何有用的信息，请告诉我。”

“好的。”

“例如，如果你发现开膛手杰克现在住在西米谷，你首先应该打电话给我。”

“我会的。”

提尔坐在办公桌后，面前摆着笔记本电脑。事务所位于文图拉大道一座建筑物的二楼。他曾经想找一个助手。当看到一张价格便宜并且和他的办公桌相配的二手桌时，他认为很适合未来的助手，就把它买了下来。他一直没找到助手，但是那张二手桌放电脑正合适，因为桌子后面没有窗户。

网页上的广告做得都很做作，从这一点可以看出人类普遍的审美趋势。女孩们都很“火辣”，甚至“性感迷人”。如果一个女孩用了这样的广告词：“有什么需要我帮忙的吗？”就会有50名女孩效仿。通常，当这些女孩需要用一个词来指代自己的时候，她们就用“服务者”这个词。其实，用“新手”“新人”或“在洛杉矶的最后一天”往往更有吸引力。

亚洲女人都会提及健康问题，她们想让那些工作太辛苦的男人解除有损健康的压力。如果顾客给她们一个机会，她们就能给他“新生命”。黑种女人喜欢用笑话和双关语。为了躲开警察，大部分广告有免责声明：“必须首先保证你不是一个执法人员，然后才能给我打电话。”说明价位的时候，她们会使用一些稀奇古怪的隐语，要么是“玫瑰”，要么是“百合”“钻石”“拥抱”或“吻”。很多女人的拼写水平很糟。

显然，网页对于照片展示的内容是有规定的，但是几乎所有的女人似乎都急于展示一切。很多女人是在同一家摄影室拍照。有些女人甚至把公寓里拍的快照贴了出来，其中有很多是她们用手机在浴室或卧室的镜子前自拍的。

这些女人的年龄跨度、种族类别和体形差异让提尔感到吃惊，但是他印象最深的是身价昂贵的女孩都非常漂亮。在洛杉矶，一个男人每小时花200美元就可以拥有一位貌若影星的22岁姑娘，而且她还甘心做大部分已婚妇女不愿意做的事情。也可能是已婚妇女也愿意做，不过她们的丈夫没有要求她们那么做。

对于这样一种极具风险的职业来说，200美元并不算多。因为她们要赤身裸体，可能会染上疾病，碰上可怕的陌生男人，甚至可能被捕。有少数女人每小时收费300或500美元，她们往往拥有惊人的美貌，年龄大都在26岁左右，在广告里声称懂得极其深奥的性爱艺术和科学。

这些女人种族的类别之繁多也让提尔吃惊。有金发碧眼的尤物，如夏威夷人、俄罗斯人、英国人或澳大利亚人，有的来自加勒比海、南美洲或非洲，有的来自加拿大。还有中国人、日本人、德国人、意大利人、爱尔兰人以及各种你所能想到的混血儿，有的是在美国长大，有的是在其他国家长大。这些女人描述其血统时的直率程度不亚于描述动物的谱系。所有的女人都承诺会纵容顾客，把他们“当国王一样对待”。

提尔一直在等待麦卡恩发来的邮件。过了一会儿，他估计邮件差不多该到了，于是打开邮箱。第一封邮件只有一句话：这也许是你感兴趣的东西。下面有几个附件。他把这些附件下载下来，将电脑连上打印机，没有预先浏览一遍，就把它们全都打印了出来。这种做法说明他眼下不拒绝任何信息。

是五则广告，可能出自他已经浏览过的广告网页。这些广告极其相似，以至于会让人误认为出自同一人之手。一个女孩来自迈阿密，其余的来自纽约、明尼阿波利斯、夏洛特和华盛顿。广告右边展示着女孩子们的照片，数目不等，少则一张，多则四张。有的带着调戏的表情，有的酥胸半露，有的穿着紧身内衣懒洋洋地斜靠在床上或沙发上，有的背对相机跪在地上。

从价位、年龄和外貌来看，这些女人在她们的行业中都处于高端地位。她们都称自己是“独立的服务者”或仅仅用“独立”这个词。有些人补充说：“没有经纪人、司机和保镖。”或者“我独自一人。”因为知道她们都已经死了，再读这些广告词时提尔心里感到特别难受。她们已经向人们公开承认她们毫无防备。提尔知道皮条客和保镖会让顾客感觉不舒服并因此而却步，但是这些女孩都已经死了。

提尔的大脑开始生成能够解释这五桩谋杀案令人不快的设想。现在做出猜想还为时过早。他还没有读麦卡恩发来的其他内容，但是他不由得先推测种种可能性。这些女孩看起来很相似。也许这家伙盯上了皮肤白皙、头发金红的女孩——出于怨恨或暗恋。也许他是各类疯子中的一个——他们没有理智，只听从内心邪恶声音的召唤去做坏事，以至于杀人成瘾。这甚至可能是一个系列杀人案，这些女孩被害是因为她们都符合某个特殊标准。另外，每当有妓女被杀害的时候，总会存在一种可能性：有人出于狂热的宗教信仰而惩戒淫荡女子。

提尔把麦卡恩整理的、简要介绍被害者情况的卷宗看了一遍，不放过任何细节。她们都是被枪杀的。他把这些卷宗并排摊开，发现每个受害者都中弹两次，第二枪通常是在头部。每个女孩都曾是一名很活跃的律师，每天至少有一段时间可以自由支配。每个女孩的收费标准都比同城的普通陪伴女郎高出不少。在提尔看来，她们都很漂亮并因此很受欢迎。他从她们的姓氏和简历中得知她们是爱尔兰、英国、德国或斯堪的纳维亚后裔，但是从外表上很容易会把她们和来自乌克兰、波兰、白俄罗斯或俄罗斯的女孩归为一类。

提尔不会忽略这些女孩相似的长相所暗示的内容。很多东欧女孩被俄罗斯匪徒带到了美国。作为一个群体，自从 20 世纪 90 年代初次出现后，这些匪徒的本性没有太大变化。他任职时遇见的几个人会为了一己之利而毫不犹豫地干掉竞争对手。当女孩们还在欧洲的时候，他们就与其签订好协议：为了偿还被带出国的手续费，女孩要为他们工作两年。偶尔，女孩来了以后才会意外地被逼签订此类协议。无论是通过哪种方式，他们都是要尽可能多地从女孩身上榨取钱财，因为短短两年之后，女孩们就自由了。

提尔把这种看法藏在心里，把注意力集中在卷宗上。有个事实令他困惑：这些广告看起来极其相似，虽然这些女孩是在不同的城市被杀害的。

读完五个被害女孩案件的有关材料后，提尔驱车沿街道向健身房驶去。白天，很多企业高管会来这里锻炼半小时左右，但是高峰过后健身房就变得空荡荡的。提尔的身材一直保持得很好，体格也很强健。但是既然他准备追捕杀手，健身的习惯就被提升到一个很迫切的高度。

接下来的两周里，提尔像专业运动员一样进行训练：每天举重四小时；击打沙袋；在跑步机上跑步；进行武术训练，如反复练习整套的擒拿格斗动作，直到不假思索就能做出来。他每天开车去伯班克的一个射击训练场练习射击，尽可能让自己的射击技能接近完美。现在他一边做着准备，一边想着对手。

他相信这五起案件都是一人所为。有五个金红色头发的女孩以同样的方式遇害，但是没有发现具有其他特征的女孩遭此厄运。他已经找泰德·麦卡恩进行了复核，而且在国家犯罪信息中心的名单上，他发现其他陪伴女郎的被害方式也完全不同，她们通常是遭受更残忍的身体伤害。有些站街女突然从人间蒸发，随后有人在河沟里、野地里或大垃圾桶里发现她们的尸体。还有一些女人被皮条客打死或刺死。也有少数人是遇到了抢劫，大多发生在深夜的街头，有两个是遭遇了歹徒的飞车射击。

提尔通过分析这几起凶杀案之间存在的逻辑性去了解凶手。此人只杀和凯瑟琳·汉密尔顿长相相似的女孩。他从不在同一座城市重复作案。实施一次谋杀后会有两到六个月的间歇期。如果提尔假设凶手是出于某种心理需要实施谋杀，那么他的肾上腺素的分泌非常不规律，没有变得更加频繁。如果假设他没有发疯，那他为什么要杀人呢？

既然他在一座城市只杀一个女孩，那么也许每次杀人后，他都要转移到另一座城市。提尔把这些女孩的死亡日期和所在城市绘制了一张表。如果凶手杀人后就转移的话，那么他眼下不在这五起谋杀案发生的任何一座城市。提尔把其他主要城市列了一张清单，进入 Backpage 网站，开始搜索这些城市的陪伴女郎广告。

他先从丹佛开始，用了几个小时才看完所有这类广告。接下来是芝加哥。

他现在能理解警方对汉密尔顿夫妇说的那些令人绝望的话语了。这样的广告有成千上万条，而他甚至不确定自己在寻找什么。他把那些和受害者长相很接近的女孩们的广告打印出来。

看着照片上女孩们背后的家具和墙纸，还有广告的用词、上面列的价位和地点。确实存在一些模式，但是它们的价值目前还是未知的。每座城市都有一些区域聚集着大量的陪伴女郎。她们拥有各自的活动范围和行为模式，但是这两样东西像猫的脚印一样复杂多变，模糊不清。有些女孩在机场附近的某个住处接客，同时去宾馆里陪客人，有些女孩标出了附近一连串的区域——有富人区，也有贫民区。有些模式非常明显，可以预见。拉丁美洲女孩常常锁定西班牙人居住的地区。几乎所有的亚洲女孩都说自己刚从日本、中国和韩国来，她们通常在大型按摩院工作，可能是因为她们的英语和都市生存技能还不够好，所以不敢独立工作。每一类陪伴女郎中都有介绍自己是 19 岁或 20 岁但看上去只有十三四岁的女孩，也有说自己是 18 岁但看上去有 30 岁的女孩。一个说自己是 40 岁的女人很可能已经 60 岁了。

性交易市场庞大而混乱。女孩们使用很多别名——有些名字荒谬可笑，有些甜得腻人，有些粗俗不堪。她们常常在同一网站上贴出好几则广告，配上各种不同风格的照片，好像在做市场调查，看看什么最吸引顾客。每个网站都有一些“特价”广告，优惠原因五花八门——因为是星期二，为了庆祝一个女孩归来，为了祝贺她的生日或者某个即将到来或刚刚过去的假日。

在读这些广告的过程中，提尔对当代的性交易活动越来越熟悉。在一些网站上，顾客贴出了他们对每个女孩的评价，就她们的表现发表各种意见，例如顾客按广告付费后，她们会做哪些动作，性情是不是可爱，姿态是不是优雅或价格是不是合理。提尔在一些网站上搜寻五个女孩及凯瑟琳的信息，发现顾客对她们的评价还在，尽管她们有的已经死去一年多了。人们给她们打的分数都很高。凶手是不是根据这些评价来挑选受害者的？网站声称他们无法识别登录的客户。

为了找到一条线索，提尔每天盯着电脑屏幕看几个小时。数周之后，他终于发现了一个让他脊梁骨发冷的女孩。

她说她的名字叫凯拉，有一头顺滑的金红色长发，一直垂到后背上，被雪白的肌肤衬托得愈加惊艳。她在广告里的照片有扭头斜睨着镜头的侧面像，眼神里充满挑逗；还有些照片里她穿着花边胸罩躺在床上或坐在椅子上，直直地盯着镜头。她戴着凯瑟琳·汉密尔顿的项链。

六

提尔回到公寓后开始打点行装。他选了两把点 45 口径的格洛克 21 手枪，每把手枪配两盒装着 14 发子弹的备用弹匣。他还准备了一把薄而锋利的折叠刀，刀片是深蓝色的。衣服和鞋子就是平时穿的那几套——一件适合夏季穿的黑色运动上衣和一件海军蓝运动上衣，几件免熨牛津衬衫，一条灰色羊毛长裤和几条卡其布长裤，以及两双厚橡胶底的皮鞋。其他用得着的东西随时随地都能买到。

他还带了笔记本电脑、手机和夜视镜。最后一件必备品是一个装着 5000 美元现金和四张信用卡的包，这些信用卡只在商业场合才使用。他环顾房间，确保没有落下什么东西。

提尔曾经在西米谷拥有一所房子，那时霍莉还小。房子自带的院子给霍莉提供了一个玩耍的场所，同时他认为这个院子能让女儿感到安全。他一直留着这所房子，直到霍莉搬到集体宿舍和朋友们一起住之后。霍莉搬走后，房子显得空荡荡的，死气沉沉，所以几个月后他就把它卖掉了。收到房款的时候，他想起当初就是因为妻子想要一个可以生儿育女、长期定居的地方，他才攒钱交了房子的首付款。他现在明白了，任何人未来的生活都是无法预见的。

提尔投资了这笔钱，以便在他离开人世后霍莉还有足够的经济来源维持今后的生活。他现在的居住条件很舒适，这所公寓离他的事务所只隔几个街区。提尔最后看了一眼公寓，定了无声警报器，关掉灯，拉上房门。

提尔把手提箱放进汽车后备箱里。这辆灰色本田车是他的工作用车，车玻璃是茶色的。他做了些小小的改装，最明显的是在前车门上加装了四分之一英寸厚的钢板。他还在后备箱的一个盒子里放了一支点 308 口径步枪、一架 10 倍望远镜以及一支 12 号口径霰弹猎枪。盒子上盖着一张毯子，看起来和盖备用轮胎的那张一模一样。

提尔上了汽车，离开公寓楼下的停车场，沿 10 号州际公路向东驶去。他不知道这次会离开家多长时间，但是以前他也为追捕罪犯外出过几次。

提尔对杀害凯瑟琳·汉密尔顿的凶手仍是几乎一无所知。出于某种原因，凶手对和凯瑟琳长相相似的女性很感兴趣。对于某类变态狂来说，这不是一种罕见的行为模式，而且也与另一种失常行为，即专门捕猎孤立无援的女性的习惯相符。但是提尔想，这个人也许是个小偷，只是试图给人们造成一种性心理变态的印象。

变态狂不太可能在实施抢劫杀人后再把抢劫的首饰送给下一个受害者。首饰意味着凶手在向这些女孩示爱。如果他这么做，说明他不像寻常的变态狂。引诱不是这些男人头脑中产生的梦魇般的疯狂念头的组成部分。

很久以来，提尔一直从事追捕凶手的工作，这让他学会了忍耐。人们不理解忍耐。它和谦卑非常接近。承认自己知道的有限，还不足以采取行动，这是一种智慧。在行动之前，提尔准备旅行、等待、观望和倾听，这可能会花很长一段时间。

提尔有一种直觉：这名男子是自己从未见过的一种人。他似乎试图把谋杀弄得看上去像警察预料的样子，这在提尔看来意味着它们并不是普通的谋杀案。如果凶手只是一个携带凶器的抢劫犯或变态狂，那么受害者的项链和脚链不太可能出现在另外一个长得和她几乎一模一样的陪伴女郎身上。凶手一直在反反复复做同一件事情，但是提尔没看出来是什么。他急于赶到菲尼克斯看看这个新发现的女孩。

在提尔驱车东行的路上，天气晴朗，交通畅通无阻，因此他估计会在约六小时内到达目的地。他一路走的都是 10 号州际公路，这条公路从干燥、炎热的沙漠中穿过，路边生长着小小的仙人掌，覆盖着褐色沙尘。他喜欢这种风景，广袤无边。他的眼睛盯着 40 英里开外的风景，手握方向盘逐渐向它们靠近。此时他产生一种宁静淡然的感觉，这种感觉有助于他用清晰的头脑思考。

凶手一定很年轻，而且长相英俊。他设法讨得了五名异常漂亮的陪伴女郎的欢心。做这件事的手段就是花钱，看起来他似乎用了这一招。在抢劫并杀害一个女孩后，他很可能用被害者的钱去换取另一个女孩的信任。但是他每次都从女孩背后开枪。她们不是躺在床上，而是站着，正做着某种日常活动。其中一个女孩正戴着耳机边听音乐边看杂志。别的女孩或者在换衣服，或者在给房间吸尘，或者在做其他类似的事情。迈阿密的那个女孩正在做饭，在警察看来是为两个人准备的。凶手是皮条客吗？

这不可能。六座城市的警察都没发现任何人以那种身份行动的迹象，没发现有人为女孩们安排约会或强迫女孩们去见客人。当然也没有人保护她们。她们都声称自己是独立的，别人也没有透露丝毫与这种声明对立的信息，不管是她们的顾客、朋友，还是竞争对手。

提尔的思路总是围着那几个问题打转。这名男子究竟想要什么？他本来可以在看到她们的广告后就劫杀她们。他为什么要选择长相相似的女孩下毒手？他是不是成了其中一个女孩的常客，然后陷入悔恨和羞耻的泥沼，以至于一怒之下把她杀掉？如果这样，他的行动为什么如此高效和刻板？每次都是先从背后来一枪把女孩撂倒，然后再冲头部来一枪。另外，疯狂的悔恨之徒也不会抢劫受害者。

提尔一边开着车穿越沙漠，一边在脑海中回顾卷宗里的细节，试图用这些细节构建一个关于罪犯的合理推论。这些年来提尔见过各种各样的杀手，但是这名杀手看起来和别的杀手都不一样。尽管有五花八门的关于不可理喻的凶杀以及荒唐古怪的疯狂行为的传说，然而一旦事情水落石出后，大多数凶手的动机都很容易理解。他们是出于愤怒、嫉妒或贪婪。即使那些疯狂行为也是合乎逻辑的。他们去他们偏爱的一类受害者可能出现的地点，远远地观望，当受害者孤单一人、很容易得手时，他们就过去把她杀掉。

凶手事后往往设法摆脱罪行。有的把尸体藏起来，有的试图扯上其他人，有的把尸体分割后沉入海底。这些行为都合乎逻辑。但是这名凶手不是这样。

提尔下午到达了菲尼克斯。确切地说，这座城市不是沙漠里的绿洲，看起来更像是把一样样东西搬进来后，再规规矩矩地排列好——房子、带状商业区，甚至原生植物。提尔向斯科茨代尔路北面的比尔特摩酒店开去。眼前的景物出现了些许变化，高大宏伟的酒店被花园、草地和高尔夫球场包围着。浓郁的绿色可以缓解视觉疲劳。提尔喜欢受弗兰克·劳埃德·赖特启发的设计，独立铸造砖结构使庞大的建筑看起来像是某种记忆模糊的失落文明的遗迹。

提尔走进酒店巨穴般的大厅，来到靠边设置的前台，问服务员有没有空房，得到肯定答复后，就订了一间套房。以前他和妓女们打过交道，如果她们的品位没有发生多大变化的话，他相信这个女孩会喜欢他的安排。进了房间后，他感到很满意。床和别的家具都是深色的，又大又结实。房间很宽敞，可以看到外面的草地以及远处的岩石山丘。提尔把衣服挂在壁橱里，暂时拥有了这片舒适的小天地。安顿下来之后，他打开笔记本电脑，通过酒店的无线网络上了网，在菲尼克斯的陪伴女郎名单里找到了他在家里看到的那则广告。

女孩名叫凯拉。她一小时收 300 朵玫瑰，两小时收 500 朵，整个晚上收 800 朵。提尔看到她昨天更换了两张光影和焦距更理想的照片，但是在其中一张照片上仍戴着那副项链和脚链。广告上说她不回短信和邮件，也不回未接电话。给她打电话时要先拨 ＊ 82 这个代码，因为这样可以显示来电号码。

提尔用手机拨通了她留的电话号码。稍后传来一个女孩的声音："你好，我是凯拉。"一开始提尔还以为听到的是录音提示，因为她的声音听起来非常甜美，具有专业播音员的水平，因此他就等待着下文。没想到对方却说："说啊，宝贝，别害羞。"

"对不起，"提尔说，"我还以为接下来是让我留言呢。我叫杰克，一小时前刚来到这里，正考虑找个伴。我看到你在网上做的广告了。"

"杰克，请问你贵姓？"

"提尔，杰克·提尔。"

"家住在哪里？"

"洛杉矶，我是来这里出差，会停留几天。"

"你有什么打算？"

"今晚怎么样？你今晚有空吗？"

"整个晚上？你把广告看完了吗？"

"是的，我看到了你要的数目，但你是一个很有魅力的女人，而且我发现你的声音也很动听。我想我们可以先一起享用一顿愉快的晚餐，然后再共度良宵。"

"谢谢你，杰克。我先检查一下我的时间表，稍后再给你回话。打这个号码就能找到你吗？"

"当然，我会等你电话的。"

她挂了电话。提尔想，接下来她也许会查看疯子、小偷和恶棍的名单，以确保他不是这些人中的一员。如果能够认识她，他就要问起这件事。那种名单中很可能就有凶手的名字。

提尔猜测她会用大的搜索引擎寻找他的名字。他知道她能找到，而且她还会翻出几篇关于他过去接手的案子的报道，甚至附带着他的照片。出于职业原因，他总是尽量躲开镜头，但是网上有几张他正走向法庭或正从警察局走出来的快照，当时他没能来得及躲开摄影师。如果她知道他曾经是一名警察，也就知道他现在已经不当警察了。

这些照片可能不会让这个女孩对他产生坏印象。他五官端正，身高 6 英尺 3 英寸，没有发福。他的习惯性着装——黑色运动上衣和没有打领带的牛津衬衫——看起来既整洁又合体。即使在最近拍的照片中也是这样。

他的手机响了。"我是提尔。"他说。

"我是凯拉。"她说，"今晚我可以见你。请把 800 美元装在一个普通的白色信封里，写上'捐赠'二字。我想让你一见面就给我。"

"好的。时间和地点呢？"

"你住在哪里？"

"比尔特摩酒店。"

"如果你愿意，我可以去找你。"

"这对我来说有好处。"

"我大约 7 点半到那里，到了之后我会用免费电话打到你的房间。因此我希望你能给我你的真实姓名。”

“我已经给你了。到时候见。”

提尔按下了手机屏幕上的“终止通话”键。之后他打电话在酒店的莱特餐厅预订了一张 8 点半用餐的双人席位，定了手机闹铃，在床上躺下来睡着了。穿越沙漠的漫长旅程把他累坏了，他觉得必须用闹铃叫醒自己。

提尔 6 点半起床，冲了个澡，穿好衣服准备赴约。如果凯拉和凶手正在交往，那么为了弄清楚提尔究竟是一名普通顾客还是一个危险人物，凶手很可能今晚露面，甚至可能充当凯拉的司机或保镖。提尔把房间环顾一周，选择了两个地点。他将一把格洛克手枪藏在壁橱一件运动上衣的口袋里，另一把藏在床尾的床垫下。

他在真皮扶手椅上坐下来，看着窗外酒店院子里的风景，做着心理准备。他仔仔细细地擦掉心中的希望，准备迎接一个毫无结果的夜晚。寻找猎手需要耐心。

七

提尔也为另一种可能做好了思想准备：凯拉不会露面。从事一种非法职业可以免除一个人遵守惯常规则和习俗的义务。如果她在互联网上进行了更大范围的搜索，发现了他的“卧底警察”身份，也许她就不会来了。

因为互联网上能查出他的身份，包括他当警察以及私家侦探的职业生涯，他决定对这个女孩使用真名。如果她露面，意味着这个女孩信任他。他要确保女孩不把他看成某类骗子，而对她隐瞒信息则会让她产生这种错觉。如果她知道事实而他又没有让她产生戒备心理，那么他就会取得很大进展。如果她确实开始有所担心并把这件事告诉给她的朋友，也就是那个把凯瑟琳·汉密尔顿的首饰送给她的人，那么过来找提尔的也许就是那个人。

提尔走出电梯，来到宽敞的大厅，走到前台。那里站着一个眼睛明亮的年轻女人，穿着一身合体的套装，乌黑发亮的头发在脑后紧紧地扎成了一束马尾。提尔把一张 100 美元的钞票放在柜台上，“你能在 10 点 20 分给我打电话吗？我的名字是杰克·提尔。如果我不在房间，就把电话转到莱特餐厅好吗？”

她瞥了一眼那张 100 美元的钞票，好像它和她没有任何关系。

“当然可以，提尔先生。为了防止联系不上，你能把手机号给我们吗？”他照办了，并看着她记下来。“10点20分。”她说。

“谢谢你。”提尔说，把那张钞票推到她面前，转身离开了。

一楼有个酒吧，坐落在两条垂直相交的走廊的交叉点上。一侧有一组宽大的门，通向外面的花园。一条露天散步长廊直通酒店另一边的会议室，长廊宽阔得足以容纳一支游行队伍。

提尔要了一杯奎宁水，边喝边看着穿过长廊的客人。干燥的亚利桑那空气已经让他脱水几小时了。喝完一杯后他又要了一杯，在一张矮桌前的扶手椅上坐下来。手机响了。他从口袋里把它掏出来，滑开屏幕解锁，“我是提尔。”

“杰克，亲爱的？”

“我在靠走廊尽头的酒吧里。”

“坐在那里不要动。我看见你了。”

“我希望你没有失望。”

“我的感觉无所谓，今晚你是客人。不过我一点儿也不失望，而是非常满意。我这就过去找你。”

挂了电话之后，提尔忍不住四处张望，寻找着女孩的身影。他扭头看右边的时候发现了她。女孩身穿一条简单的黑色无袖高领长裙，脚蹬一双高跟鞋，显得端庄典雅。提尔赶紧用目光搜寻凯瑟琳·汉密尔顿的首饰，但是为了搭配黑裙子，女孩戴的是一条细细的白金项链，上面仅有一颗钻石。提尔认为这个女孩很有商业意识。无疑，她经常光顾这个地区的高档酒店。这家酒店是这座城市最古老的地标式建筑，建于20世纪20年代。如果看到一个妓女出现在他们中间，这里的人们会很反感。女孩的装束很朴素，化着淡妆，因此没有引起任何怀疑。但是当她向提尔走来的时候，仍有很多双眼睛追逐着她的身影。

当女孩走近时，提尔微笑着站起来。她走到他面前停下来，像模特一样静静地站着，等待着他的鉴赏和评估。不过，提尔只是抓住她的一只手，靠近她，在她面颊上啄了一下，然后指指旁边一把和他的椅子成90度角的椅子。女孩坐下来，提尔朝服务生招招手。

服务生过来问道："先生，你需要什么？"

提尔看着凯拉，"你想要什么？"

"你喝的是什么？"

"这只是奎宁水。请再给我来一杯加金酒的，亨利爵士金酒，再加一片黄瓜。"

"我也来一杯。"凯拉说。服务生离开后，她又加了一句，"除非你不让我喝酒。"

提尔说："我没有偏好，只要你觉得舒服就行。我发现很多人喜欢晚饭前喝一杯。"

"谢谢。"她说，她转动着眼珠，观察着周围的人。一对男女经过他们身边，向另一张桌子走去。之后她好像才觉得可以放心地说话了，"我在谷歌上搜到了你的照片，不过你本人看起来更帅。我先看到了你，然后才拨了你留的手机号，看看你会不会从口袋里取出手机。我很高兴看到你接电话，这说明你就是你，而不是吧台旁边的那个家伙。"

提尔顺着她的目光看过去。那个人有着和提尔一样的高个头和浅色头发，只是显得比他大 10 岁。“谢谢你。”

服务生端来了饮料，提尔付了现金，又给服务生 10 美元的小费。他举起杯子说：“干杯！”

“干杯！”她抿了一小口，“哦，闻起来像花香。”

“是的，不过，幸运的是，它尝起来像金酒。”

服务生走开了。凯拉又看看四周，“我们订的是几点的晚餐？”

“我们聊会儿天，喝完这杯饮料，就进去。”

“好的，”她说，“你一般喜欢聊什么？”

“我们就从菲尼克斯聊起吧。你喜欢这座城市吗？”

她做了一个很老练的动作，看起来像是耸肩，但其实是摆姿势。“在温度是 72（华氏）度的 2 月，我很喜欢它，但是当 5 月里温度达到 111（华氏）度时，我就不怎么喜欢它了。”说到这里她笑了，“你最喜欢它哪一点？”

“到目前为止，是你，”提尔说，“但是你也许不是本地人，是吗？”

“啊哦，”她说，“这是我们应该谈论的话题。你是一个令人愉快的家伙，我能看出你善解人意。我不想向一位先生透露太多的个人信息，这一点你一定能够理解。我需要保护我的家人，他们并不知道我的职业是什么。但是我不想拒绝你任何事情，因此，如果你喜欢，我可以编一个好听的故事讲给你听，而且会让你感觉很不错，但是并不真实。”

“我完全能够理解，我忘了站在你的立场看问题了。对不起。如果再发生类似的事情，就告诉我你来自木星吧。”

“谢谢，”她说，抓住了他的前臂，“我越来越喜欢你了。也许你前世是个女孩。”

“如果我有前世，也许是一条响尾蛇或一颗鹰嘴豆。”

她被逗得大笑起来，“我不这么认为。”

就这样聊了一会儿，提尔放下空杯子，“你饿了吗？”

“你饿我就饿。”她也放下了杯子，虽然里面还剩一多半酒。

“那我们去吃饭吧。”提尔说。

他们站起来，一起向莱特餐厅走去。人们走进这家餐厅后，很难不会有一个好心情。室内的墙壁和立柱都很高，立柱由风格独特的异型砖建成，窗户面向外面的绿色植被。女老板把他们引到右侧宽大天窗下面的一张桌子旁。她刚离开，提尔就问：“你要不要来一杯新鲜饮料？”

“只要你喜欢。”

“我是真心问你的。”

她笑了。在桌上蜡烛火苗的映射下，她的一双蓝色眼睛看起来像两颗小星星。“杰克，你并不经常雇陪伴女郎，是吗？”

“说实话，我以前从没雇过。我是单身一人，因为在这里没有一个认识的人，所以才这么做的。我知道你能看出这一点，但是我已经尽力了。”

“你很棒，只是需要一些建议。是这样的，我从事的是让人快乐的工作，你是我的顾客。你要付给我很多钱。过完今晚后，你付给我报酬，就好比我是你的心理医生。我不会感到糟糕，因为我给你带来的好处比他给你带来的好处多。如果我不喜欢你，我就不会告诉你这一切。你在网上发现了我，因此知道干我们这一行的竞争很激烈。只要花上几百美元，一个也许是当地舞会皇后的年轻姑娘就会开车来到你的房间，与你共度一小时，只要你能想到的事情，没有她不能做到的。不管是下午 4 点还是凌晨 4 点，只要你能选中她，她就会感激你。”

“我确实注意到有很多广告。”

“这样的网站大概有五个，每个网站公布的名单上都有几百号人。”

“哦，因此？”

“因此，你雇了我以后，我会让你受到公平的待遇。这几个小时我是属于你的，一切都听你的。我是你的女友，为了让你开心，我会做我能做的任何事情，绝对不会拒绝你的要求。如果你不想让我喝酒，我就不喝。如果你希望看到我的醉酒状态，我会一醉方休，然后在你房间里睡觉，醒酒后开车回家。”

“这适用于？”

“适用于一切，直到度过今晚，几乎没有限度。如果你想做我认为不属于我们交易范围的事情，我会给你报个价。如果有任何我不能做的事情，我会用另一种方式补偿你。当这一切结束后，你会开心的。这是衡量我是不是称职的依据。”

“我现在就很开心。你出现时我眼前一亮，而且我很喜欢和你聊天。这是我吃的最愉快的一顿晚餐，而我的兴趣不在食物。”

“因为你很亲切，我们才能聊得这么开心。我不想让你今后回忆起今晚的时候，认为我骗了你，因为你是一个菜鸟。”

“我算不上一个……”

“你以前从没有花钱雇过陪伴女郎。”

“没有。”他斟酌着，“如果我现在就想和你做爱呢？”

她推开椅子，“告诉服务生你的房间号码，让他们把账单送过去。我们现在就去。过后我们可以吃夜宵。走吧。”

他摇摇头，“这只是个假设。”

“如果你的房间里只有我们两人，你所做的事情就是掀起我的裙子或拉开我后背上的拉链，无论你想要什么，什么时候想要，以及用什么方式要，你的愿望都能实现。这是我们的约定。”

“在我看来，这是个很不错的约定，”提尔说，“为什么对你来说值得做呢？”

她笑了，是一种刻意模仿出来的狡黠而轻浮的笑，或者说是一种曾经真实的表情，只不过现在变得太专业化了。“从商业角度说，这样你就会越来越多地需要我，给我小费和礼物。我能看出你付得起。另外还有一个原因，我也是一个普通女人，有这样一位高个子帅老头喜欢我，支配我，随心所欲地摆布我，这种机会也许有时是花钱才能换来的。每当想到将要拥有一个愉快的夜晚时，我就会感到异常兴奋，就像今晚。”

“你有两种约会吗——一种是为赚钱，一种是为开心？”

“事情——任何事情——都没那么简单。我能既喜欢一个人，又能让他为我掏腰包。有时遇到一个能让我产生激情却不应该接受的顾客，我也能看出来——譬如对我太粗暴，或者不能付给我足够的费用。”

“你有男友吗？”

“哦，我不会回答这种涉及隐私的问题。”

“我来解释一下我的意思，也许你就愿意回答了。你刚刚说起棘手的顾客的话题。我想知道，如果那种事情发生，有没有人帮你。或许我该用女室友这个词，所以算不上隐私——就是一个不会让你和一个精神病患者单独待在一起的人。”

“你的意思是皮条客？”

“我不喜欢这个词。”

“我也不喜欢。我有朋友，有些是和我做同样工作的女孩。她们理解这些问题。”

他点点头，直视着她的眼睛。她躲开了。

“噢，是的，”她终于做出了让步，“我也有一些异性朋友，其中一个有时会留宿，因为他漂泊不定。”

提尔找到他了。这个人有时会和她在一起。一定是他。“当你外出时，是他在家为你记下留言吗？”

“不是，我没有固定电话，只用手机。忙不过来的时候，我就关上接听键，来电会转到语音邮箱。”

“他是谁？”

“只是一个朋友。朋友都不错。”

“是的。”

“你吃醋了，是吗？”

“我这样很蠢，是不是？”

她靠近他，用一只光滑如缎的手抚摸着他的脸，“可怜的孩子，你认为你的大脑会听从你的指挥吗？”

“大多数时候是这样。”

“好样的。”她说，好像虽然不相信他的话，但是喜欢他的自信，“哦，我们的晚餐来了。”

他闻声望去，看到两个服务生走过来，举止优雅地放下盘子，轻声提醒他们盘子太烫，然后消失在他们身后。食物完美得无可挑剔，餐具很精致，摆放的样子也很美。

他们吃得很开心，交换着品尝食物，都说非常可口。如果提尔心里没有她可能料想不到的那种想法，他会认为他正和一个真心喜欢自己的美女约会。一想起那个有时在她的住处留宿的异性朋友时，他就让自己暂时体会一下那种感觉。她否认那人在她的公寓接听她的电话，但是并没有说他不在那里。

看到她把面前的大部分食物和一半甜品都吃完了，提尔有些吃惊，但是他能从她的四肢看出她经常去健身房锻炼，也许这就足够燃烧脂肪了。她放下叉子，抬头看着他，“我现在想去你的房间。”

“真的吗？”他问。

“是的，”她说，“我们才刚刚见面，你就让我把一切都告诉了你——这样的事以前我几乎从没做过。刚才的一个半小时里我一直在琢磨你，盯着你的表情看你的反应。当我谈论我们的时候，我心里问自己，‘我真想告诉这个人他可以对我做任何他想做的事情吗？他所做的就是把想法说出来，然后我来做？’后来就出现了一个肯定的回答。自那之后，我就在煎熬中盼望着。这就像女性的枕边书里所写的——吊起我们的胃口，再让我们苦苦等待。当然，这对我来说甚至更糟，我没有进入生意状态，因为我没兴趣想这事。”

提尔和服务生对视了一下，做了个写字的动作。服务生点点头，不一会儿，拿着一本夹着账单的皮质文件夹走过来。提尔付了饭钱和小费，签了单。

随后他站起来，转到餐桌的另一边，帮她挪开椅子，跟着她向餐厅门口走去。趁她抬头向前看的一瞬间，他扫了一眼手表，刚刚 9 点 15 分。他安排的前台呼叫时间是 10 点 20 分。

她穿过大厅向电梯走去。当提尔赶上她的时候，她低声说：“在进入房间之前我们什么也不要做。如果我表现得不像一个淑女，他们会看出我的身份，我在这里就不受欢迎了。”

“别担心，”他说，“我是个伪君子，因此在公共场合我表现得很好。”

她说：“有些男士认为电梯是一个私密空间。”电梯门在他们身后合上了。“第几层？”

“第三层。”

她摁了一下数字键，电梯开始上升。“谢谢你，我会补偿你错过的一切。”

提尔本来自以为知道如何打发今晚的这段时间，但是当电梯升起来后，他感到自己的计划正在悄悄溜走。前台的呼叫还要等

1 小时 5 分钟。他本来设想，为了逼她离开，他可以尝试佯装生病。但是以他现在对她的了解，她不会轻易相信这个理由，她甚至连一个紧急的公务电话也不会相信。他需要在今晚取得她的信任，不然就永远无法接近她的男友。提尔绞尽脑汁苦思冥想，最终意识到自己想不出什么新招。他考虑拉响火警，这样全酒店的人都会被驱散，但是这样做的风险太大，而且他今后将无法再接近她。最后提尔意识到，自己之所以想不出任何让她离开的理由，是因为他并不希望这种理由存在。

他们迈出电梯，走了 25 英尺后来到提尔的客房门前。提尔从钱包里取出门卡，塞进门锁的插槽里。听到嗒的一声，他知道门开了。没等他把门完全打开，她就抢先钻了进去，然后转过身来抓住他的手臂，把他也拉了进去。她转动门边固定装置上的变阻器，调暗了灯光。接着她领着他来到床边，让他坐下，然后微笑着望着他，开始慢慢褪下衣服。在裙子里面她穿着一件黑色胸罩、一双长筒袜、一根吊袜带和一条丁字裤。

提尔的大脑在飞速旋转。她的年龄只是我的一半。利用她是我不能接受的做法。我只是需要信息。我可以试着拖延更长时间。他可以等前台的那个女孩打来电话。我可以告诉她我的妻子才去世一年，对此还没有充分的心理准备。

她走近他，提尔的最后一个想法和她身上的最后一件衣服一起消失了。她站在他面前，解开他衬衫上的纽扣，然后又跪下来解开了他的皮带。当他放弃假装自己不打算进行下去时，当他也变得一丝不挂时，她突然说："等等。"

她走到桌前，拿起客房里的电话，在一个键上摁了一下，等待着。“喂，贝弗莉。”她说，等了几秒钟，又说，“谢谢，取消提尔先生的电话。”说完后她把电话放回原处，回到他身边。

她开始吻他的脖子、脸颊和胸膛。“我们花钱收买了同一个人，”她说，“如果你想把这取消掉，我们可以取消。”

“见到你之后我改变了主意。”他说。

“我很高兴你不是警察，他们才是打退堂鼓的人，在法庭上那样做会更好。”

随后的时光变得恍若梦幻一般。提尔隐隐约约感觉到时间还早，他看了一眼床头柜上的钟，已经接近12点了。有一阵子他想，他的这个夜晚什么时候结束，属于他的时间什么时候终止，他希望它能持续到早晨。他反复琢磨一个问题，是什么诱使这样一个女孩变成妓女的呢？但是大脑中某种自我保护的部位告诉他，答案肯定是令人不愉快的，或者极其乏味，现在应该避开它。

后来提尔看到时针正在向3点靠近，过了一会儿，他迷迷糊糊地睡去。之后他在窗外的鸟鸣声中醒来，看到凯拉也睡着了，脑袋搁在白色枕头上，一头火红的头发被衬托得像一个光环。发现凯拉睡醒了后，他仍假装睡着，偷偷观察着她的一举一动。他看到她下了床，拿起她的衣服向浴室走去。几分钟后，她就穿戴整齐地出来了。

他看见她看看他挂在桌边椅背上的裤子，裤子口袋里装着钱包，于是就等着她伸手把钱包取出来。但是她并没有这么做。他又闭上了眼睛。

过了几秒钟，他感觉到她正在用她那光滑如缎的手拨弄他的一簇胸毛。

他睁开了眼睛。

“嘿，牛仔。”

他笑了，“是不是感觉很不错呀？”

“是的。我太幸福了，以至于说不出比这更直白的话。”

提尔注意到在他假寐的时候，她把窗帘拉开了一条缝，阳光透过缝隙洒进来，房间显得更加漂亮，她的白如凝脂的肌肤闪烁着光泽。提尔说：“这个夜晚似乎结束了。”

“恐怕不久前已经结束了，亲爱的。”她说，“如果你不介意的话，我打算去刷刷牙，梳梳头。我在浴室的时候你可以把钱准备好。”

“好的。”他不无遗憾地看着她从桌上抓起坤包，进了浴室。

提尔下了床，走到壁橱旁边，在里面的保险柜的键盘锁上按了四个数字，打开，取出1200美元，把其余的放进了手提箱里。他从手提箱里挑了几件准备穿的衣服，把它们挂在壁橱的右侧，关上壁橱门，又将两把格洛克手枪和其余物品装进手提箱里。

几分钟后她从浴室里出来了，化着淡淡的日妆，头发梳得很顺。“你胆子太小，不敢未付款就溜之大吉，是吧？”

“这是部分原因，另外还因为昨晚是我一生中所经历的最美妙的夜晚之一，我将永远难忘。”

她拍拍他的脸颊，“我也喜欢你，杰克。但现在是白天，我得走了。”

提尔把那一小沓100美元的钞票递到她手里，她像银行职员那样飞快地点了一遍。“50%的小费，一个值得记录在案的夜晚。”她搂住他的脖子亲了他一下，把手伸进包里，掏出一张很普通的白色名片，上面写着“凯拉”这个名字和一个电话号码。“不要把我的号码弄丢了。”

“不会的。”他说。

她打开门，给他一个飞吻，轻手轻脚地溜了出去。门在她身后自动合上了。

提尔已经站在壁橱前了。他一边急匆匆地穿衣服，一边推算着她所在的位置——沿走廊向电梯走去，进了电梯，下行。他抓起电话，拨打了车库的号码，“我是311套间的提尔先生，你能马上把我的车开出来吗？”

“当然可以，先生。”

提尔冲进浴室，抓起他的洗漱用品放进手提箱里，锁好，拿起用来办理即时退房手续的纸袋和一支笔。他在电梯里填好账单，把房卡放进纸袋里。电梯门打开后，他把纸袋放进电梯旁边的小铜箱里，径直来到酒店入口旁边的代客泊车服务处。他警惕地看着外面，以免凯拉从视野中消失。

凯拉的车开过来了，是一辆银色捷豹。她递给泊车员一笔小费，坐上车，对着镜子戴好太阳镜，发动了汽车。

凯拉一开出车道，提尔就走了出来，他的车已经停在那里等候了。他快步走到车旁，给泊车员付了小费，把手提箱扔到后座上，紧跟在凯拉的车后。

八

就在凯拉向南拐上第24街的时候，提尔上了密苏里大道。不一会儿，她又右转上了驼峰路，向东开去。提尔年轻时在警校接受过跟踪车辆的训练，过了这么多年，他更精于此道了。他让自己的车和凯拉的捷豹之间隔着两三辆汽车。如果发现一辆卡车或一辆SUV，他就在这些车后面躲一会儿。他不是一直盯着捷豹，只要凯拉不改变方向，他不在乎她离他有多远。他一直注视着两边的车道，留意她是否突然转弯。

最后，凯拉向右拐弯上了斯科茨代尔路，从一堵6英尺高的灰泥墙边驶过，进了一片幽静的小区，小区里到处是曲曲折折的小路和急转弯。房屋都是新建的平房，门前没有给草坪留太多空地，因为草会被烈日烤焦。提尔有意和她保持着更长的距离，观察着她选择的路线，小心谨慎地跟着，担心和她在一条死胡同里迎面撞上。当凯拉钻进一条死胡同并把车开进车道后，提尔从胡同口开了过去。他在隔壁的胡同里掉转车头，躲在暗处等了几分钟，然后上了一条较为宽敞的街道，紧贴着凯拉刚才钻进去的那条死胡同缓缓向前开着。她进去的那栋房屋的车库门敞开着，里面停着两辆车。提尔看到了那辆银色捷豹。

提尔一边开车，一边思考如何在不被发现的情况下观察她，如何认出把凯瑟琳·汉密尔顿的项链和脚链送给凯拉的那名男子。凯拉显然是个对顾客很有吸引力的姑娘。提尔估计她一天也许会接待 10 位顾客。

从凯拉的话语中，提尔几乎可以肯定她的那个男友昨晚就住在她的房间里。她昨晚大部分时间都和提尔在一起，这期间她的朋友很可能睡觉了。提尔很累，但是他不想错过看到这名男子的机会。过了今天，他也许就无法把这人和凯拉的其他顾客区分开了。今天早晨，将要离开她房间的唯一一名男子可能就是那个男友。

提尔把车停在离凯拉家所在的死胡同两个街区的地方，准备步行走过去。今天早晨他在酒店房间里急匆匆地穿了一件马球衫、卡其布裤子和橡胶底的平底便鞋，现在他又戴了一顶棒球帽和一副太阳镜。在走向凯拉住所的那条街时，他始终保持眼观六路、耳听八方的状态。这座城市的鸟叫声和洛杉矶的鸟叫声听上去有些不同，在早晨温度升高之前，这里的鸟儿似乎更加活跃。从这里提尔听不到院门外主路上有什么动静，院门里面似乎也看不见有人在开车。

凯拉的住处让提尔颇感意外。他本以为她会住在公寓楼的普通公寓里，而不是住在中产阶级社区的独立住宅里。这在提尔看来说明她可能赚了很多钱，也可能想投资。提尔的第二个判断是她一定有一套能掩饰真实身份的令人信服的谎言。银行一般不会批准没有工作或者经济来源不明的年轻女士的按揭购房申请。不过她也许没有申请贷款，而是用现金支付的。

提尔终于明白过来：他曲解了这个地方。凯拉不在这里做生意。这个宁静小区的住户们绝不会容忍陌生男人时时光临、在凯拉门外弄出很大的噪音。提尔犯了一个错误。他转身疾步返回到他的汽车旁。当银色捷豹再次出现时，他刚刚钻进有茶色玻璃遮挡的汽车，把钥匙插进点火开关里。当捷豹从他车边开过去时，他赶紧低下头，但是瞥见了司机的侧影：不是凯拉，是一名男子。

关于这名男子提尔说不出太多的东西。他看起来20多岁，黑色头发既不是直的，也不是打着小卷儿，而是波浪形的，鼻梁上架着一副职业棒球队员戴的弧形太阳镜。令人沮丧的是，提尔说不出这人是高还是矮，是胖还是瘦。因为只是从侧面匆匆一瞥，他并没有真正看见男子的脸形。

提尔从后视镜中观察着捷豹。它缓缓地向远处开去，驶过几条街区后，又掉头向小区大门开去。从斯科茨代尔路上的小区大门开出来后，捷豹向左拐去。提尔离开路边，转了个U形弯，跟了上去。

第二次跟踪捷豹的时候，提尔更加谨慎。一夜狂欢之后，凯拉已经精疲力竭，正处于一种万事皆休的平静状态。她进家时这名男子很可能已经醒了。可能凯拉此时正在呼呼大睡，而已经睡足了觉的男友却处于十分警觉的状态，起床后开着她的车出去了。

提尔的大脑中正在产生各种推理，但是想法太多，无法做到去伪存真。他只知道必须弄清男子的身份。尽管提尔和凯拉共度了不算短的一段时光，凯拉对他了解了不少，也对他产生了信任，但是他仍然不敢冒昧地问那个问题——谁把本属于凯瑟琳·汉密尔顿的项链和脚链送给她的。由于问了几个涉及隐私的问题，提尔几乎破坏了凯拉对他的信任，因此几个关键性的问题他就再也没有说出口。提尔始终坚信一个假设，即这名男子和凯拉住在一起。她允许他用她的车的事实进一步加大了这种假设的可能性。

未必这样，提尔又想，就连这一点也只是猜测，捷豹不一定是凯拉的。这款车价格不菲，也许是他的，她之所以开着它去比尔特摩酒店，也许只是为了提高自己的身价，减少被酒店员工看出真实身份而遭拒的概率。提尔真想回到凯拉的住处看看第二辆车，再追踪两辆车的车牌号。

捷豹终于停了下来。提尔发现自己跟到了一个大型购物中心。这里有一个大型超市和大型园艺商店。提尔从捷豹后面慢慢开过去，用手机拍下了车牌号，然后把汽车开到商店附近的停车场，靠边停下，看到那名男子下了车。他很年轻，穿一件灰色T恤，显出了健美的双臂、肩膀和结实的腰板，个头足足有6英尺。提尔也下了车，开始跟踪这名男子。

男子消失在超市里。提尔准备好手机，按下屏幕上的摄像图标，走进超市。他来到右边，顺着第一条通道望过去，靠墙摆放着蔬菜和一箱箱色泽鲜亮的水果，有几名推着购物车的顾客，但是那名男子不在其中。提尔继续往前走，一直走到最里面的生鲜区，仍然不见那名男子的踪影。提尔把所有通道都查看了一遍——宠物食品专柜、生活用纸专柜、烈性酒专柜、饮料专柜、罐装食品专柜、冷冻食品专柜，结果一无所获。

提尔靠近位置隐蔽的洗手间，把手机放进口袋，用肩膀顶开门，准备迎接迎面而来的袭击。男洗手间里空无一人。他又走进女洗手间，透过小隔间门下面的缝隙挨个儿往里看，看看里面有没有男人的脚，结果也是一无所获。提尔走出洗手间，找到通向后面货物装卸台的双扇金属门，径直穿了过去。他走得很快，目不斜视。有三个年轻人正忙着堆垛刚卸下的农产品。他们并没有阻拦提尔，也许是因为他看上去理直气壮，而且打扮得像他们的老板。来到装卸台后，提尔站在上面四处张望了片刻，随后跳下。

提尔绕着超市外围向前门走去，心想或许只是自己错过了那名男子。也许那人并不知道提尔在跟踪他，他出来只是为凯拉买些食品。

就在快走到超市前门时，提尔看到了苦苦寻找的目标。那人坐在捷豹的驾驶座上，正准备关车门。提尔急忙躲进大楼的角落里。稍后，他探出头来往外看，发现男子正向右转弯开出停车场。男子刚离开，提尔就跑到自己的车旁，跳上车，跟了上去。

提尔这次开得很快，试图盯住捷豹。时间一分一秒地过去，提尔开始意识到他不仅仅是在动作上落后，那名男子从一开始就想甩掉他。提尔把车速加到每小时 50 英里。刚才的七八分钟里车速是每小时 40 英里。

终于赶上它了。捷豹开出马路，在一家墨西哥饭店门前停下来。提尔把车开到附近的停车场，下了车，走到捷豹跟前，摸了摸引擎盖，中间很烫手，边缘稍微凉一些。提尔没有耽搁太久。

他知道那名男子不是进了饭店，而是从里面穿了过去。提尔走进饭店，穿过空荡荡的就餐区，来到通向厨房的过道。他穿过过道来到后门，出来后看到了那片停车场。这里有七个用白灰标出的车位，其中一个空车位上标着“预留”二字。看来这里曾经停放着那名男子的第二辆车。

提尔走进饭店厨房，不顾厨师和服务员好奇的目光，大声问道：“你们有没有在后面那个预留车位上看到一辆不熟悉的汽车？”

有几个人的脸上露出思索的表情，还有几个人不理睬他的提问，这时一个年轻人说：“是一辆丰田凯美瑞，大概买了有一年了，是白色的。”

“你看到那个来取车的家伙了吗？他是穿过饭店，从后门走出来的。”

“没有看到。一天到晚都有人从后门穿过，送货或者干别的。我今天早晨5点来上班的时候，它占据了我的车位。如果你把车停在街道上或者购物中心，它一夜之间就会被拖走。也许现在我该把我的车移到我的车位上了。”

“你最好这么做，”提尔说，“他现在肯定已经走了。”

提尔转身折回到饭店前门外，再次查看那辆捷豹。那个家伙相当厉害。虽然他没有理由认为提尔在跟踪他，却特地在超市里停一下，以便弄清提尔的动机。但是进饭店却是他的另一套招数。

他把汽车在饭店后院里放了一夜，以便能够换车。他是有所准备的，但是为什么而准备？他在担心什么？

提尔回到自己的车上，发动汽车上了路。他重返斯科茨代尔路，找到那片住宅区，向凯拉的房屋开去。附近没有停放车龄一年的白色凯美瑞。

当提尔逐渐靠近凯拉小巧整洁的砖砌住宅前门时，他有一种不祥的预感。他先用力敲门，听不到任何动静，后来就又按门铃又擂门，还是没有回应。提尔绕到房屋背后，那里有一个铺着碎石的小花园，里面种着沙漠植物，还有一个放在棚子下面的按摩浴缸。窗帘敞开着，提尔透过窗玻璃往屋里看。餐厅里有一张硕大的老式枫木餐桌和几把与之配套的椅子，但是看上去好像从来没有被正式用过。提尔猜测凯拉摆放这套家具是为了模拟伴随她成长的某种东西。一个有餐厅的家。

提尔又走到厨房的门边往里看。碗橱敞开着，坛坛罐罐的东西都被拿了出来。水池里放着几个一品脱装的空冰淇淋盒子。提尔的预感更加强烈了。他又移到旁边一扇窗户前，往卧室里窥探。壁橱门敞开着；梳妆台的抽屉被拉了出来；床垫被掀了起来，靠墙放着。当提尔向角落里的卧室窗口走去时，他做好了心理准备。

他看不见里面的情景，因为透气窗紧闭着，后面挂着一幅深色窗帘。很显然，这就是凯拉睡觉的地方。提尔又回到厨房门边，从花园里捡起一块石头，砸碎了厨房门上的一块玻璃，把手伸进去，转动门把手，打开了门。

提尔走进屋子，关上门，沿过道向卧室走去。他找到角落里的卧室，推开门往里看。凯拉穿着睡裤和背心躺在床上，身上盖着被子，空调开得很低，室内温度保持在大约70（华氏）度。电扇嘶嘶的转动声和空调吹送的冷风对她来说一定很惬意，就像白色噪音。她闭目躺着，看上去很安宁。但是当提尔再走近两步的时候，他看到了她被击穿的左太阳穴。枕头右侧的血明显多于左侧，说明大部分血是从她脑袋的右侧伤口流出的。

九

提尔想，男友一定是在凯拉从酒店返回之前就开始搜索房间了。很可能在她到家之前，那些她在临睡前一般不会进去的房间就被彻底搜查了。凯拉死前男友一定碰也没碰她的卧室，后来才细细搜了一遍。她的钱包已经被掏空，扔在地板上。梳妆台的抽屉被拉了出来。壁橱门敞开着，衣服扔得到处都是。

提尔低头看着凯拉。他一生中见过很多死人。死亡通常是一件很可怕的事情，彻底而不可逆转地毁掉了一个生命。他们或满怀希望，或终日忙碌，或急功近利，或自私自利，或多愁善感，或性格开朗，或郁郁寡欢。心脏停止跳动时尸体就开始分解了。一小时前，床上这具尸体还是一个活泼美丽、友好大方的年轻生命。

提尔观察着房间，但是没有碰任何东西。没有必要把场面弄得让犯罪现场警察们感到绝望。他知道，为了制造出一个毫无意义的犯罪现场，男友已经做了大量工作。他看得出来，室内没有除凯拉之外的第二个人在这里睡过觉的迹象，更不用说利用她的慷慨在这里小住的迹象了。男友以前就是这么做的，这次结果还会和从前一样，找不到线索，没有任何突破。

提尔看到首饰盒敞着口竖放在梳妆台上。他向里看看，又看看盒子周围，没有看到那条特征鲜明的项链和脚链，地板上和梳妆台后也没有。提尔转身沿门厅来到厨房，告诫自己不能在凯拉这里耽搁太久。他拿起一块洗碗布包住手指，用厨房里的电话拨打了 911。

“请问你的名字？”

“杰克·提尔，”他说，“我现在在一名年轻女士家里，她被枪杀了。”

“是你杀的吗？”

“不是我，女士，我没有杀她。我只是顺道过来找她聊聊，发现她死了。我相信凶手是一名年轻的白人男子，开着一辆白色丰田凯美瑞，车龄大约是一年。他也许正往城外开，车速很快。”提尔说，“我在北莫里埃塔住宅区 9344 号。”

“我现在就派警察过去。你还在她的住处吗？”

“是的。”

“请待在那里不要动，因为警察需要和你谈谈。”

“我会的。”

“你确信她死了吗？”

“是的，我确信。我见过很多尸体，因为我当了多年的凶杀案侦探。有一颗子弹射穿了她的左太阳穴，而她本人不是左撇子。”

“警察应该很快就赶到，提尔先生。屋内还有其他人吗？”

“没有。我看到有位先生离开了这里，据我所知，他是今天上午唯一来过这里的人。很可能就是他杀了她。”

“我获悉警察已经赶到了现场。你看到他们了吗？”

“他们正在房子前面停车，真是神速，他们肯定就在附近。”

从车里下来两名警察。他们走近房门时都整了整多功能腰带。提尔打开门，站到一旁，让他们进来。

“你是提尔先生吗？”

“是的。”

走在前面的警察用一只粗壮的手臂抓住他的前臂，“你能把手放在墙上让我检查一下口袋吗？”

提尔贴着墙站着，张开双臂，叉开腿，让他们检查他身上有没有携带武器。那名警察说：“谢谢。”

提尔说：“我知道这对你们来说有点儿棘手，但是如果你们能马上发出通告，寻找一名年约25岁的白人男子，开着一辆有一年车龄的白色丰田凯美瑞，也许就能在他还没有走太远之前拦住他。他的车速很快，所以请务必立即采取行动。”另一名警察向屋子里面走去，他的搭档继续和提尔交谈。

“我想你认为他是凶手？”

“是的。”

“你知道他的名字吗？”

“目前还不知道，”提尔说，“我想他是她留宿的男友。我来时看到他正在离开。他的头发是黑色的，剪得很短很整齐，他还戴着一副弧形太阳镜。他开着女孩的新银色捷豹行驶了几英里，把车停在蒂奥·费南蒂欧饭店门口，他穿过饭店，上了一辆白色凯美瑞跑了。”

“这么说如果我们去这家饭店的话，会看到银色捷豹，凯美瑞却不见了？”

“是的。我想这个女孩在别处还有一套公寓，他现在可能在去那里的路上，或者正在出城。”

“为什么她会有两处住所？”

“她是一名陪伴女郎。这里看起来不像她用来开展业务、接待顾客的场所，那样的话她会和邻居们产生矛盾。我认为这个家伙已经搜走了房间里的钱和其他贵重物品。他也许猜测她在其他地方也藏着钱和首饰。他曾经以这样的手段杀过其他女孩，劫走她们的财物。”

另一名警察从门厅里走出来，“是个美女。”

“是的，”提尔说，“的确是。”

“说说你吧。你是谁？”

“我是从洛杉矶来的私家侦探。”

“你正在破一起案件吗？”

“是的。一个名叫凯瑟琳·汉密尔顿的女孩的父母雇我查出杀害她的凶手。她也当过陪伴女郎。这家伙似乎是先和某位陪伴女郎建立关系，然后再杀掉她，抢劫财物，接着转移到下一个城市。”提尔停顿了一下，“我不想惹人烦，但是我能证明这一切，而且我的确认为有必要马上拦住这家伙。”

年纪较轻的警察看着他的搭档。

年长的警察说：“提尔先生，你今天有没有听收音机或看报？

我来值勤的时候，警察局已经接到报警电话，两名市议员昨晚在他们的床上被杀害了。整个上午，有几十条线索需要追踪。我们不是一支阵容庞大的警察队伍，没有多余的警力去寻找一辆汽车——这个国家最常见的车款，顺便说一下——当我们知道的仅仅只有这一点线索的时候。给我们一个机会去发现更多的信息。”

提尔正低头看着地板，突然抬起头来，“你为什么认为议员是被杀害的？”

“有很多证据。这里是亚利桑那州南部，很多人拥有枪支和不同政见，还有人贩毒。我们会解决这些问题，但是这样做会使所有其他问题推迟解决。现在，我想我们需要把你送到警察局，让你在那里陈述供词。我们会从议员案子中抽调一部分警力，以便他们可以着手处理这起案件。”

“好吧。”提尔说。

“恐怕我们不得不请你忍一忍，我们要给你戴上手铐，提尔先生。我的搭档一个人把你送到警察局。”

提尔转过身，让警察在身后铐上手腕。上了警车后，年轻些的警察问：“你和她的关系密切吗？”

“不密切。我只是昨晚雇了她，想从她那里打探到她男友的信息，但是她不愿提及她的私生活。她没有告诉我他的姓名，也没有给我任何细节，因此我就跟踪她来到了这里。”

“你这是什么意思？”

“我的意思是，我要做成的一件事就是在她被杀前一天赶到她那里。下次接近他的时候，我会集中精力追他，而不是小心谨慎地试图从女孩那里获取信息。”

提尔在警察局录了口供，然后在一间讯问室里边喝咖啡边等待结果。这期间警察们打了几个电话。提尔知道他们怀疑他也许是杀害两名市议员的凶手。当他们查清了提尔说的都是实话后，那位被指派负责这起案件的侦探走进来，告诉他可以走了。

提尔开车回到凯拉的住处，技术人员还在对整个住所进行搜查。他没有和他们中的任何人说话。他知道他们什么也不会告诉他。即使告诉他，他也不会对他们发现的东西感兴趣。对于这名男子他已经错失良机。他所能做的就是重新开始，给男友再次浮出水面的机会。提尔站在他的汽车旁边，看着验尸官们把凯拉的尸体抬出来放到轮床上。然后他上了车，开走了。

十

夕阳西下时提尔开始了返回洛杉矶的旅程，一路走的都是 10 号州际公路，希望男友认出他并且跟踪他。他希望自己能被轻易发现。提尔有时停下来去饭店吃些东西或去路边咖啡厅喝杯咖啡。他总是临窗而坐，这样就能看到自己停放在停车场里的汽车。甚至在此时，提尔还在盼着凶手正躲在停车场里准备在他上车之际伏击他。

来到位于斯蒂迪奥城文图拉大道的事务所后，提尔又开始了搜集与凶手有关的资料的工作。为了找到那条特征鲜明的项链和脚链的出处，他查遍了首饰销售点和制造商的商品目录。金项坠不是正圆形的，而是椭圆形的，边缘的一圈小钻石很常见，但是大钻石偏离了中心位置。他花了数日寻找，但是找不到和它们一样的。他为项链和脚链画了一幅图，附上近似的尺寸和特征描述，开车来到市中心的首饰销售区。他从一座楼进入另一座楼，不放过任何一家商店、任何一个设计师和制造商的工作间，询问是否有人能辨认出这副首饰的制造者或者它所代表的含义。回到家后，他把放大了的首饰照片扫描进电脑里，发给了全国各地的古董珠宝经销商和珠宝定制设计师，然后继续寻找。

提尔重新研究了麦卡恩队长发给他的在凯瑟琳·汉密尔顿之前被害的五个女孩的信息。因为和凯拉共度了一个夜晚，七个女孩之间的惊人相似更加令他震撼。好像男友一直在浏览陪伴女郎的广告，找到同样的女孩后就把她杀掉，反反复复。

项链和脚链没有出现在前两名受害者的照片中，它们好像是来源于第三个女孩，即比凯瑟琳·汉密尔顿以及之前的两名受害者更早的那个受害者。因此提尔把更多的注意力放在了迈阿密地区的珠宝销售商那里，因为那个女孩是在迈阿密死去的。她是来自于乔治亚州萨凡纳的珍妮·麦克劳伦。去年6月，22岁的她出现在迈阿密，在海滨附近找了一处公寓。很显然，她很喜欢海边的生活，主要接待入住大酒店的游客。想猜出首饰来自何处几乎不可能，提尔找到的珠宝制造商没人能提供任何有价值的信息。

他反复研究所有遇害女孩的案情。警方报告在细节上和它们所反映的调查深度上存在差异。一些侦查员似乎把一个妓女的被害看成是一件简单的、理所当然的事情。身材瘦小的年轻女性通过做一些非法的事情换取现金，会让自己处于十分危险的境地。任何顾客都会看到这种机会，有时某些人就会抓住这个机会。

在前几个女孩的公寓里发现了上百个陌生男性的指纹，但是这些指纹没有重复出现的；也发现了较为复杂的DNA混合物。如果这些女孩和某人有亲密关系或者有过节，也将永远不为人所知，因为她们在一个城市只住几个月，然后就搬到另一个城市，像候鸟一样。如果受害者出生在国外，警方往往会试图查出她是不是被贩卖过来的，但是这几起案件都不属于这种情况。他们写了案情报告，签上名字，注明日期，然后归档。

注明日期。提尔再次看了警方的所有报告，记下遇害者的死亡时间和日期以及发生的城市。然后他进入当地报纸的网站主页，想了解在这些谋杀案发生之前的一两天内这些城市有没有发生过别的重大事件。

提尔花了三天时间，终于找到了和五个女孩的死亡绝对有关联的事件。去年4月17日，一个自称为莉莉·塞雷娜的红发女孩在她的明尼阿波利斯公寓里被击中后脑勺，住所遭到洗劫。头天晚上，威廉·罗西，一个在双子城地区拥有三家饭店的老板消失了。四天后，人们在罗西沉入湖底的汽车里找到了他，也是被枪杀的。

在华盛顿，一个名叫温迪·斯蒂芬斯的女孩被发现死在自己的公寓里，就在同一天晚上，一名退休的助理地方检察官在家中被枪杀。他是一位有32年资历的成功检察官，因此有很多敌人。

9月27日，一个名叫珍妮·麦克劳伦的女孩被发现死在迈阿密海滩附近的公寓里。两天前的夜晚，一个地区银行行长和妻子看完戏后在车前被杀害。

12月29日，泰瑞·汉福德，又一个金红色头发的女孩，因中两颗子弹，惨死在她纽约的公寓里。同一天晚上，一个富人在自己的画廊里被杀害，此人除了拥有大量曼哈顿租赁财产外，在纽约州北部还拥有一个养马场。

1月25日，北卡罗来纳州夏洛特市的一名承包商和潜在的贷款方会面之后回家途中遇害。第二天早晨，一个名叫凯伦·波伦科的金红色头发女孩在自己的公寓里遭到残杀，很显然她当时还在睡梦中。

提尔给洛杉矶警察局打了电话，做了自我介绍之后，请求和安东尼侦探以及塞勒斯侦探通话。拿到号码后，他拨了过去，准备给他们留言，以便他们方便时再给他回话，没想到一名男子接了电话。他的声音听上去很平静，不慌不忙，“我是塞勒斯侦探。”

“你好，侦探。我叫杰克·提尔，在洛杉矶警察局当了 23 年的凶杀案侦探，现在是一名私家侦探。”

“很高兴听到你的声音，你现在正在调查什么案子？”

“凯瑟琳·汉密尔顿，我想知道你或者安东尼侦探今天能否抽出 15 分钟时间见见我。”

“我想没问题。你今天能在 2 点半左右来这里吗？”

“当然。到时候见。”

提尔驱车来到北好莱坞的伯班克大道警察局，也就是两名侦探的工作单位。他把车停在三个街区外的街道上，走进警察局，到访客登记处登记后坐下来等两名侦探见他。直到 4 点，也不见他们出来。提尔再次走到登记处，告诉值班警察他不是准备走，只是去趟洗手间。4 点半时，两名侦探出现在大厅里。

安东尼是名 40 岁左右的女侦探，身高约 5 英尺 3 英寸。她身穿一套灰色制服，制服显得有些宽大，好像是套小号的男装。她脚上穿着一双男鞋。她把装在皮套里的手枪挂在右侧腰上，这进一步放大了她的轮廓。她的黑发向后梳成了一个紧紧的髻，因此从正面看就像男士的大背头。“我是安东尼。”她说，和提尔握了握手。

塞勒斯个头很高，看上去很随和。他宽腰宽髋窄肩，嘴唇很厚，低头和人说话时会有一副双下巴。他笑着说：“我是塞勒斯。我们到后面找个可以说话的地方。”

提尔发现他们都不打算提及他们迟到两小时这件事，所以他只是说：“我是杰克·提尔。”然后跟随他们来到大公共办公室，里面并排摆放着一张张桌子。他在安东尼推过来的一把椅子上坐下来。两名侦探坐在转椅上，等着他开口说话。

“我花了很多时间试图抓住杀害凯瑟琳·汉密尔顿的凶手。”

“我们也是。”安东尼说。

“当然，”提尔耐心地说，“就在他杀害又一名受害者之前，我在菲尼克斯找到了他，但是我没有及时看出迹象。我看到他离开了那个女孩的房子，因为怀疑他就是我要找的人，我就跟在他后面，但是没过多久他就把我甩掉，换驾一辆汽车脱身了。当我返回到女孩的住处时，她已经死了。”

两名侦探面面相觑，看起来都有些不悦。安东尼问：“你为谁工作？”

“凯瑟琳的父母，汉密尔顿夫妇。”

“你怎么知道这两起凶杀案有关联？”塞勒斯问。

提尔从马尼拉文件夹里掏出两页陪伴女郎的广告：凯瑟琳·汉密尔顿的和凯拉的。他递给塞勒斯，“请注意她们之间的相似之处，还有项链和脚链。两人都是在家中头部中弹后身亡。如果你们能和菲尼克斯警察局取得联系，也许可以比较一下子弹。”

两名侦探看着这两页广告。安东尼说：“有意思，我们能把广告留下来吗？”

“就是要送给你们的。”

“谢谢你。”安东尼说，“有很多可能的解释。可能有一个珠宝商很受性工作者的欢迎，或者甚至有一个珠宝商用珠宝付给她们报酬。另外，被杀害的性工作者太多了，因此你会找出很多相关性，但没有多大意义。”她看起来似乎要起身和他握手告别了。

提尔没有让步。他又从文件夹里取出另外五页广告，“这是之前的五名受害者，她们分别来自纽约、明尼阿波利斯、迈阿密、华盛顿和夏洛特。”他看着两名侦探，“很难把她们区别开，是吗？”

“还是那句话，这么多的女孩成为受害者，所以你能找出很多相关性。”安东尼说，“我们也能在这些城市里找到过去两年内被杀害的五名黑发女孩，可这并不能说明就是同一人所为。”

“这其中有三个女孩戴着同样的项链和脚链。”

安东尼说：“因此这看起来像是一种时尚。”

提尔低头看着地板，沉默片刻后心平气和地说：“为了找到和它们一样的首饰，我搜遍了全国，到目前为止，没有一个生产商或设计师能认出它们。大家一致的看法是它们是专门为某个人定做的，而这种设计对这个人有特殊意义。我来这里的目的是要和你们分享一个也许对你们有用的最新情况。我想我已经弄清楚这家伙在干什么了。”

“你的意思是除了杀害漂亮女孩外？”

“我认为他是一个职业杀手，在下手之前的准备过程中，他找到了一种让自己隐身的办法，同时事后又不留任何痕迹。”

“他杀这些女孩就是为了这个目的？”

“他似乎在某种情况下意识到他能让这些女孩为其提供住宿。有什么能比住在使用假名的妓女租的公寓里更安全呢？每个女孩也许是用真名租的房子，给房东提供了一些胡编乱造的职业信息。但是开始工作的时候，她不再使用真名，而是编造一个假名字。”

“那么为什么这些女孩看起来都一样呢？”

“他变成了她们的男友，这是她们让他留宿的原因。也许他偏爱那种长相的女孩，因此更容易对她们产生兴趣。也许那种类型的女孩喜欢他，因此他会和那些靠得住的女孩交往。谁知道为什么女人会看中一个家伙而不要另一个家伙？我曾经读过一篇文章，上面说是因为她们潜意识里喜欢那家伙的汗味。问题的关键是这些女孩不是重点。”

“那么什么是重点？”塞勒斯问。

“这些女孩使他成为隐形人。他和她们一起住几周、一个月或者三个月，同时计划谋杀行动，观察目标。然后，某天晚上杀了受雇要杀的人之后，他就会离开那座城市。这意味着他要杀掉唯一一个知道他在这座城市的证人。离开之前，他会拿走她所有的财物——通常是大笔现金。他用这笔钱支付下个月或者今后半年的花销，同时也可能用这笔钱去讨下一位女友的欢心。然后，在下一座有刺杀目标的城市，他会重复同样的行为。”

“这是一个相当富有想象力的推理。”

“我知道，但是在所有这些城市中，每个女孩被杀之前都会发生一起高端人士被害案。”

“有意思。”塞勒斯说，“你能把凯瑟琳·汉密尔顿的被害和什么人联系起来吗？”

“我还不太确定。没人会雇职业杀手谋杀中产阶级郊区居民或穷人。那一天共有三起谋杀案符合这个模式——似乎是被陌生人谋杀的重要人物。仅凭文件里记录的关于作案手段和案情的一星半点的信息，我无法确定是哪一个。而且这对我来说也无关紧要。我想要做的是继续查下去，弄清楚他下次出现的地点。”

安东尼问：“你为什么来找我们？”

“我想是出于职业礼貌，”提尔说，“我不能隐瞒我对一名凶手所掌握的情况，因为多年来，作为一名凶杀案侦探，我也盼望着一条线索从天而降。我告诉你们还因为这家伙精于此道。他受过良好的训练，自律果断，行动敏捷。他不是那种轻易屈服的心理缺陷者。如果你靠近他，他不会投降，而且也不会不战而逃。他已经为此做了充分准备。”

“你计划做什么？”

“抓住他，如果能的话。”

十一

乔伊·莫兰德不能长期这样下去。两年来，他从一座城市转移到另一座城市，从名单上画掉一个个名字。现在他已经变得非常擅长隐身了，但是还不够好。他的方法只能再使用几年时间。这需要他保持英俊而友善的外表，尤其是要显得年轻，这是最重要的一点。

莫兰德28岁，但是看起来要年轻得多。他那光滑的皮肤、蓝色的眼睛、长长的黑睫毛、波浪形的黑发使他看上去像是青少年电影杂志封面上的男演员。他身高6英尺，又瘦又结实，肌肉线条很长，富有弹性。坐着的时候，他有意舒展四肢，让自己充沛的体力在动作中体现出来，这些都给人一种依然很年轻的印象。

莫兰德正沿着93号州际公路前往波士顿。他选择这条路线并不是因为喜欢穿越特德威廉斯隧道。在隧道封闭的空间里，他总是很容易因为其他司机可能犯的某个愚蠢错误而受到伤害。他害怕遭遇车祸，也不喜欢接近五个车道上那些智力低下、神经紧张、动作鲁莽的司机们。

莫兰德想着他的目的地。再过几分钟他就要驶出隧道了，然后入住波尔斯顿大街上的四季酒店。这家酒店在波士顿公园右侧，俯瞰市政公园和灯塔山。有很多地铁站——阿灵顿、波尔斯顿和唐人街都能在五分钟内走到。缺点是所有员工都喜欢拍客人的马屁，房价也很高。他必须尽快找到另一位女孩。

莫兰德喜欢进入一座新城市，开始计划一份新活儿。自从离开菲尼克斯后，在慢慢进入东部地区的过程中，他在各种位置偏僻的中西部度假酒店度过了几周时间。这是一种代价颇高的旅行，但是他急于找到一位女孩还有另一个原因。波士顿的活儿将是他今年最棘手的工作。他必须瓦解最周密复杂的防范措施，而随后的谋杀也许会吸引很多注意力。

住在亚利桑那州的时候，莫兰德很想拥有一支点 50 口径的巴雷特狙击步枪。他曾经在电视上见过这种步枪，一下子就喜欢上了。电视上的那款是 M82 远程狙击步枪，一名海军陆战队狙击手在阿富汗用过它，当时射出的一发子弹飞行一英里，穿过一堵砖墙，打死了站在墙后的三个人。

莫兰德买不到真正的军用点 50 口径步枪，不会有人把这种枪卖给普通人，可能因为有两场正在进行的战争，而战场上没有很多树或建筑等障碍物，也可能因为官方不想让这种枪在美国出现太多。但是巴雷特公司设计了一款普通版的 M82，叫 M107A1，可以在枪店里买到。

这支枪花了 12000 美元，包括瞄准镜。莫兰德为在枪杀凯瑟琳·汉密尔顿之前花时间搜了她在洛杉矶的公寓而感到庆幸，因为他搜到的钱已经抵消了这支枪的费用。12000 美元还包括一个里奥波特 4.5×14 密位点瞄准镜，六个装 10 发子弹的弹匣和一个弹药箱。这个价格不包括护耳器，但是这东西不贵，有了它能保护听力免受 180 分贝噪音的冲击。他同时也估计到，对于哪怕像他这样的神枪手来说，这支新步枪从会使用到熟练使用再到百发百中也要花掉 500 发点 50 口径的子弹。总之，还在亚利桑那州的时候，他已经花了将近 2 万美元购买并熟练使用巴雷特 M107A1。索诺拉沙漠很完美。在射击俱乐部里，莫兰德结识了一个名叫戴夫 · 布莱特的人，得知戴夫在图森城外拥有一大片土地并在那里建了一个靶场。

所谓建一个靶场，就是在他的地产挨着高速公路的一端放置一张操作台，用一座小山作为屏障，和高速公路隔离，然后每隔 100 米在土中竖根白色柱子作为分界，直至 2000 米远的距离。布莱特的地产挨着沙漠的那一端除了一座小山坡外什么也没有，因此他拥有地产的两端，但是他看到的只是透过步枪瞄准镜能看到的那一端。在莫兰德来测试他的新武器的那天，戴夫 · 布莱特拿出了自己的巴雷特 M107A1，说："我们去把岩石击碎。"

后坐力像一只杵锤砸在他的肩膀上。子弹，一个拇指般大小的旋转的流线型金属抛射体，4 秒钟内在沙漠上空穿越 2000 米，击中一大块砂岩，把它炸成了粉尘和纷飞的碎片。一旦莫兰德体验了新武器的威力后，他对它的兴趣就转化成了激情。他变成了一名狂热的皈依者，一名真正的信仰者。

当莫兰德选中远处的目标时，他变得更加激动。他把准星刻度上调了一点，试验偏差以弥补长距离内复杂多变的气流造成的影响。在操作台和最后一根柱子之间，在从炎热的沙漠地面升起的旋涡中，有风忽左忽右地吹。在他不停地射击，不断完善瞄准度的时候，感觉到自己的力量在增长。一个能够把仇恨沿发射方向发射一英里，击穿一辆汽车或一堵墙，并杀死仇敌的人就像一个神。

莫兰德那天反复射击，直到用掉了40发子弹、右臂因扭伤和擦伤而剧痛难忍时才作罢。他不情愿就此罢休，但是他知道必须把枪收起来，否则要等一阵子他才能再次使用它。

每次练习后他都感到痛苦，由于枪声的刺激，脑袋疼得厉害，但是他坚持回到靶场。有时他需要花四五天时间才能从头痛中恢复过来，才能再次光顾靶场。不去靶场时，他就筹划杀死两名菲尼克斯市议员的工作。他从一开始就知道干掉这两个人是一件轻而易举的事情，唯一具有挑战性的是要同时杀掉他们俩。他不想只杀掉一个，让另一个得到警察的保护。他必须快速而悄无声息地干掉这两个人，然后赶紧撤离。

莫兰德离开菲尼克斯的过程有些复杂。他本来计划临走之前杀死戴夫·布莱特，但是在他计划离开的前一个月，这个人很合时宜地命丧于车祸。后来，在最后一天，莫兰德差点儿没摆脱掉凯拉的一位顾客带来的麻烦。那个男人——和她共度了一个良宵的男人——很显然选择在那一天跟踪她的捷豹到她家里。那个男人已经看到莫兰德开着凯拉的捷豹离开了，但是显然不知道凯拉以后不会再驾车外出了。莫兰德不能让这个男人跟上他，因为那时市议员和凯拉都已经死了。他在一家超市内甩掉了这家伙，然后换了汽车并得以脱身。他这样做是明智之举。如果他停下来把这人干掉，就会在昨晚两起令人蹊跷的枪击案基础上掀起更大的狂澜。

当莫兰德扣动扳机时，他不再有任何顾虑。他杀人是因为有必要这么做，而他做这件事情的方式既高效又仁慈——从背后突然袭击。他不是特别神经质，但是不喜欢噪音，也不喜欢搬动尸体。他不喜欢为死者挖坑。一个人在掏出枪后做的所有事情都被快速而漂亮地完成了。

莫兰德大部分时间都在旅行。他就像一条鱼，为了让水不断流过鳃，必须不停地游动。在这个国家的任何一座大城市，他都能轻易找到他需要的东西，而且，如果他住在干道附近，大多数地方都差不多。在任何城市他都能找到满意的饭店和咖啡馆，也能找到豪华酒店和服装店，买到得体的衣服，还能找到漂亮妞儿。

乔伊·莫兰德喜欢陪伴女郎，也许因为她们和他一样。她们不是一直有人爱有人疼的人。几乎每个陪伴女郎都在18岁之前就开始卖淫，因此等到他遇见她们的时候，她们对此已经习以为常了。在她们的职业生涯中，她们把所有时间花在了伪装和撒谎上，但是在认识了莫兰德以后，她们开始向他吐露心声，因为他从不对她们妄加评判。他并不是真正想杀她们，但是必须这么做。如果离开菲尼克斯前不把凯拉杀掉，她也许立刻就会告诉警察他的事情了。

互联网为陪伴女郎改变了一切，现在很少再有人为皮条客工作了。要得到顾客，陪伴女郎们所做的就是把衣服脱得只剩内衣，用手机在浴室的镜子前自拍几张照片，然后把照片附上手机号上传到某个网站的成人专区，在上面发一则广告。收入好像并不是多么可观，但都是现金，而且可以全部据为己有。如果一个女孩有几个常客，她就不再做广告，安排好接待他们的时间，余下的时间用来逛街。如果她每小时索要 200 美元，一天有两名顾客，每周能挣 2800 美元。如果她足够漂亮，每小时索要 300 美元，一周就能收入 4200 美元。

现在有很多来自中产阶级家庭的女人也干这一行——少数是大学生，很多是离异女士，还有很多来自其他国家的女人，这些女人认为家乡没人会发现她们做这事。

莫兰德在酒店住下后，先冲个澡，换上干净衣服，再享用一顿美餐，然后取出笔记本电脑，连上网，开始寻找一个女孩。波士顿的活儿很重要也很复杂，所以他消失得越快越好。

莫兰德擅长浏览广告。他要找的女孩们常常在广告中提到她们的金红色头发。红头发很少见，因此有时她们用“红色”描述自己的头发，但是有时也用“金黄色”，因此他必须耐心点儿，点击广告后把照片打开。有人把自己描述成“邻家女孩”，他经常点击这类广告，尽管他知道这种描述具有误导性。他年少时，那个真正的邻家女孩就有一头金红色长发。

莫兰德开始对明迪·琼斯感兴趣的时候是 14 岁。琼斯那时已经从詹姆斯敦高中毕业，在沙托克瓦湖畔的一家餐厅当服务员。莫兰德常常看到她从父母家里走出来，大多数时候都是同一身打扮：蓝色牛仔裤、T 恤衫和凉鞋。长长的金红色头发披散在背上。她挑选的服装颜色把她的头发和绿色眼睛衬托得更加美丽。在他的记忆中，她总是这样来来去去的。几年前，当他刚刚 8 岁的时候，她不再是一个瘦弱的小女孩，就像周围的其他女孩一样。他记得当时曾认为她突然变得像一个明星。

14 岁那年，当明迪手里拿着挂在衣架上的干净整洁的白色服务生制服向汽车走去的时候，莫兰德发现要想不看她实在太难。她总是先打开后门，弯腰探头进去，把制服挂在小钩子上，用力关上车门，然后转过身去。有几次她转身的速度很快，他看到那双绿色眼睛在他身上停留半秒钟后就移开了，随后她坐到驾驶座上。

莫兰德常常看到晚上有年轻人接她出去约会，有个别时候，尤其在夏季，当她回家时他会醒来。街上一片沉寂，空无一人，他会首先听到车载收音机里播放的音乐，因为车窗开着，他卧室的窗户也开着。当汽车靠近街区的时候，车里的某个人会关掉音乐，然后他就只能听到轮胎向前滚动时和地面摩擦发出的嘶嘶声。乔伊会留心观察那个男孩是否一直陪她走上前门廊，他们是否搂着对方的脖子相互亲吻。大多数时候，汽车只是停下来，她独自从车上下来走上台阶。她的脚步很轻，走得很快。有一次，当汽车开走后，她没有立刻走进家门，而是走到和他家挨着的门廊的一侧，一直走到栏杆边。她静静地站着，抬头看着他的窗户，看了大约 30 秒钟。

莫兰德确信没人能看到他站在窗边，像个偷窥狂似的看着她和她的约会对象。他把卧室门和灯都关了，但是她当时似乎在直直地看着他。他一动不动地站着，甚至不敢呼吸，因为害怕她的猜疑得到验证——猜疑是有道理的——他不仅在偷看，而且以前就这么做过。最后她终于转过身去，但是就在那一瞬间，门廊里的灯光照亮了她的脸，她在微笑。

那是一个星期五晚上，就在莫兰德的父母计划开车去密尔沃基看望他祖父母的前一天。因为周一有暑期辅导课，莫兰德不能去。他必须补补数学。莫兰德的母亲很担心他祖母的身体，因此想尽早去探望老人。他们说服自己相信儿子已经长大了，可以单独留在家里照看那几条狗。

母亲第二天早晨6点就把他叫醒了，领着他在家里转了一圈，把她列出来的注意事项一一做了交代，提醒他牢牢记住。他懂事地点着头。当父母驱车离开的时候，他站在门廊上挥手和他们告别。

傍晚，莫兰德听到后门传来敲门声。他往外一看，发现是明迪。乔伊打开门，明迪身着一件白色的夏季连衣裙，正站在台阶上冲着他微笑。“你好，明迪。”他说。

她很漂亮。金红色的头发在阳光下闪烁着光泽，身上的连衣裙非常合体，是那种能够紧紧地吸引他目光的款式，因为他确信几乎要看穿它。他终于把目光移开。她说：“我可以进来吗，乔伊？”

“哦，当然可以。”他往后退了退。她走进来，顺手关上门并上了锁。她的动作总是又快又轻盈，以至于他几乎没来得及让开。为了表示歉意，他向房间里退了退，而她把他的这个举动看成了让她继续往里走的邀请，因此他仍处在危险区。在这里，他的少年傻气会暴露无遗，如果他对她的举动不保持警惕的话。

“这事儿你还要想一想，是吗？”

“不是，”他说，“是因为我父母去密尔沃基了，我以为你是来找他们的呢。”

她摇摇头，从他身边走过去，伸出一只手臂挽住他的手臂，拉着他走出厨房，来到起居室。“我已经和他们谈过了，他们让我过来关照你一下。他们说你已经大了，可以应付所有事情。我猜他们是不想让你孤独。你没有女朋友，是吗？”

“没有。”他老老实实地承认了。

“一直就没有？哦，也许你还太小——甚至想都没想过。”

“不，我想不是。我只是没找到合适的。”

“我知道你的感受，”她说，“我告诉你一个关于女孩子们的秘密。男孩们似乎从来没有弄清楚这一点，当你在琢磨女孩子们的时候，她们也在琢磨你。”在他思考这句话的含意时，她眼睛一眨不眨地盯着他看了几秒钟，然后把自己的脸贴近了他的脸，模仿着他睁大眼睛的天真表情，“她们也希望把你的衣服脱下来，和你一起鬼混。”

他感到自己面红耳赤，窘得双颊发烫。但是她目视前方，继续拉着他向前走，这让他很感激。一开始他不明白她为什么领他上楼，但是很快他就得出了一个结论，除此之外，他实在想不出第二个结论。这时他注意到自己开始出汗，一个熟悉的变化在身上发生了。

上楼时他磨磨蹭蹭地跟在她后面，因此她看不到他的表情。

踏上楼梯平台后，她又往前走了两步，然后突然停下来，他一下子撞到了她身上。她半转过身，笑嘻嘻地看着他，“不要感到可笑，这样的事情总要发生的。你的房间在哪里？”

“在楼道那一端。”

她抓住他的手，和他一起向他的房间走去。进去之后，她关上门，锁上，转过身来，“我从没来过这里，因此想让你带我参观一下，但是现在不急。”她离他很近，以至于他们的身体碰到了一起，像两个人在跳舞。然后她轻轻地吻在他的唇上，就像他是她的约会对象，把她送到家后两人在门廊里亲热一样。她用双臂搂着他的脖子，而他的双手在她身上探索着，一直滑到纤细的腰肢。她把脸向后仰了仰，望着他的眼睛。

接下来她说：“我可以为你做件真正的好事，是一个很大的福利，但是你必须能够保守秘密。你能守住一个秘密，在有生之年不告诉任何人吗？如果你不能，我能理解你，而且会同样尊重你，因为你对我诚实。”

他看着她洁白迷人的皮肤，发现她那双清澈的绿色眼睛正在研究着他，等待着他的回答。他决定了，“是的，我能做到，我会做到。”

“我相信你。”她说，“如果你不说实话，我就会进监狱。你知道吗？”

他从没想到这一点，但是他点点头。他记得一个已婚年轻女人和一个十几岁的男孩子在一起时被发现后，就被遣送到了远方。她指的是这个意思吗？他闻到了她身上的香水味，一种似乎很自然的淡淡的味道，这让他想起女人的身体不是像男人那样由血液、骨头和肌肉组成的。

她仰起脸再一次吻他。这是他初次体验一个人的舌头塞进他嘴里的感觉，然后他就模仿她的做法，这也是他的第一次。他们相互吻着，与此同时，他还享受着她的手摩挲着他的后背、身体碰触他的身体的感觉。这样持续几分钟后，她把他向后推了推，“你很擅长接吻，这一点很难得，因为你练习的机会不多，不过这事儿我们今后也会解决的。”

她又向后退一步，掀起连衣裙从头上脱了下来。现在她还穿着一件衬裙，接着她又褪下了衬裙，因此身上只剩下一件白色的蕾丝胸罩和与之配套的内裤，装饰着同样的蕾丝花边。现在她并不比沙滩女郎穿得少，但是有着完全不同的意义和完全不同的目的，因此使得他的膝盖发软。

她的所有动作都很轻快，几乎像鸟儿一样。突然她又回到了他身边，双臂紧紧搂住他，不停地吻他。现在，当他重新抱住她的时候，他双手触摸到的是她后背上露在内衣外面的赤裸肌肤。她的美貌、她的恰到好处的姿态以及无可挑剔的肌肤都令他惊叹不已。她一边吻他，一边解下他的衬衫纽扣，把衬衫从他肩上褪了下来。

她一边脱下身上所剩无几的衣物，一边温柔地吻他，然后把他轻轻推倒在床上。他踢腾掉鞋袜，看着她站在面前。

她说：“你一定想知道我在想什么，是不是认为你很帅，很成熟等等。我认为你是，我们将会玩得很开心。”

她的话语中唯一让他感到些许困惑的是“将会玩得很开心”，他现在正在经历一生中最开心的时刻，赤身裸体地和这个同样赤身裸体的女人躺在一起，她漂亮得就像他在电视里看到的所有女明星一样。她那闪烁着光泽的金红色头发衬托着象牙般的肌肤，使她看上去比其他裸体女人更加诱人。

突然她转过身去，走到她的白色连衣裙旁边，从口袋里掏出用手帕裹着的三个连成条状的方形小包，在他身边坐下，撕下一个小包。她把它举起来问道：“你知道这是什么，是吗？”

在他的学校里，自从四年级开始，老师们在性教育课上差不多每年都会出示一次这种东西。“当然知道。”

“你必须戴上它，你今后每次都要戴它。”

她撕开小包，把里面的东西递给他。他用手捏着，把它卷好，正准备戴上，她伸手抢了过去，动作娴熟却缓慢地给他戴了上去。然后他们就合二为一了。各种感觉都加剧了。一开始他们的动作很慢很轻柔，不久，他开始加快了速度。

她轻声说：“躺着不要动，让我来。”他就照办了。他的手抚摸着她，探索着，他做的一切都受到欢迎，甚至就像她已经急切地期待了很久一样。他持续了一阵，但是当她的动作开始加快，并且发出了轻轻的呻吟声时，他感到再也不能自已，终于释放了。

之后一切都静止下来。慢慢地，在深沉的寂静中，他回到了现实世界中。她一动不动地在他身上趴了几分钟，动弹了一下，然后他们就分开了。她裸着身子躺在他身边，闭着眼睛。他慢慢地吻她，从头到脚。她说：“最好先取下套套，用卫生纸包住，放在浴室的洗脸池上。”

他从浴室里出来后，他们又拥抱着在床上躺了一阵。她说：“这比我想象的要好很多，对于一个如此年轻的家伙来说，你很棒。”

“谢谢你。你是——”

“我知道我是。”她打断了他，“这个夏天我们将拥有一段美妙时光。你只需守住我们的秘密，不要对任何人讲，不要在任何人面前和我说话。”

那个夏季的每一天，莫兰德醒来时都会回味他最近一次和明迪在一起的情景，为这不是一场梦而感到狂喜和感激。他父母从密尔沃基回来后，他和明迪只好寻找其他的约会方式。有时他谎称去学校上暑期班，却溜进了隔壁的房子里，因为明迪的父母都上班去了。其他时候，他谎称因为某种原因需要补课，因此要在学校待到很晚。没课的时候，他就骑车去他们事先约好的地点和明迪见面，她会在汽车里等他。

随着夏天的渐渐远去，她帮助他学会了一些东西。“想让我教你我最喜欢的东西吗？就这么做，它会让我彻底疯狂。当你这么做的时候，我无法控制自己——是的，就像这样。”也许因为他比她年轻得多，并且因为他崇拜她，她在支配他们的行为以及向他传授经验时表现得很坦然。不管是什么，只要她愿意教，他都非常认真地学习，在两人不见面时反复琢磨，见面后就尝试，并研究她的反应。

到 8 月初的时候，他被她彻底迷住了，以为她是他生命中最重要的人，是无人可替代的。他睡着时梦见的是她，醒来时想的也是她。在寂静中，他听到了她的声音。当他父母和明迪的父母都去上班的时候，他们就拥有了两套房子，可以在任意一个房间里做爱。

谁也没有一不小心说漏了嘴，表情上也看不出任何问题。他从来没有告诉过任何朋友，或表现得仿佛他有什么事情瞒着他们。他从来不犯错误。当她从她家里出来，向汽车走去的时候，他甚至表现得好像根本不认识她。

他们的关系还没有结束的时候，她就预言有一天会结束。它经历了秋天、冬天和次年春天，直到又一个夏天。

一天，莫兰德看到一个他不曾见过的年轻人开着一辆黑色奥迪来到她家房前。年轻人下了车，走到她家的门边，按响了门铃。后来回想这件事，乔伊·莫兰德意识到，自己看到的是退伍回来的埃里克·科茨。听到门铃响，明迪打开门，扑到那人怀里，献上一个深情的吻。

第二天下午，莫兰德刚放学回到家，明迪就来了，是通过厨房门进来的。她走进了他的房间。他望着她那双美丽的绿色眼睛和踌躇的表情，知道她一定有事。大多数时候，她一踏进他的房间，就开始解纽扣或扯开拉链。今天，她只是站在那里看着他，局促地绞着双手，好像突然不知道该把手放在哪里。

“出了什么事？”

“埃里克回家了。”

“谁是埃里克？”

"我男朋友。"

"哦。他从哪里来？"

"他去过很多地方。他是一名军人。"她说。

"因此你和我——你知道——这将是一个问题？"

她点点头，"你知道我们不会永远这样下去的。第一次来的时候，我确信告诉过你我们的关系只适合那时候，即去年夏天。我，我好像比你大八九岁。"

"我爱你。"

她搂住他，亲吻他的额头、面颊和眼睛，"我也爱你，你知道的。但是如果我们的事情传出去了，我就会进监狱，你的一生也毁掉了。这不正常。起初，我只是想在埃里克服役期间找点乐子，通过找邻家的帅男孩玩耍的方式来摆脱难熬的寂寞。这可以阻止我背叛埃里克。但是，去年夏天我经历了最棒的性体验。我感到和你之间的亲密程度超过了任何人。但是现在这一切必须结束，这样我们才可以在感情上接纳其他人，过一种正常的生活。你明白吗？"

他被摧垮了，感到极度失落、绝望和悲哀，他不知道说什么才能让她改变主意。"你不能这么做，我不需要别人。"

这之后莫兰德开始去了解此人，把本来花在明迪身上的时间都"奉献"给了埃里克。他记下了那辆奥迪的车牌号，通过车牌号查到了车主的姓名和地址。他骑车来到埃里克的公寓楼附近，把自行车藏在大楼后面的车棚里，假装从公寓门口路过的样子，记下了走进公寓的人的特征和进去的时间。他把观察到的一切都记在一个袖珍笔记本上。周末，他坐在卧室的窗前，看着埃里克开车过来接走了明迪。他花了62天时间做准备。在准备的过程中，夏去秋来。

莫兰德的叔叔戴维住在城市另一边。趁大人们上班的时候，乔伊来到叔叔家。他用叔叔存放在他父母那里的钥匙打开门，但是并没有在里面待很长时间。他检查了叔叔所有的枪支，最后选中了那把小巧的点38口径左轮手枪，这样做的部分原因是它放在抽屉深处，戴维叔叔也许很少查看它或者是拿出来用；另一部分原因是它比半自动手枪简单。莫兰德不懂如何解决卡壳问题。

第二天夜晚，莫兰德骑车来到埃里克住的公寓楼附近。他穿着黑色牛仔裤、一件海军蓝兜帽运动衫和黑色运动鞋。他把自行车藏在另一个车棚里，自从开始观察埃里克的行踪后他发现那个车棚好像一直空着。

其余的工作不如他预料的那么难。他守候在那栋公寓楼背后的停车场附近的灌木丛里。埃里克的车就停放在这个停车场。凌晨2点多酒吧打烊的时候，埃里克开车过来了。他驶入公寓的车道，把汽车停放在指定车棚内。没等他把车门完全打开后下车，莫兰德已经来到他旁边，越过挨着驾驶座的车门对着他的脑袋发射了一颗子弹。

莫兰德收拾好枪，走过同排的另外两个车棚，找到自己的自行车，骑上车离开了。他按照预先计划好的路线飞快地骑着：沿一条人行道穿过一座很大的城市公园，绕过一所中学的运动场，顺着几条废弃的旧铁轨向前，再穿过一条安静的街道，就来到了他家门前。他没有经过任何一条有警察巡逻的街道，也没有经过任何一所亮着灯的房子。2 点 45 分，他来到楼上自己的卧室里，把枪藏进一个大富翁游戏盒子里。3 点时他已经睡着了。

第二天，他卸下手枪里的子弹，从一件柔软的破 T 恤上撕下一块布把枪擦干净，然后用一支新铅笔把一些碎布条塞进枪管里，把里面擦净。最后，他骑车来到叔叔的公寓，把枪放回抽屉深处的盒子里。已经打开的子弹盒里又少了一颗子弹，但是他确信叔叔不会注意到这一点。

几天后，莫兰德偷偷听到父母在议论明迪。她一直是个很可爱的姑娘。那件事情发生后，没人会责怪她从詹姆斯敦搬走，但是对邻居们来说这也是一个悲剧性的打击。

十二

那天晚上，乔伊·莫兰德再次打开笔记本电脑，以客人的身份登录进了酒店的网络，开始自上而下地浏览陪伴女郎广告标题。他迅速掠过了“胸部丰满的拉蒂娜，21岁”“性感熟女，35岁”和“浅金黄色头发的火辣美女，23岁”等。他在寻找合适的女孩，就像手里拿着一副面具，试图找到完全适合它的那张面孔。

遇到语意暧昧的吹嘘词时，像“绝色美人，22岁”或“你不会忘记我，27岁”，他就会打开广告看看具体内容。他不喜欢这么做，因为大约一半的照片会提醒他这是一个多么令人倒胃口的行业。广告里常常出现拼写错误或语法错误。有的女孩称自己18岁，但是看起来像个中学生；有的人称自己30岁，看起来却像个苍老的60岁老人。

大多数照片是女孩们自己用智能手机对着镜子拍的，摆出一副她们自认为很性感的造型，但是往往只是一副怪异的扭曲形象，让莫兰德想起模特的前胸和后背同时展示出来的立体派绘画。反射出的背景可能是廉价酒店里的一间浴室或者一间拥挤而杂乱的公寓卧室，以至于客人只有先脱掉衣服和鞋子才能挤到窄窄的床跟前。

莫兰德看到这样一条语意暧昧的标题："我承诺把最美好的外表和最坏的行为呈现给你，24 岁。"他点击一下标题，她再次出现了，和其他城市里的情形一样。看来问题的关键在于寻找。同样的金红色头发，同样的微笑，胸部和臀部的肌肤如瓷器般光滑，但是肩膀上挤满密密麻麻的雀斑，几乎连成了一片，像一块褐色的皮肤。

莫兰德把照片放大，观察得再仔细些。一双清澈的蓝色眼睛，他熟知的金黄色睫毛上涂着黑色睫毛膏。表情中既有对人类的七情六欲——将要把他俩联系起来的可笑的共同需要，也流露出对他这样的男士的渴望。他心中有数了，记下了她的号码，然后用手机打了过去。

当录音提示响起的时候，莫兰德说："你好，我叫约翰·卡特，在 Backpage 网站看到了你的广告，想知道你今晚是否有时间见我。我住在四季酒店，房间号是 592，你可以打电话到酒店联系我。我将在这里住一阵子。"说完后他挂了电话，打开电视。

两三分钟后她打来了电话。莫兰德拿起电话，"喂？"

"你好，我是凯莉。是你给我打的电话？"

"是的。你好吗？"

"我很好。你说你今晚想见我。"

"是的。"

"你想到我这里来吗？"

"我想让你到四季酒店来。"

"如果我去你那里收费更高，要多收 100 美元。"

"没问题。"

"什么时候？"

"你能在10点来吗？"

"可以。请给我准备好礼物好吗？"

"好的。期待在10点见到你。"

在明迪从他生命中消失后的14年里，莫兰德继续尽可能多地去了解女人。他是一个好听众，因为在倾听中他能发现她们的弱点，找到可以控制她们的方式。他必须让她们对他着迷，从而心甘情愿地向他屈服，尽管这对她们而言意味着放弃自我保护和理智。莫兰德已经变得非常擅长在性爱上满足女人。尽管他已经28岁，但是脸上的皮肤很光滑，看上去像个大男孩，这对他很有帮助。很多陪伴女郎喜欢他那张友善的脸。

莫兰德洗了澡，仔仔细细地刮了胡须，在楼道里碰上了正迎面走过来的她。"凯莉？"他试探着喊道。

她看着他。莫兰德明白她在专注地看着他的同时，大脑正飞快地运转，做着判断：她认识他吗？他是警察吗？他始终微笑着，因此片刻之后她也笑了。这是一个很简单的技巧。微笑是抚慰剂。几秒钟后她就会感觉好起来。"我很高兴见到你。"他贴着她的右耳说，因为这样可以把一个信号迅速传到她的左脑，即他就是她需要的人。见面几秒钟后他就拉住了她的手，带她来到酒吧里，因为身体的接触会让女人潜意识里认为他是一个强大而自信的男人，可以掌控她。他们在一张桌子旁坐下来后，莫兰德说："我想要一杯马丁尼酒。你想来一杯吗？"

如果凯莉是独自一人，她要不要马丁尼无所谓，但是经他这么一问，她发现自己好像别无选择，于是说道："好的，请给我也来一杯。"

"你很漂亮，"他说，"而且你在衣着上很有品位。"他的笑容更灿烂了，又一次贴近她的右耳低声说，"我很开心。"

她知道自己有美貌，这是她的生存资本，也许她几乎每天都会听到这样的溢美之词，但是具有完美的品位是一种智慧。这种恭维让她感觉到自己更加合乎他的心意，因此也让她更加急切。

他说："你是爱尔兰人吗？我不由得想弄清楚。"

她说："我有一半的爱尔兰血统，还有一点儿德国血统。"

为了在表情上和她保持一致，赢得她的好感和信任，他引导她不停地说话，"你是在波士顿长大的吗？"

"不，我的家人还在南方。"她说，"如果我想带地方口音，仍然能够做到。"她说这句话时就带有地方口音，"你不可能是本地人，不然我们不会在酒店里见面。"

不管她说什么，他都表现得兴致勃勃，视线从来没有从她脸上挪开。"我出生在加利福尼亚，"他说，"经常去外地出差，几小时前我刚刚来到这里。"

他注意到她已经开始在表情和姿势上跟他保持一致。一切进展顺利，无须他花费多少心思。

女服务生把马丁尼酒送来了，她给了他一个表现的机会。只见他掏出软皮钱包，打开，从一沓厚厚的百元钞票中找出一张50的给了服务生。他注意到凯莉不是唯一一位迅速瞥了一眼钱包，又把目光转移到他脸上的女士。为了和凯莉竞争，女服务生也给了他一个微笑，并微微鞠了一躬表示感谢。发现别的女人认可和她在一起的男人的价值，对一个女人具有催情作用。

莫兰德小心翼翼地举起酒杯和凯莉的酒杯碰了一下，靠在椅子上，慢慢地品着，同时透过酒杯边缘研究着她。“味道不错，是不是？”

“我喜欢，”她说，“尽管我不常饮酒。”

“为什么不呢？”

“对我的体形和皮肤没好处。”

“难怪你这么漂亮。”酒精也会让女人更加不计较男人的过失，更加放得开。莫兰德估计她体重大约120磅，因此一杯酒对她来说刚刚好，两杯就会让她发困。喝完酒后他又邀请对方和自己共进晚餐。

晚餐期间莫兰德尽可能多地去了解她。她很聪明，好像受过一些教育，知道最近波士顿的美术馆里有哪些艺术家的作品展览。“你明天可以去黑波画廊看纽曼的画展，”她说，“如果你明天下午是独自一人，而不是找个女孩在一起鬼混。如果你从来没去过伊莎贝拉·斯图尔特·加德纳博物馆，你应该去那里。门房会为你安排这件事，连出租车都会给你联系好。”

对于他为她点的昂贵而可口的饭菜，她欣喜不已，同时对他感激不尽；但是正如他所预料的那样，每道菜她都是浅尝辄止。

他问她喜欢读什么书，她含糊其辞。他诚实地告诉了她自己的喜好，“因为我经常外出，所以读了很多书。最近一直开车，因此在路上听有声书。”

他预料她会问他读哪些书，但是她却问：“你为什么经常外出？”

“我是一名顾问，到一些公司里去，给人们一些建议，然后就离开，让他们享受所有的好处。”

“我相信你很擅长这种工作，因为你在很高档的饭店用餐。”她向前探探身子，小声说，“我一直在想，你今晚有什么期待？”

“你说什么？”

“没关系。我们说话的声音不大，附近没有人，不会被听见。”

“你的意思是，我是否有恋物癖或其他不寻常的念头？”

“你也许有，不过没关系，我不喜欢评头论足。你对我太好了，我不想让你失望。”

“对不起，”他说，“我各方面都很正常。我希望自己不要太乏味。我不是一个已婚男士，有一个不愿意满足他愿望的妻子。我只是一个还没有女朋友的单身汉。”

“好呀，”她说，“为了让你的愿望实现，我必须更加努力——尽管你还不知道是什么愿望。”

他喊服务生送来账单，签了字，挪开她的椅子，拉住她的手，一起走出餐厅，走进楼道，上了电梯。等他们来到他的房间所在的楼层后，他已经认定她就是他需要的女孩。

他动作轻柔，富有情调，让凯莉感到身心放松，同时感受到他的爱意。他先是无声而温柔地抚摸她，给她时间充分想象她喜欢的动作。但是慢慢地、逐渐地，他开始使用 14 岁时初次从明迪那里学到的技巧，这种技巧在他过去 14 年里与许许多多其他女人接触的过程中得到了完善。他揣摩着凯莉的想法、感受和愿望，不让她回到和她的工作有联系的习惯性动作中去，不停地唤醒她，刺激她。这样过了两个小时后，他知道她是他的了。

他们静静地躺了很久，他看到她坠入梦乡。当她沉沉入睡的时候，他起来打开笔记本电脑，订了两张伊莎贝拉·斯图尔特·加德纳博物馆的门票，又在克里奥餐厅预订了晚餐，然后才上床睡觉。

他醒来时，凯莉正在穿衣服。“非得走吗？”他问。

“恐怕是这样。天亮了。”

“我想我最好把钱给你。”他下床走到梳妆台前，从里面取出2000美元递给她，然后重新躺回到床上。

她把钞票对折了一下装进钱包里，笑着说：“我应该付给你钱。”

他摇摇头，“请不要。”

“不要什么？”

“不要这么说。我知道我和上一个家伙或下一个家伙没有什么区别。我不想让你认为我是一个你必须讨好的傲慢自大的坏蛋。”

“我根本不会那么想。你是一个很棒的情人，你也清楚这一点。”

她跳到床上，一边挠着他的肋骨一边说：“快乖乖承认吧，不然我会一直挠你，承认吧，唐璜先生，承认吧。”

他把她仰面推倒在床上，抓住她的手腕，“这是我今生花的最值的一笔钱。你无须为了让我高兴而说谎。我很高兴。”

“那好吧，我也很高兴。”她说，“这让我想起男人的可爱之处。如果他们都像你一样，我会免费为他们服务。”她挣扎着想抽出手，但是中途放弃了，静静地躺着说，“吻我一下。”

他给她一个长长的、温柔的吻。

“让我走吧，免得酒店的服务生发现我在这里待了整整一晚上，并因此认定我是一个陪伴女郎。”

他坐直身子。她起身抓起钱包，走了一步又停下来，“你在波士顿待多久？”

“我还没想好。”他走到桌边，打开笔记本电脑。

“如果你想再见我，我收你半价，明白吗？你一定是唐璜。”

他说：“我买了加德纳博物馆今天下午的门票。你愿意陪我去逛逛吗？”

“我不知道。”

“这算是半价的约会。”

“成交。”

“我还在克里奥预订了晚餐。”

“克里奥？”

“马萨诸塞大道和联邦大道交叉处，和麻省理工学院隔桥相望。晚餐5点半开始，刚好在我们看完画展后肚子饿的时候。好吗？”

“你一次就花那么多钱，”她说，“我不想给你带来麻烦。”

“没有麻烦。我不是每天都花几千美元，但也不是经常遇到花钱的机会。我能在 1 点去接你吗？”

“定在 12 点半吧，要看的东西很多。”她走到他的笔记本电脑前，在谷歌地图上搜出她的地址，“这就是我住的地方。我等你。”

她走了。他看着屏幕上的地图。这地方不赖，地处安静的郊区，远离喧嚣的闹市。他不介意在那里生活一段时间。

乔伊·莫兰德学会了耐心。他没有理由逼凯莉做任何事情，甚至提出和她住在一起的想法。如果这件事是由她自己主动提出的，那么她就不会怀疑他接受她邀请的动机。他确保每天给她打一次电话，要么是为了和她进行一次约会，要么是告诉她工作很忙，没时间去看她。他确保每一次的聊天内容中都会包含让她想到钱的东西。今天他说，下次他们见面时，他会开车带她去普罗维登斯吃晚饭，因为那里有一家很受欢迎的龙虾餐厅。自从那天晚上初次见面后，他每次见她的时候都要给她带一件昂贵的小礼物——丝巾、胸针、手套或内衣，总是质量最好的正品。

莫兰德没有必要告诉凯莉一定不要主动给他打电话，因为谨慎是她的一个职业原则。莫兰德的职业占用了他很多时间。他受雇谋杀的对象是路易斯·萨拉查·克鲁兹，一名墨西哥联邦检察官，此人由于成功打击了锡那罗亚和海湾的卡特尔名声大震。掮客告诉莫兰德萨拉查现年 51 岁，身高 6 英尺 2 英寸，有一头乌黑的鬈发，留着整洁的小胡子。他穿着很高档的套装，大部分是炭灰色的。完全有理由预见萨拉查一定有自己的保镖和来自波士顿警察局的人的保护。因为他是一位高风险贵宾，警方也许会在附近布置十几名狙击手。杀死他后并且安然逃脱需要周密详尽的计划和镇定高效的行动。

这个活儿促使莫兰德决定买一支远程狙击步枪并且要熟练使用它。他可以躲在 2000 米开外的一栋高楼上射杀萨拉查。一名特警狙击手会配备一支点 308 口径步枪，其有效射程为 1000 米。这是一场双方实力完全不匹配的竞赛，一场让莫兰德有足够误差幅度完成刺杀并轻易逃脱的竞赛。

乔伊·莫兰德是一个靠得住的刺客，有望可以长期从事这种职业。他 10 年前曾经被迪克·霍尔科姆雇用。行外人不知道这个名字，但是此人曾经很有影响力。迪克·霍尔科姆当过兵，后来成了一名职业杀手，专门从事高难度的谋杀工作。

莫兰德 17 岁从詹姆斯敦高中毕业，意识到待在纽约州南部没有实际意义。那里除了和建筑相关的工作外，其他工作所剩无几，再说也没有正在建造的大楼。他来到加利福尼亚。起初，他想通过打零工生存，但是没有成功。他盗了几辆车，把它们拆成零部件卖掉，又为图洪加的一家冰毒实验室运送了几批毒品和钱。当警察发现那家实验室的时候，他已经变成了一名夜贼。有人把他介绍给了一对销赃搭档，赫兹兄弟。他们和莫兰德在范奈斯的一家名为“鹰”的酒吧里碰头，告诉他眼下他们正在收购的东西，然后他就去可能有这些物品的小区偷那些东西。一天晚上，不可避免的事情发生了。一名户主醒来时在一条漆黑的走廊里碰到了乔伊·莫兰德，乔伊用随身携带的撬棍打死了这个人。

警察始终没有查出谁是凶手，而赫兹兄弟也始终没有受到怀疑。这兄弟俩——罗恩和戴尔——通过从那些不劳而获的人手里廉价收购物品再高价转手卖掉赚取了大量钱财。这起事件后，迪克·霍尔科姆付给兄弟俩一笔介绍费，请他们把乔伊·莫兰德介绍给他。当乔伊坐在霍尔科姆对面的时候，他首先注意到的一件事情是霍尔科姆的眼睛里有一种奇怪的颜色，接近黄色，就像猫的眼睛。

“你想让我做什么？”莫兰德问道。

“我不知道我是不是有这个荣幸，”霍尔科姆说，“我有一个活儿需要完成。做这个活儿得到的报酬远远超过从房子——任何房子——里偷窃东西，但不是任何人都能做到的。”

“我猜你是想要某个人的命。”

霍尔科姆的黄色眼睛里看不出任何内容。“我给你一个试用期，让你接受一些训练，这大约要用三个月的时间。训练期间我每周付给你1000美元。无论什么时候，只要你想放弃，都可以放弃，我不会问你任何问题。如果你坚持了三个月，我将决定是否让你继续下一阶段的训练或者只是握握你的手，给你最后1000美元。”

“为什么不问问题？”

“我说过这份工作不是任何人都能干的。如果它不适合你，也不会给你带来任何麻烦。只要你严守秘密，我也不会为难你。”

“我试试看吧。”莫兰德说。

“好。上午8点在街道那头的大型购物中心和我碰头，在西尔斯商场附近。”

乔伊·莫兰德8点来到购物中心。购物中心的商店直到10点才开门，因此这个时间来这里的人只是几名清洁工和美食街快餐店的一些实习生。做这种工作的员工具有很大的流动性，因此他们中间没有人对一个和他们年龄相仿的陌生人感到好奇。

8点过2分，一辆装着茶色玻璃的黑色轿车从远处开过来，在离人群100英尺的地方停下。稍后，乔伊·莫兰德走了过去，想透过挡风玻璃看看车里的人。但是没等他走到跟前，副驾驶座位旁的车窗就落了下来。莫兰德看到驾驶座上坐着霍尔科姆。"进来吧。"霍尔科姆冲他说。

莫兰德坐上副驾驶座后，霍尔科姆开车离开了。"一小时后到那里，"霍尔科姆说，"之后我们要在那里待一整天。你家里有谁在等你？"

"没有人。"

"没有父母吗？"

"他们住在别的州。"

"哪个州？"

"你为什么想知道？"

"有女朋友吗？"

"目前还没有。"

"暂时保持这种状况，"霍尔科姆说，"我猜既然你都是夜里出来做事儿，也许没有什么拖你后腿。但是以后我们也许偶尔会出行，你最好不要给任何人做任何解释。"

"好的。"

“你好像不喜欢争辩。”

“关于这件事没有什么可争辩的，谁都能看到它的意义所在。”

“这是个良好的开端。”霍尔科姆说。

他们把车开到了一个被霍尔科姆称为大牧场的地方，这是圣塔克拉利塔东北部的一大块地，布满了陡峭的峡谷和锥形山峰。大如房屋的岩石架斜插在地面上，形成了40度夹角。一条条土路纠缠在一起，像一团乱麻。也可能就是一条路，曲屈盘旋地通向四面八方。

莫兰德发现这块地之所以被称作大牧场，唯一的理由是上面除了两座建筑物外什么也没有。其中一座是煤渣砖砌成的长方形建筑，上面几英尺高处覆盖着一大块斜面帆布，用竹竿挑着。这块帆布挡住了阳光，同时也使旁边有了一块阴凉地，霍尔科姆在上面放了一张野餐桌。第二座建筑物的形状和第一座一模一样，也是狭长形的，两端各装一扇铁门，没有窗户。它被埋在尘土和沙砾中，高度几乎到达了屋顶。

他们开始了射击训练课。霍尔科姆从第二座建筑物里取出了两支点22口径步枪、两把点22口径半自动手枪、耳机和一些纸靶。他把两个纸靶放在100英尺外的杆子上，交给莫兰德一支步枪，说：“我们从头开始训练。”

霍尔科姆能够从站立的位置迅速把10发子弹射入仅1英寸宽的公牛眼睛里。乔伊·莫兰德没有那么始终如一，但也不是一个糟糕的射击者。霍尔科姆说：“这是练习基本功最廉价最简单的方法。今天把一切都做对了，一个月后当难度更大的时候，你仍然能够做对。后坐力不值一提，也没有很大噪音。对步枪来说，你要学会集中注意力，控制自己的呼吸。让你发抖的是二氧化碳。射击之前做几次深呼吸，吐出最后一口气，瞄准，射击。”

他们进行了几小时的射击练习，然后换成了手枪，目标定在50英尺开外。“保持扳机引力稳定，这样就不会使准星偏离靶子。要看清目标再开火。”打光一个弹匣后，他们就走到靶子旁边检查一下。

他们每训练半小时就暂停一下，从一个大冷饮机里接水喝。霍尔科姆说：“你表现得很不错。一定要做到无论有多累，都能全神贯注于你的射击目标。”

傍晚，霍尔科姆教莫兰德如何拆卸和清洁枪支。他非常仔细，一定确保莫兰德完全照他说的做，枪支必须是真正被擦干净，上面要有薄薄一层涂抹均匀、闪烁着亮光的枪油。和射击一样，每个步骤霍尔科姆都给莫兰德做示范。

接着，霍尔科姆带莫兰德走进那座长方形建筑。它的内部就像一栋房子的内部一样，用白色石膏板墙分成了几个房间，地上铺着仿木层压板，装有大功率的空调。霍尔科姆打开空调说：“现在我们开始体能训练。”

房子后面有一间健身房，他们在里面进行了举重、引体向上、俯卧撑等各种体能训练。太阳快要落山的时候，霍尔科姆又带莫兰德出来跑步。他们沿着一条弯弯曲曲的小路跑向山顶。他们下山的时候，太阳也落山了，人走在暗影里感觉很冷。

霍尔科姆开车把莫兰德送回到他停放车子的购物中心。莫兰德下了车，霍尔科姆说："你明天不用开车过来了，我早上 6 点到你公寓附近的公交站台接你。"

训练日复一日地进行着，难度不断加大。莫兰德学会使用点 22 口径的枪支后，霍尔科姆用 9 毫米口径的贝瑞塔代替了原来的手枪，把步枪换成了点 308 口径的。练习举重一周后，霍尔科姆加大了举重器的重量。沿着通往山顶的小路慢跑一周后，霍尔科姆把慢跑变成了快跑。无论什么项目都是一周比一周难。

莫兰德学会了有效地使用霰弹枪，同时也意识到了它的局限性。40 码是霰弹枪的最大射程，但是目标迫近时，没有什么能与这种枪匹敌。无论在什么射程内，大号铅弹也无法弥补目标上的失误。接下来，霍尔科姆开始向莫兰德传授格斗术，这是个很漫长的过程。他们从徒手搏斗的技巧开始学习，再学习用一把刀子或一根棍子解除对手的武器，最后达到用那些武器干掉一个人的终极目标。

每周五晚上，霍尔科姆都会给莫兰德一个装着 1000 美元的信封。第二天早晨，他们依旧在 6 点一起去训练。几周后，他们来到几英里开外的一个实战演习靶场，练习向移动靶开火。每天都有力量训练、有氧运动和搏斗训练。莫兰德变得一天比一天强壮、敏捷和能吃苦，解除枪支卡壳故障和拆装枪支的技术也日益娴熟。

六周后，霍尔科姆把每天开始训练的时间调整到午后，结束的时间调整到凌晨 3 点，这样他们就能够进行所谓的"夜间军演"。他问莫兰德："假如有人雇你行凶，你愿意在中午还是在凌晨 2 点呢？”答案不言而喻。

霍尔科姆教莫兰德如何使用夜视镜，即红外夜视镜。他们在黑暗中奔跑时，莫兰德立刻注意到，不管在黑暗中做什么，他的动作都很慢，需要更多的注意力，也更容易发生事故。霍尔科姆说："窍门就是让黑夜为你工作，而不是与你作对，唯一的办法就是练习。"他们在黑暗中训练的时间越长，莫兰德的感觉就越习惯。正如霍尔科姆所言，他学会了"欺骗黑暗"，方法是趁有亮光时抓紧看一眼那个地方，并在脑海中绘制一幅地图。他还学会了使用耳朵，并通过在行动时消除声音使对方的听觉失去作用。

在第 12 周结束的时候，莫兰德成长为一名英勇无畏的斗士，会使用各种武器并能在困难环境中毫不吃力地采取行动。那一周的星期五，霍尔科姆开车把他送回公寓并递上一个装有 1000 美元的信封，然后说："等我电话。"

乔伊·莫兰德开始了等待。他等了一周，时刻期待着电话突然响起来。他考虑开车去大牧场，但是知道霍尔科姆一定不会欢迎他。一周后，他强迫自己不再一味地等待下去。他恢复了体能训练。为了保持感官的敏锐，他夜间去市区跑步，并且开始去当地的射击场进行射击训练。

两个月即将过去的时候，霍尔科姆打来了电话，"你是独自一人吗？我想去找你。"一小时后他出现在莫兰德公寓的门前。当莫兰德打开门的时候，霍尔科姆上上下下打量了他一番后才踱进公寓里。他环顾四周，走进了卧室，看到莫兰德的手枪放在梳妆台上。他拿起枪，退掉弹匣，清空枪膛里的子弹，看看枪筒里面，闻了闻，重新关上枪膛，放回原处，说："你上的课没有白白浪费掉。你做好接活儿的准备了吗？"

第二天，他们开车去了圣达菲，霍尔科姆躲在车内为他望风，莫兰德杀死了他的第三名受害者。莫兰德问霍尔科姆他有多少分成，霍尔科姆说："将一直是五五分成，不管是谁开枪，谁望风。"

他们的合作持续了两年多。活儿来自一个只和霍尔科姆用电话联系的人，此人被称为"掮客"。莫兰德曾经接过一次电话，听声音是个中年人，那人说："你是乔伊吗？"

"是的。"

"记下这条信息。目标是多纳德·米勒。对你来说没有多大问题。他住在……"他给了一个丹佛的地址，"他需要在本月15日消失，报酬是4万美元。"

当霍尔科姆开着皮卡车沿着狭窄的小路来到大牧场里的建筑物跟前时，莫兰德出来迎接他。霍尔科姆在乔伊身边停下货车，按下车窗，"什么事？"

"掮客打来电话说有一份新活儿。"

霍尔科姆点点头，"我告诉他不管他和我谈还是和你谈都没关系，和谁谈都一样，这样可以节省时间。"他下了车，开始从车上往下卸食品。

莫兰德把纸条塞进口袋里，也过来帮忙。走进房子后，莫兰德说："他问我是不是乔伊。"

"这可以理解。"

"我不知道他知道我的名字。"

霍尔科姆停下来，把装食品的袋子放在厨房操作台上，说："这是做生意的门道。他必须让他的中间人知道他了解接这个活儿的人，这样才能让他们相信他找的人有能力做这个活儿。他从不告诉他们我们是谁，也不告诉我们他们是谁，因为这样才能显示他的重要性。这样做也会激怒那些靠杀人生存的人。但是他必须确保我们水平很高。如果我们被抓住，或者让一个行动目标活下来，他的中间人可能会把他干掉，切断他们和我们的唯一联系。"

"我猜没问题。"莫兰德说。

"必须这样。"霍尔科姆说，"没有掮客和中间人，我们必须亲自和顾客打交道。他们才是最危险的。"

"谁是中间人？"

"有人想把某人干掉，就去找中间人帮忙，如某类酒吧里的酒保、律师、几个为黑手党跑腿的小喽啰、个别警察、赌徒和销赃者，这些家伙有机会结识有仇家的人。"

做完一个活儿后，他们又回到日常训练中，同时等待着新活儿。霍尔科姆年近 50，他声称自己正在努力和时间的流逝抗争。他说如果过完一年后，他没有发现体力、速度、毅力和勇气有明显的减退，对他来说就是一个伟大的胜利。和他一起训练让莫兰德拥有了一个战斗者的身体和头脑。

他们的大多数任务是在南加利福尼亚、内华达或亚利桑那州。多数时候他们开一辆小型 SUV 去目的地，从当地偷一个汽车牌照，干完活后当晚就开车回家。有时他们会花一两周时间跟踪目标。

莫兰德从霍尔科姆那里得知，两人一起行动的最安全的方式是夜里来到目标的房子里，悄悄把他带走，开车去一个人迹罕至的地方，如沙漠里或山里面，把他杀掉后再就地掩埋。那段时间里，他们在约书亚树国家公园里埋葬了十几个人，在其他自然保护区又埋葬了另外一些人。但是很多时候会出现一些复杂情况，使得这种简单直接的办法失灵。他们要先花时间观察那个人的行踪，直到他孤独无助时再击毙他。

他们一起合作了两年多，直到霍尔科姆出了差错。他们当时在洛杉矶市中心，正躲在一辆汽车里等待着一个名叫路易斯·哈特曼的人从博纳旺蒂尔酒店里出来。掮客已经通知他们当晚子夜时分哈特曼约好和一个同事会面。莫兰德和霍尔科姆同时看到了他。只见他走到门口，把一张票递给泊车员，泊车员跑过去从地下停车场把汽车开了出来。

他们的计划是这样的：等哈特曼坐进汽车并开走后，乔伊·莫兰德开车跟上去。遇到一处红灯时，莫兰德把车停在哈特曼的车旁。霍尔科姆从已经打开的车窗伸出手臂，对准哈特曼的头部开一枪。然后霍尔科姆从SUV中跳出来，停下哈特曼的汽车，打开后备箱。莫兰德帮他把尸体放进后备箱后再把车开走，霍尔科姆开着SUV跟在后面，整个过程所用时间不会超过10秒钟。

莫兰德把汽车停在了哈特曼的汽车旁边。他看到霍尔科姆举起手枪伸向哈特曼的车窗，但是突然出现了意外。他听到咔的一声和咔嗒一声，看上去好像是霍尔科姆在举起手枪的过程中碰到了车门上，但事实上是他失手摔下了枪。枪从他手中滑落下来，掉在了两辆车之间的路面上。霍尔科姆打开车门，跳下车想去捡枪，但是哈特曼也把这一幕看在了眼里。他掏出枪对着霍尔科姆连开三枪，然后把枪口指向莫兰德。

正当哈特曼举枪瞄准莫兰德的时候，莫兰德通过霍尔科姆身边敞开的车门对着哈特曼上半身连发三枪。哈特曼歪倒下去，半个身子耷拉在窗外，他的汽车开始缓缓向十字路口滑去。当他挣扎着想摆脱安全带的束缚时，车速又被提升了一些，因此当汽车翻越人行道，撞上公路高架桥的护栏时，车速大约是每小时 5 英里。哈特曼的身体从座位上飞起来，撞在挡风玻璃上。他被瞬间打开的安全气囊冲出车外，滚落在地上。

莫兰德把霍尔科姆拖到 SUV 的后座上，关上车门后溜之大吉。他能听到霍尔科姆沉重的呼吸声，听起来很刺耳，和呻吟差不多。等莫兰德把车开上通向大牧场那条长长的土路时，霍尔科姆的呼吸声已经听不到了。他伸手摸摸霍尔科姆的颈动脉，脉搏全无。他用霍尔科姆的推土机挖了一个 8 英尺深的坑，把尸体推进坑里并加以掩埋。

直到两天后的夜里，莫兰德才听到警车沿那条土路开了过来。他望过去，看到了远处闪烁的警灯，就沿着他和霍尔科姆曾经走过的小路步行离开了。走到小路尽头的时候，他继续向荒野中走去。黎明前，他走到一条他知道是通向高速公路的大路。到了高速公路后，他转身向右沿着这条路一直走到城里。现在他是独自一人，但是他已经学会了一项本领。

十三

在莫兰德想方设法吸引凯莉的时候，他没有忘记在和妓女们打交道的过程中学到的东西，其中最重要的一点是从事性交易的女人讨厌男人。莫兰德能理解她们。总有一些男人给她们打电话时张口就是脏话。有些男人试图控制她们。很多陪伴女郎的手机被客人拿走，所以她们通常随身带两部手机。几乎所有陪伴女郎一年里都会遭到客人的一两次殴打。即使客人们不那么野蛮，往往也是态度粗暴、缺乏耐心、要求苛刻。

莫兰德第一次给陪伴女郎打电话时是在霍尔科姆死后。那时他已经和霍尔科姆一起住了几个月，在此期间他们的工作进展得很顺利，掮客开列的最新名单上的人名越来越少。60 天内他们就干掉了名单上的六个人。在那段时间里，除了出去杀人外，他们从来没离开过大牧场。

和霍尔科姆一起工作的时候，莫兰德从没停止付公寓的租金。有时他想自己之所以这么做是因为不想搬走行李。但是这一次回到公寓后，他就整天待在屋子里，吃饭睡觉时也守着电脑。他读了所有关于那场搞砸了的刺杀事件的报道。一周后他确信警察的定论是霍尔科姆枪击了受害者，驾 SUV 逃窜，在大牧场停下来准备换车，结果还没来得及进一步行动就死了。

莫兰德在公寓里待了几周，需要购买食物时才出门。后来他登录了一家很大的网站，上面有按城市分类的陪伴女郎广告。莫兰德开始寻找合适的女孩，并且仅用几分钟就找到了丽贝卡·科尔曼。她有着他熟悉的金红色头发、白皙的皮肤和修长的双腿，这些都是他喜欢的。于是他就给丽贝卡打了电话，问能否和她见面。接下来他们在她的公寓里见了面。

后来，丽贝卡告诉莫兰德，她之所以喜欢他，是因为两人第一次见面时他带给她的惊喜。他打电话时的语气很平静，显得彬彬有礼。当他们初次见面的时候，他的外表干净整洁，还有一点儿腼腆。他按照明迪教他的方式和她做爱。他从没想到和她讨价还价。离开时，他不仅给了她一笔小费，还说“谢谢你”。

几天后莫兰德又给丽贝卡打电话约定见面。她让他 9 点去她家里，这对她来说比较早。莫兰德到了那里之后，发现丽贝卡似乎一直在想尽办法取悦他。从 9 点到将近午夜，她一直在做着不懈的努力。当莫兰德问他是否该走时，她吻着他说：“请不要走，我今晚没有其他客人。”

就是在那一刻莫兰德意识到这些女孩其实很孤独。她们之所以沦为陪伴女郎，是因为没有人给她们足够的关心，让她们有条件远离这种工作。不管多么漂亮——很多女孩的确漂亮——她们从这种工作中得不到多少乐趣，和某位顾客有一次美好的经历是一个例外。

第二天早晨，当丽贝卡还在睡梦中的时候，莫兰德就走了。

他在餐桌上留了一张便条，写着“给我打电话”以及他随身携带的手机的号码。

中午手机响了，莫兰德接听后，传来的却是掮客的声音：“我猜霍尔科姆死了，是吗？”

“是由于一次突发的意外，他的枪掉到了车窗外面。当他想去捡起来的时候，对方向他开了枪。”

“目标怎么样？”

“不能因为他走运我就放他走。”

“你杀了他？”

“当然。”

“那么我欠你一笔钱，”掮客说，“我为你的同伴感到难过。”

“谢谢你。”莫兰德说。

“他活该。”掮客说。

“我知道。”

“至少你还活着。”

“是的。”

“你是想让我把你的这笔钱存入一个银行账户里还是送到你的公寓里？”

“我想这次送到公寓里吧。”

“我还要送你一部新手机。”

“我自己能买。”

“不像你说的那种手机，是加了密的。你拿到手机几天后，我会给你打电话。”

“好的。”

他们挂断电话后，莫兰德的手机再次响起来，这次是丽贝卡。她说：“我醒来后看到你已经走了，心里很难过。”但是接着她又说，“看到你的留言后，我的心情又好起来了。”

“你能这样我很高兴。”她说得没错，莫兰德能感受到她话语中的兴奋劲儿。

两天后的晚上，丽贝卡说：“我希望你不要走。”

“我也希望我不走。”

“我是认真的。”

莫兰德笑着说：“我付不起那么多钱啊。”

“我不会要你的钱，今后不会再要。从现在起一切都是免费的。我只想在晚上不工作时你陪着我，和我一起睡，这样我就不会孤单了。上午我们也一起度过。”

莫兰德把一些衣物拿到了丽贝卡的公寓里，但是他自己的公寓仍然留着，以防情况出现变化。

一周后莫兰德收到了那笔钱，连同一部新手机。又过了一周，新手机响了，当时莫兰德正在丽贝卡的公寓里。掮客说：“仔细听着。”

“我正在仔细听。”

“我将给你一份名单，名单中有 10 个目标以及他们的地址。你准备好后就干掉他们，日期由你自己决定。每个人我付给你 5 万美元。你要用假名字在不同的州开几个新银行账户——要避免和霍尔科姆有任何联系。当你从名单上画掉你的第一个目标后，等 48 小时再给我打电话，告诉我你的银行信息，我会立刻把钱转给你。”

“为什么是 48 小时？”

“这是新闻周期，小子，到那时我就知道活儿已经做了，而且你也逃掉了。第二次还是这么做。干掉那家伙，给我打电话，告诉我你的那笔钱该如何处置。你能接受这一切吗？”

“当然。”

“记住，到 1 月份把最后一个名字画掉。你准备好记下名字了吗？”

“给我一分钟时间找支笔。”

莫兰德在厨房操作台上找到一支丽贝卡用来列购物单的笔，在记事簿上记下了 10 个人的名字。让他高兴的是，前面几个人名的地址在南加州。

莫兰德花了一周时间寻找第一个目标并研究他居住区的周边环境，考虑如何能让目标单独出现。每天晚上莫兰德都回丽贝卡·科尔曼的公寓。丽贝卡改动了网页上的广告，把工作时间调整为中午至晚上 9 点。莫兰德会在 10 点回到她的公寓，那时她已经洗了澡，打扫了房间。然后他们一起出去吃晚饭，午夜前后回家。

名单上的第一个名字是托马斯·亨尼西。此人的地址是贝克尔斯菲的一家酒吧，离海岸约 100 英里，但是酒吧的名字却是“船长的餐桌”，屋顶上有一个古老的大招牌：“用新方式经营。”

莫兰德进去后要了一杯生啤，一边小口抿着，一边观察着坐在桌边或趴在吧台边的人们。顾客几乎全是男人，大多数人的年龄在 40—60 岁。另外还有六个 20 多岁的年轻人围坐在前门附近角落里的一张桌子旁。

这个地方中午生意太好了，要把店主带出前门对莫兰德来说想都不要想。在这样一个拥挤不堪的低档酒吧里，说不定还有其他客人身上也带着枪。

莫兰德用心听着，观察着。他喝完啤酒准备离开时，一名上了年纪的男子从吧台后面的一间屋子里走出来。此人 50 多岁，身体很结实，留着短而硬的灰胡须，头发几乎掉光了。他穿着一件黑色 T 恤，上面有“金吉姆健身中心”的标志。此时他正搬着一箱威士忌，箱子很沉，使得他的肱二头肌鼓了起来。他把箱子放在吧台后面，又回到那间屋子的门边，选中一把挂在环上的钥匙，重新把门锁上。莫兰德看到他胳膊上文着“亨尼西”这个名字。

亨尼西面无表情，但是他的眼睛扫视着房间，好像在寻找什么东西，这不是一个好征兆，说明他知道被人盯上了。

莫兰德后悔进酒吧。这是一个愚蠢、偷懒、冲动的决定。他本来应该在酒吧外面找一个观察点，从远处观察，直到认出目标为止。霍尔科姆绝不允许他犯这种粗心大意的错误。现在亨尼西已经注意到了他这个陌生人。下一次再见到莫兰德时，亨尼西就知道这绝非巧合了。

当亨尼西朝通向男卫生间和后门的过道走去时，莫兰德站起来从前门走了出去。他上了车，顺着街道往前开，经过一家汽车维修店和地毯店，绕过长长的街区，做了他之前应该做的事情。他在一家油漆店背后的护栏附近停下车，坐在车里观察停放在酒吧停车场里的汽车，默记这些车的特征。他特别留意靠近店门的车辆，这些车的车主也许来得比较早。亨尼西的汽车可能是第一排四辆汽车中的一辆。它们分别是一辆棕色讴歌、一辆崭新的蓝色福特野马、一辆黑色宝马和一辆白色丰田 SUV。

莫兰德开车离开后，先去一家餐馆吃了晚饭，又去看了一场电影。晚上 10 点他打电话告诉丽贝卡他今晚要到很晚才能回去。11 点他回到酒吧外面的街道上。前排的四辆汽车仍然停在那里。当莫兰德在亨尼西面前暴露了的时候，他就做了决定：今晚必须行动。

莫兰德盯了酒吧的停车场两小时。人们进进出出，但是四辆汽车始终没有动静。凌晨 2 点，酒吧外面的电子广告牌灭了灯。半小时后，两名男子走出酒吧，钻进汽车开走了。莫兰德下了汽车，走近酒吧，站在墙边等待着。他听到前门再次打开，还听到两名男子的说话声，其中一人说："10 点前打扫完卫生，中午前完成补货。"

莫兰德绕过墙角，双手握住贝瑞塔 92 手枪，瞄准目标开了火。他把两颗子弹射入亨尼西的胸膛，又朝另一名男子开了两枪，他认出此人是酒保。两人都倒下了。酒保的半截身子躺在门廊里。亨尼西仰面躺着，眼睛瞪着夜空。莫兰德走近他，朝他的脑门射了一发子弹。莫兰德用眼睛的余光捕捉到了动静，就又朝酒保的脑袋开了一枪，然后回到亨尼西身边。他掏出亨尼西的钱包，取下挂在皮带上的钥匙链，把酒保的尸体拖进酒吧里，打开灯，又把亨尼西的尸体拖进去，锁上门。

莫兰德走进里屋，寻找监控系统。他找到了视频监控器，拔掉电源，准备带走，然后又取出酒保的钱包。做完这一切后，他关上灯，用亨尼西的钥匙锁上店门，开车回到自己的公寓。他点了点弄到手的钱，把钱包和视频监控器扔进几英里外的一只大垃圾桶里，然后去见丽贝卡。

接下来的几个月里，莫兰德特别谨慎，也更加专业。对一个枪手来说，应该由他本人选择扣动扳机的时间和地点，这是至关重要的。莫兰德已经犯了一个粗心大意的错误，认识到这个错误的严重性后，他受到很大刺激，以至于每当回想起这个错误时仍心有余悸。

当危险降临时，却另有原因。一天晚上，莫兰德回到丽贝卡家里后，发现她坐在起居室里。她的金红色头发刚刚洗过并吹干了，自然地打着卷儿，显得很蓬松，看起来像一个光环。她穿着牛仔裤和T恤衫，光着脚。莫兰德看到她已经把家具摆好了，唯一可坐的地方就是面对着她。

他说："我还以为你已经睡下了。"

她说："我们需要谈谈，所以我一直在等你。"

"好的，我们谈谈吧。"

她警惕地盯着他，"我想我对你一直很好。"莫兰德能看出她正在为发牢骚找理由。

他决定在争吵发生之前让气氛缓和下来，"当然，你一直很棒。"

她说："我想你对我不诚实。"

"关于什么？"

"告诉我实情吧。你住在这里的时候，有没有瞒着我做了什么？"

"很可能，"他笑着说，"你再说明确些。"

"我在壁橱你的背包里发现了厚厚一沓钱，还有两把枪和一些子弹。"她开始哭起来，"当我说出这件事的时候，我意识到自己真是太傻了。答案能是什么？你一直在做坏事。如果我受伤害、被人杀掉或者被送进监狱，在里面待一辈子，你一点儿也不在乎。"

他叹了一口气，"自从遇见你之后，我一直当着你的面花钱。还有一段时间我甚至付给你钱，总是用现金。你难道从来就没有想到过，某个地方一定存放着我的一笔现金？而身边有很多现金的人往往要备一把枪，这样才能保护他们的现金。"说完他耸耸肩。

"不要把我当成傻瓜。"她很生气。

"我只是在做你要求我做的事情——告诉你真相。"

"我也许很傻，但还不至于傻到这种地步。我是一个自立的女人，不需要某个人把我当成孩子哄。"她的脸因生气而涨得通红。

她扬起一只手臂想去打他的脸，但是他什么也没有想，只是牢牢抓住了它。她马上又扬起另一只手，他把那只手也抓住了。"请你不要这样。"他说，"我现在就搬走，不再打扰你。我给你留些钱，免得你认为我是个骗子。"

她反抗着，试图把手挣脱出来，但是他知道她这样做只是想干扰他的注意力，以便看准时机用膝盖顶他的裆部。他猛一转身，她的一只膝盖撞在了他的大腿上，但是不疼。她试图用另一只膝盖再撞一次，但是他早已在她行动之前看穿了她的意图。他扯着她的双臂把她向右侧的床拖去。她的脑袋在墙上重重撞了一下，人摔倒在床上，萎靡下去，像是失去了知觉。他从背包里掏出手枪，用枕头裹着，击中了她的脑袋。

莫兰德收起枪，检查一下背包，看到所有的东西都在里面。接着他开始搜索丽贝卡的公寓。莫兰德在床头附近的一个通风孔后面找到了 4 万美元现金，把这笔钱装进自己的背包里。他用被单盖住丽贝卡的尸体，这样她看上去就像在睡觉。

为了确保不在公寓里留下任何痕迹，莫兰德把所有可能接触过的物体表面都擦了一遍——水龙头、电灯开关、门把手、厨房操作台和窗闩。他知道他过于谨慎了，因为公寓里有几百个男人的指纹，但是他不想让自己的指纹和其他人的指纹一起被采集。当莫兰德把公寓彻底打扫完后，他想起了丽贝卡的首饰。丽贝卡在厨房的一组坛坛罐罐里藏着一只首饰盒，因此没有一位客人能看到它。莫兰德用一块洗碗布包住手，打开橱柜，掀起罐盖，取出首饰盒。他打开盒子，发现他见过的那些东西都还在老地方。

他扒拉开几副耳环，看到了他最喜爱的一件首饰，这是一条金项链，下面带一个椭圆形项坠，项坠上有一颗两克拉的钻石。丽贝卡曾告诉他钻石的位置代表她生日那天地球所在的位置。

一两分钟后，莫兰德离开公寓，向他的汽车走去。这是一个令人震撼的、意想不到的夜晚，但是莫兰德明白了一点：当你告诉一个女人你要离开她的时候，不要再指望她能够表现得理智。莫兰德把装着所有现金的背包塞进后备箱最深处的角落里，离开了洛杉矶。

一年后，莫兰德把项链和配套的脚链送给了迈阿密一个名叫珍妮·麦克劳伦的女孩。他知道她用过之后，他还能把它拿回来。

十四

杰克·提尔连续花了35个上午浏览笔记本电脑屏幕上的陪伴女郎广告。只要有“金色”“红色”“姜黄色”“红褐色”或“金红色”字样的广告，他都要打开看看。每隔15至20分钟，他就会停下来放松一下眼睛。提尔把所有重要城市列了一张清单，浏览完一座重要城市的这类广告后，就在该城市的名字旁边打个对钩，接着继续浏览下一座城市的广告。在过去的一个月里，他已经把这份清单上所有城市的陪伴女郎广告浏览几遍了。每次重新浏览一座城市的广告时，他都会认出很多老面孔，但是也有很多从未见过的新面孔。他自己不得不承认，现在他不仅仅是在为凯瑟琳·汉密尔顿的父母工作，同时也在为凯拉工作，即他在菲尼克斯的比尔特摩酒店雇用并跟踪到家的那个女孩。他也在为下一个凯拉工作，下一个进入杀手领地的女孩。提尔想在她死之前找到她。

按顺序今天上午提尔该浏览波士顿。这么多天来反复做这件事，提尔现在不得不抗拒着只想把一个个广告标题一扫而过的诱惑。然后她就出现了。这个女孩看起来和那些女孩像极了，身材高挑纤细，肤色很白，头发的颜色介于金黄色和红色之间。她把自己叫作凯莉，在照片中做出男人们爱看的各种性爱姿势。接着提尔看到了一束金光，是照相机的快门反射出来的。他屏息片刻，把手指放在屏幕上，放大了照片。

凯莉的脖子上挂着一个椭圆形金项坠，镶着钻石。脚踝处戴着脚链。毫无疑问，这条项链和脚链就是洛杉矶的凯瑟琳·汉密尔顿以及菲尼克斯的凯拉戴的那一副。

提尔合上笔记本电脑，打开固定在办公室墙上的保险柜。他打开保险柜底层的几个抽屉，找到了所需的东西，是两把 9 毫米口径的鲁格 LC9 紧凑型手枪。它们只有 6 英寸长，0.9 英寸厚，每把重 17 盎司。提尔又从抽屉里拿出两个备用弹匣，装满子弹。

对提尔的行动计划来说，两把紧凑型手枪是最好的选择。对于隐藏武器，很多人不清楚其中的门道。要把武器很好地藏在身上并不容易。一个人在衬衫下面藏一把 3 磅重、点 45 口径、1911 型的手枪四处走动不难被人发现。当他试图不让人发现身上有枪的时候，躯体就会向藏枪的一侧略微倾斜；而当他准备用枪的时候，躯体就会略略后仰。一个人衣袋里装着两把小塑料手枪的时候则能够很好地保持平衡，他的身体不会左右倾斜。肉眼不会在一个人的身上注意到两把 LC9 手枪的宽度。

在近距离内，用体积较大的枪发射一颗 9 毫米的子弹基本没有优势。在 25 英尺远的距离，提尔能把子弹射入直径 2 英寸的圈内。而大枪必须在 100 英尺开外的距离做这件事。

提尔订了一张从洛杉矶国际机场飞往洛根机场的晚间航班机票，估计第二天早晨 8 点到达，他又在洲际酒店预订了一个房间。

他还准备了四只邮包，邮包里装着两把 LC9 手枪的部件。一只邮包里装着滑盖、复进簧和枪管；另一只邮包里有一个金属发条玩具，里面有扳机和阻铁。他把四个装满子弹的弹匣夹在两个电脑外置硬盘之间。提尔把这四只邮包寄给了自己，地址是他预订的酒店。

提尔不想这么做，因为私运手枪是冒险的。但是他也不指望下了飞机一小时内能在另一个州找到所需的枪支。

他驱车来到霍莉工作的花店，把车停在街道边，走了进去，正好看到霍莉捧着一个刚刚插好花的花瓶从修剪室里走出来。店主卡莫迪夫人看着花瓶说：“霍莉，非常漂亮，但是如果你再加一些满天星在上面，那会更加漂亮的。”提尔发现自己看卡莫迪夫人的时间有些长。

霍莉说：“好吧。”她正要回修剪室，看到了提尔，“你好，爸爸。”

“你好，宝贝。我想你也许喜欢出去吃午餐。你另有安排吗？”

“没有。”霍莉说，“卡莫迪夫人，我可以提前下班吗？”

“你好，杰克。”卡莫迪夫人说，又转向霍莉，“干完插花的活儿后你就可以走了。”

看到霍莉进了屋子，提尔说：“你想和我们一起去吗？”

“我很想去，但是不能去。我今天还有别的安排——午饭要推迟。另外，今天 2 点之前店里只有我和霍莉两个人。”

“我们不会耽搁太久的。”提尔说，“顺便问一下，霍莉最近表现如何？”

“棒极了。色感和乐感一样，有人有，有人没有。她是个开心果，有她在场，大家很难不开心。”

提尔试图忘记一个事实：卡莫迪夫人非常有吸引力，头发乌黑亮泽，眼睛清澈碧蓝。当她在小小的花店里来回走动，忙着在橱窗内摆放花儿的时候，身姿是那么优雅。他知道她是个寡妇，但这并不意味着她就对他感兴趣。

霍莉捧着花瓶出来了，把它放进一个挂着“出售”字样的保鲜盒里，然后向门口走去，“咱们走吧。”

当他们离开花店时，卡莫迪夫人轻轻挥了挥手。“再见。”提尔说。

一开始父女俩都不说话，默默地走了一个街区，因为这是霍莉的准则。她不想被人发现刚和一个人告别就在背后议论人家。当他们过了第一条街道后，她说：“你应该邀请她出来。”

“卡莫迪夫人吗？”

“她的名字叫珍妮。如果你邀请她出来，你可以叫她珍妮。”

“是什么让你认为她愿意和我一起出来？”

“她有时会问起你，当你不看她的时候，她时常看你，大部分时候盯着你的后背看。这些都是证据。”

“我不认为那是个好主意。”提尔说，“如果我们相处得不好，那会让你感到难堪的。”

“不会有问题。”霍莉说，“卡莫迪夫人和我都是成年人，那种事情我们是不会在意的。”

“不过，我今晚要出城，因此不能马上邀请她出来。”

“你去哪里？”

“波士顿。我想几天后回来，但也可能会推迟。”

“那就等你回来后再说吧。这样也给我更多的时间让她想念你。一听到你的声音，她就会心跳加速。而你也需要一个女朋友。”

他们来到一家离花店较远的餐馆，霍莉并不常来此。提尔看着她吃了一个汉堡和一块馅饼，然后开车把她送回了花店。在路上他问：“我要是一段时间不回来，你的钱够花吗？”

“爸爸，”霍莉说，“我不是小孩子了。”

几小时后，提尔在登机时间到来的前几分钟赶到了登机口。他上了飞机，在自己的位子上坐稳，看着乘务员做安全示范动作，等待飞机滑行到跑道上。几分钟后飞机升空了，灯也灭了。他闭上眼睛开始睡觉。地上有很多人在盼着提尔这样的凶杀案老侦探死掉，以至于对他来说睡眠有时成了一种冒险行为。但是在飞机上，他对于周围的人来说是无名的，而且为了确保乘客身上不携带武器，他们都被逐一排查过。因此在飞机上提尔总是睡得很安稳。

提尔被透过舷窗洒进来的阳光唤醒了。他伸展了一下肌肉，看看前面屏幕上的 GPS 地图。他周围的很多乘客也睡醒了。他们看上去神情倦怠、呆头呆脑，好像刚刚工作了 24 小时，但是提尔感到休息得很好。他把手伸到座位下面，从塑料袋里掏出运动上衣，再把塑料袋装进口袋里，气定神闲地等待飞机着陆。

飞机弹跳了一下，在轰鸣声中骤然停下，又缓缓滑入登机口。所有的灯都亮了，随着砰的一声响，乘客们纷纷站起来，从头顶的行李架上取下行李，挨个儿顺着过道下了飞机。提尔乘机场大巴来到租车区，租了一辆车开向预订的宾馆。办了入住手续后，他把包放进房间里，然后来到餐厅吃早餐。

提尔一边吃一边琢磨，试图想明白关于杀手的所有疑点。很显然，和一个女孩结识个把月后，杀手就将其杀害并劫走财物，然后离开。他会去另一座遥远的城市，再找一个和前一个女孩相貌相似的女孩。他会很快和这个女孩变得关系密切，以至于很可能和她住在一起。但他是依据什么来选择杀掉她们的时间的？又是依据什么来选择下一个城市的？为什么这些女孩都心甘情愿地接纳他？

吃过早餐，提尔回到房间，拿出笔记本电脑，连上酒店的无线网。他进了几家网站，看看今天贴出来的陪伴女郎广告。至少就今天来说，凯莉仍然活着，而且活得好好的，所以才会登广告。杀手还没有杀掉她。提尔记下了她在广告里留的电话号码。

提尔认为是时候给洛杉矶的泰德·麦卡恩打电话了，于是用手机拨通了他的电话。

“你好？”

“你好，泰德，我是杰克·提尔。”

“今天有什么需要我帮忙的？”

“我在‘男友’案子上取得了一些进展。”

“你是这么称呼他的——男友？”

“他就是这个身份，或者是他的其中一个身份。他和这些女孩形成恋人关系，每一段关系似乎持续一两个月，然后他会把她杀掉，拿走她所有值钱的物品——大部分是现金和首饰——然后悄然离开。他最近在波士顿。我猜他还在这里，因为他找的那个女孩还活着。”

“你是怎么查到他的？”

“在凯瑟琳·汉密尔顿的一些照片里，她戴着一副特征鲜明的首饰。珠宝商告诉我这副首饰是专门定制的。犯罪现场警察没把这件物品列入死者的遗物清单中，因此我猜想他离开洛杉矶的时候把这副首饰也带走了。后来，我在菲尼克斯一个名叫凯拉的女孩的照片上看到了这副首饰。他也把这个女孩杀了。”

“我很难过，杰克。”

“我也是。我认为这个家伙最困扰我的一点是我无法弄清他的杀人动机。我知道这个家伙是个疯子，专门挑选长相相似的女孩，但是我看不出愤怒、歇斯底里甚至常见的贪婪。另外也不可能是为了向警方挑战。他要离开时，会杀掉女孩并把所有的灯熄灭。”

“你为什么认为他在波士顿？”

“我看到一个名叫凯莉的陪伴女郎做的广告。她和其他女孩属于同样类型，而且戴着同样的两件首饰，肯定一样——一个椭圆形的金坠子，在某个偏离中心的位置有一颗大钻石，周围还有很多小钻石。”

“我感觉到有问题，是什么？”

“他目前在波士顿，但是我不知道他为什么来这里。我想不通他为什么选择某个城市而不选择另一个。我想知道他选择的这些城市中是否发生了某些事情使他来到这里或者使他离开。”

“糟糕的是你不能去问他。”

“这是我来这里的目的。”

“你为什么要告诉我这件事？”

“我对这个家伙有一种感觉。他技艺高超，而且冷血。如果他杀了我，我要让你知道我对他的了解。安东尼和她的搭档都是废物。他们所做的事情就是虚构理由来说明为什么没有足够好的线索。我知道你不能追踪他，但是我不喜欢我死以后无人知道我已经查明的真相。”提尔停顿了一下，“我也想知道你在波士顿警察局有没有熟人。”

“我认识一个家伙，”麦卡恩说，“几年前在拉斯维加斯的一次风化警察会议上见过他一面，后来我们偶尔会通通话。他名叫艾伦·拉弗蒂，我把他的电话号码给你。”麦卡恩大声把那串数字念了两遍。

“谢谢你，泰德。”提尔说，“我不会太打搅他的。”

“你无须客气，这是那小子分内的事儿，他是一名警察，祝你好运。”

“谢谢。”

提尔挂掉电话，坐了一会儿，站起来离开了。他必须在最短的时间内找出更多关于凯莉的信息。每过一分钟，她距离男友举枪对准她的后脑勺的那一刻就近了一分钟。

十五

凯莉在广告中留下了一个电话号码。当提尔拨通电话之后，传来一位女性的声音，说她此刻不能接电话。广告上也有她的地址：沃本镇主街 909 号。他记下地址后开车去了那里。沃本位于波士顿的西北部区域，她的公寓在很多道路的交会处，这些道路是根据它们的目的地命名的——贝德福德、剑桥等。主街直通波士顿。沿街是一长溜一至两层的砖混结构建筑物，开着咖啡馆、寿司店等，因此提尔发现他要找个地方打发时间并不难。

那天下午，提尔把车开进沃本的同时就在找可供他停留的地方了。他把车停在主街上，向 909 号走去，即凯莉在广告上留的地址。这是一座灰色的两层公寓楼。他走到前门前，想进入门厅，但是前门锁了。他能看到里面的墙上挂着八个并排的黄铜邮箱。门边有一部对讲机，提尔按了一下标着“经理”的按键。一个带着浓重俄罗斯腔的人回答说：“你好，我能为你做什么？”

提尔说：“我想问一下你们是不是还有空房间。”他边说边看对讲机按键上的名字。唯一一个既不是男性也不是夫妇的名字是 5 号公寓的 K. 艾伦，应该在第二层楼。

“眼下没有空房，”经理说，“也许几周以后有。如果你想留下你的姓名和电话号码，可以写在一张纸条上，然后塞进邮箱。”提尔透过门厅看到1号公寓在前面左手位置。

“谢谢你，”提尔说，“但是我现在就需要找个住处。”在返回汽车的途中，他思考着刚才看到的情景。如果第一层的1号公寓在前面门厅左手的位置，那么也许二层的5号公寓也在前面左手位置。

提尔开车驶过半条街区，来到一家看起来虽然有些陈旧但显得很干净的宾馆，里面大约有40间客房。他走到前台问有没有按周出租的房间。房间必须在高层，因为需要在里面能清楚地看到凯莉的公寓楼。提尔选中了北边一个楼层较高的房间。透过阳台的窗户，他能够看到街道另一端的凯莉公寓的侧面。宾馆后面有一个停车场，还有一个小庭院，里面摆放着几张黑漆圆桌，房客们有时会坐下来抽支烟。

提尔告诉前台的服务员他在波士顿有事务需要处理，因此在返回洛杉矶之前需要逗留两周时间。他驱车来到波士顿市内，买了几样东西：一部夜视镜、一部60倍的观测镜、一个用在电话上的插入式麦克风。麦克风是白色塑料做的，很小巧，看起来像一个插入式花托。他不知道这些东西能否派上用场，但还是决定先做好充分准备。

傍晚，提尔开始在镇上溜达。虽然是夏天，天气却很凉爽，不过仍然有阳光。他戴着太阳镜和棒球帽，身穿兜帽运动衫和牛仔裤，脚上是一双黑色运动鞋。即使男友在菲尼克斯看见了提尔，现在在马萨诸塞州的沃本也认不出他来。但是提尔决定这一次不去挑战对手的能力，因此他没有靠近凯莉的公寓。相反，他先了解闹市区，然后把散步的范围扩大到 93 号州际公路和 95 号州际公路。他必须了解附近的居住区以及通向高速公路的方便出口和入口。

接下来的两晚上，提尔睡在宾馆里。每天晚上天黑之后，他就会冒险进入凯莉公寓附近的区域。他在主街上找到一个小市场，在那里买些小吃和报纸，拿着这些东西可以让人明白他步行外出的原因。

每次经过公寓楼的时候，提尔都要用心去了解一些事情。他用手机拍下停车场和建筑物的前面和侧面。回到宾馆后，他把照片下载到电脑里，放大，反复研究，希望有所发现。

两个晚上后，他给停车场里的八辆车拍了两次照片，还给门厅和内墙上的一排邮箱拍了照。另外，他又给每套公寓的窗户拍了几次照片，很顺利地摸清了每个单元里住户的情况。

提尔屡次不定点地在晚上 7 点和凌晨 2 点之间从公寓楼旁边经过，确定了哪些公寓 11 点后从来不亮灯，哪些公寓 2 点以后窗户里还有灯光。他排除了一楼的所有四套公寓和二楼的两套公寓。二层的第三套公寓里有几个正在蹒跚学步的孩子。这样就只剩下前面南侧的一套公寓，那一定是凯莉的。

提尔还架起了观测镜。观测镜摆放在梳妆台上，距离客房的窗户大约 4 英尺。窗帘拉上了，只留下 4 英寸左右的缝隙让镜头取景。关上灯之后，他就能偷偷观察二层前边的那套公寓。第二天晚上午夜刚过几分钟，提尔看到二层的一扇窗户的窗帘拉开了，一个身穿白色浴袍的女孩站在窗前。她伸出双手，拉下窗户并把它扣上。就在这短短三秒钟内，提尔看到了她那被白色浴袍映衬得格外鲜亮的红头发。这女孩一定是凯莉。那个夜晚剩下的时间里提尔一直在观察，研究着停车场上的车辆，但是没有看到他原先没见过的汽车，也没有看到男人离开公寓。要么是生意不好，要么是当晚凯莉给自己放了假。

第二天上午，提尔开车来到在波士顿订的酒店，签收了他从洛杉矶给自己邮寄的四只包裹，办理了退房手续。他回到沃本的宾馆，将两把完全一样的鲁格 LC9 手枪部件摆在床上，用手帕擦掉每个部件上的指纹，再把它们组装起来。接着他又擦子弹，装弹匣，把弹匣装进手枪里。他拉动滑套，把一发子弹推进枪膛，再把手枪装进打算穿的运动上衣的口袋里，然后把运动上衣挂在客房中间的椅子上，以便伸手就能够到。

提尔继续观察那座公寓楼。第三天还不见一个看上去像凯莉的女子离开公寓楼，也不见任何一个在他看来可能是男友的男子。他猜测男友也许使用了某种形式的伪装，但是又好像不太可能。

提尔决定不再等待，他要主动去找凯莉。他不能只观察公寓楼，直到男友也把她杀掉。窗帘拉开着，他调整好观测镜的角度，拨打了她在广告里留下的电话号码。电话里传出的声音很温柔，女人味儿十足，但完全是假声，“我是凯莉。”

“你好，”提尔说，“我看到你在网上做的广告了。”

“你好，你叫什么名字？”

“杰克。”他说，“我想知道我们能不能见见面。”

“这是我做广告的目的，杰克，但是你知道我必须为我付出的时间收费。如果我俩之间出了什么事，我们自己要承担责任，因为我们都是成年人。但是我不主动提供或接受任何违法行为。你明白这一点，是吗？”

“我明白。”

“我陪伴一小时的费用是 250 美元，两小时是 400 美元。”

“好的。你今晚有空吗？”

“你挑个时间。”

“8 点怎么样？”

“很好。我的地址是沃本镇主街 909 号，第五套公寓。”

提尔把地址重复了一遍，“你是独自一人，是吗？门旁没有一个大个头男人把守吧？”

“没有，”凯莉说，“我是独自工作。”她把要爆发的笑声压在喉咙里，“如果你也想要一个大个头男人，那需要你自己打电话。”

“8 点见吧。”

“我等你。”

挂掉电话后，凯莉拨通了莫兰德的手机。

“喂！”他说。

“喂，宝贝，”她说，“你在哪里？”

“我在我租的办公室里工作，想尽快做完。你有事吗？”

“我今晚有活，刚和人约好 8 点见面。”

“别担心，我不会妨碍你的。我怎么也得忙到 9 点左右才能回去，你需要我在 10 点左右捎带一些外卖回家吗？”

“你能吗？那太棒了。”

“你想吃什么？”

“给我一个惊喜。”

“我会的。”

“爱你。”

“我也爱你。”莫兰德挂了电话，定了 9 点的闹铃，把手机塞进口袋里，透过窗户向远处眺望。

乔伊·莫兰德正致力于解决路易斯·萨拉查·克鲁兹的问题。当他第一次看到名单上这个名字的时候，它对他来说没有任何意义。从一开始掮客的名单上就有各种各样的名字——意大利人、英国人、波兰人、德国人和西班牙人。据迪克·霍尔科姆说，掮客的联系人有律师、销赃者、毒贩、中介——来自很多城市的各行各业，他永远不会知道他们是谁。在莫兰德的印象中，他们中的一些人偶尔也客串一下刺客角色，但可能是容易做的活儿，棘手的活儿就交给掮客。

直到接了这份活儿后，莫兰德才意识到萨拉查是个大难题。他是一名外国政府官员。莫兰德必须防备着萨拉查带来的几名墨西哥随身保镖。他们个头虽小，却很厉害，多疑的黑眼睛不断扫视人群，搜索着危险分子。还有某种美国执法机构，比墨西哥人分布得更广泛，因为只有美国人被指望去对付美国大众。莫兰德最需要警惕的是那些在远处站岗的警察，他们也许在制高点，居高临下地用狙击步枪和无线电控制着整个区域。

莫兰德想采用一种不同于以往的方式来做这个活儿，但是他只能想出一种方式，那就是在远处动手，这样的话即使警察发现他，他们也需要几分钟时间才能赶到他跟前。如果他们向他开火，子弹只能在距离他几百英尺的地方坠落。如果他愿意，他可以让所有朝他开过来的警车失灵。制造点 50 口径的自动推进武器是为了在战斗中轻松穿透装甲车辆。

在路易斯·萨拉查来波士顿之前，莫兰德只剩下几天的准备时间。官方没有发布他来访的公告。这一点莫兰德不觉得奇怪。萨拉查来波士顿是为了会晤地方官员，而不是和普通大众见面。而且他还是一名因为打击墨西哥贩毒集团而名噪一时的检察官。但是市长和市政厅议事日程上发布的时间表在星期四下午 3 点以后是空白，这很蹊跷。市长办公室说市长没有预约。市政厅计划议事，但是不会考虑新的东西。

莫兰德在办公室度过了这个下午。来到镇上后，他就以“爱运动体育中心”的名义租下了这个地方。他是用电话和租赁代理谈妥的，通过邮件签了租赁合同。今天他带来了点 50 口径的巴雷特远射程步枪和弹药。他把它们装进一个硬壳的枪盒里，又把枪盒装进一个细长形纸板箱里，然后放在一辆两轮手推车上推着。在外人看来，它们完全像办公用品。

莫兰德站在桌子上，把枪盒和弹药架在假天花板上方一组用来支撑自动洒水系统的管子的交会处。接到凯莉的电话后，他知道他还有多余的时间需要打发。他把门锁死，取下枪盒，拿出枪。他把枪架在桌子上，透过几英尺外的大窗户指着外面。

莫兰德看到了一英里开外的市政厅广场上的市政厅入口，那是在国会街和北街会合处的一大片红砖地面。他透过步枪瞄准镜观察着市政厅。它和这座城市里的其他优雅而古老的建筑不一样。它盘踞在那里，看起来令人敬畏，就像一座风格奇特的堡垒。莫兰德一边仔细研究着建筑物的正面，一边调整着瞄准镜。只有一个地方他确定能看到路易斯·萨拉查，那就是位于国会街和北街会合处的市政厅入口，也就是他现在正在观察的方位。

当莫兰德去市政厅门前勘查现场的时候，他必须把汽车停在四个街区外的一个停车场。没有地方停放一辆逃跑用的汽车，没有东西供他藏身，也没有办法躲开在广场和市政厅大楼附近巡逻的警察。莫兰德知道他计划做这件事情的方式将决定他能否生存下来。他确信如果一名来自墨西哥的政府官员在波士顿被枪杀了，警察会不假思索地开始寻找有枪的拉丁裔人。波士顿的人甚至不知道谁是萨拉查，因此不会有人和他有过节。他是一名打击贩毒团伙的专家，来这里向其他官员介绍经验。如果有人杀他，警方会认为是另外一个墨西哥人所为。

莫兰德反复测试了从这间办公室到沃本的公寓楼之间的路线。这两点之间的街道长约 10 英里，他能够很轻松地在 30 分钟内到达那里。如果他愿意，可以走 93 号或 95 号州际公路，在 15 分钟内到达沃本。

莫兰德打算穿着传统的套装和领带做这个活儿。完事之后他还会把狙击步枪装进枪盒里，把枪盒装进硬纸板箱里，用手推车推到他的汽车上。作为预防措施，他会随身带着假警徽，像警察一样在肩套里装一把贝瑞塔 92F 手枪。在枪击后的混乱场面中，目击证人说什么的都有，但是他们不太可能因为看见一名警察而发牢骚。

十六

当提尔来到沃本那栋公寓楼前门的时候，他已经把自己所有的东西都装进车里了。他将一把鲁格手枪装进了衣袋里，另一把塞在了汽车座位下面。他把车停在主街上，在 93 号州际公路和 95 号州际公路交会处附近，离那栋公寓楼有一个街区。这一次他要找的是那个名叫凯莉的女孩。一旦她安全了，他再去盯男友。

提尔按了按门旁那个写着“K. 艾伦，5 号公寓”的按钮，听到应声，打开门走进门厅。他上了楼梯，进入另一道和楼下一样的门厅，墙和地毯都是淡蓝色的，门漆成了深蓝色。左边第一扇门就是 5 号公寓。他抬起左手敲了敲门，但是门只打开了一条缝。

提尔认出了门缝里的那张脸。她微笑着看着他，轻声问道：“你是杰克？”

提尔点点头，她又把门敞开些，站在门后，等着他进屋。她关上门，靠在门上。她身上的行头和她发布的广告照片里的穿着很相似——黑色长筒袜、吊袜带和紧身胸衣，这身打扮凸显了她纤细的腰身和雪白的皮肤。

“你比照片上看上去更美。我完全没想到。”

“谢谢。你把给我的东西准备好了吗？”

提尔从上衣内兜里掏出一个信封，看着她接过信封，用拇指和食指把钱掏出来，捻开，以便能看清钞票的面值。然后她把钱锁进书桌抽屉，钥匙则攥在手心里。

她领着提尔穿过一条短过道来到一间卧室里。提尔看到前面还有一扇关着的门，猜想那个房间一定是她真正的卧室，也是她和男友同床共眠的地方。他指着那个房间问："就我们俩吗？你的男朋友或其他人有没有躲在里面？"

她笑了笑，特地走到第二扇门前，打开，让他看清房间里的情景。里面看上去庄重而传统，就像一位老妇人的房间——床罩是深灰色的，床上堆着一摞枕头，大约有六个，枕头上套着洁白的枕套。有一个装着一面大镜子的女式梳妆台，壁橱门上还有一面高高的镜子。提尔看不出任何能表明男友来过这里的迹象，因此猜想他的衣物也许全放在壁橱里。"看到了吧？我告诉过你的，如果你需要一个大个头男人，你得自己把他带来。我有一个男朋友，但是你见不到他。"

提尔突然领悟到，对一个凭容貌生存的女孩来说，这些镜子可以给她带来慰藉。无论发生了什么事，镜子不会给她带来坏消息。女孩把房间的门关紧，他们向另一个房间走去。这个房间更接近提尔的想象，一张宽大的床上面铺着淡蓝色绸缎床罩，摆着与其配套的绸缎枕头。床边有两个床头柜，其中一个上面放着蓝色瓷碗，里面盛着避孕套，后面摆着一排塑料瓶和软管状的东西。

凯莉张开双臂搂住提尔，说："放松些，好好抱抱我。"

提尔顺从地在床边坐下来。正如他所预料的一样，凯莉也挨着他坐下来。提尔说："我们能聊会儿吗？"

"当然可以，"她说，"关于男朋友的话题免谈，但是我敢打赌你肯定知道你不是我的第一个约会对象。一旦相互认识了，我们就能很好地相处。"

"我之所以花钱和你见面，是因为需要和你谈谈，同时给你看几样东西。"

她很平静，但是开始感到困惑，"这是你的一个特殊爱好吗？"

"不是，"提尔再次把手伸进上衣内兜里，掏出一沓折叠的打印品，把其中一张展开递给她，"这是凯瑟琳·汉密尔顿，来自洛杉矶。"

"哇呜！她看起来非常像我，不是吗？你是不是总是找同一类型的女孩？"

"我不是。你的男友是这样。"

她被这句话激怒了，"什么？"

"他似乎总是在寻找金红色头发、浅色皮肤、蓝色或绿色眼睛、身高在5英尺7英寸和5英尺10英寸之间、身材苗条的女孩。"

"你为什么要来这里告诉我这些？"她愤怒地质问，"你究竟是做什么的？"

提尔举起他打印的凯瑟琳·汉密尔顿的另外一张照片，"看见这条项链了吗？还有脚链？"

她一把夺过照片，瞪着它看了一阵，松开了手，任由它飘落到床上。

提尔又递给她一张照片——又一个身材高挑、苗条、有着金红色头发的女孩，“这是丽贝卡·科尔曼。”她也把这张照片抛到了一边，但是提尔知道她已经看到了。他又递给她一张。她在拿一张照片的同时，会情不自禁地看他举在手里的另一张。她还是一把抢过来，把它也扔在床上。提尔说：“这些女孩都是陪伴女郎，有三个女孩戴过这条项链。”

她站起来，“你这个可恶的家伙，滚出去！”

“我到这里来是因为她们都死了。”

“我让你出去！”

“你的男朋友诱使她们允许他和她们同居，他在准备离开的时候，就把她们杀掉。”

她提高了嗓门，“我刚才是好言好语恳求你，现在我要叫警察了。”

“请不要这样。”提尔说，“请听我说，我想救你。他枪杀你的方式是趁你不注意时在你脑后开枪，因此子弹飞过来时你看不到。然后他会拿走你所有的东西——钱、首饰，再搬到另一座城市。”

“他不需要我的钱，”凯莉说，“他自己有很多钱。”

“是的，他不需要你的钱，因为他有钱，是从他杀死的那些女孩房间里偷的。但是他也会拿走你的钱，因为这让案子看起来更像一起普通的抢劫杀人案。坦率地说，我向你发出警告不会得到任何好处，我只是不愿袖手旁观，看着他夺走你的生命。”

凯莉站在那里，双臂抱在胸前，满面怒容地看着提尔，“你也许是想让我和你一起走，这样你自己就可以把我杀掉。”

“我可以这么做，但是不打算这么做。我追踪你的男朋友从洛杉矶到菲尼克斯，他接触的两个女孩都死了。我又追踪他到你这里，这是你自救的机会。现在，今晚，趁他在别处，这是你可以得到的唯一机会。”

她看起来有些动摇了，“我怎么才能相信你呢？”

“拿起电话，找到一个接线员，要求接通洛杉矶警察局的电话，要求和风化队队长麦卡恩通话。把我说的话告诉他，问他是不是真的。你只要让接线员这么做，就知道我不是在捏造事实了。”

她盯着他看了一秒钟，似乎意识到了他不可能在说谎，“天哪！我该怎么办？”

“带走你所有值钱的东西，赶紧开车离开这里，不要再回来。”

“我甚至不知道该拿走什么。”

“看到什么就拿什么，没关系的，没有什么比你的命值钱，能走掉就好。如果你需要帮助，我可以帮你。他什么时候回来？”

“几小时以后，但是他会追我的。”

“如果你不走，他根本用不着追你。”提尔等待着，看到她犹豫不决，就催促道，“抓紧吧，赶紧穿衣服。”

她打开壁橱，拿出一条牛仔裤，又从梳妆台的抽屉里拿出一件 T 恤衫和短裤。她脱下身上的性感内衣，扔到地板上，穿上衣服，把头发扎成一个马尾辫。提尔看着她走进另一间卧室，稍后拿着一只塞得鼓鼓囊囊的旅行包走了出来。他尾随她来到起居室。她打开书桌的抽屉，把提尔给她的钱塞进钱包里。

提尔问："你准备好了吗？"

"是的。"

"你想让我陪你走到你的汽车跟前吗？"

"是的。"

提尔为她打开门，停下来问："你有他的照片吗？"

"没有，他说他不喜欢拍照。我知道他的名字。"

"不，你并不知道，"提尔说，"你知道的只是一个化名。"他探出头来瞥了瞥楼道两端，"看起来没人，跟在我后面。如果他出现，不要停下或试图藏起来，向反方向跑，不停地跑。"

"好的。"

提尔问："你的车在停车场吗？"

"是的，一辆蓝色本田思域。"

"明白了。"提尔走进楼道，凯莉转身要锁门，提尔拦住了她，"不要锁，我要在这里等他。"

"哦，天哪！"她嘀咕了一声，但是没有违抗。他们顺着楼道往前走，提尔的右手插进上衣口袋里，握着那把鲁格 LC9 手枪。男友没有来公寓，但这并不意味着他不在公寓楼附近。他也许在停车场等着凯莉的客人离开呢。

提尔走到公寓楼的后门，推开门，向停车场里窥探。从这里他能看到所有的车辆，但是好像车内都没人。他说："待在这里别动，我到主街上看看他有没有停在那里。"

凯莉没有回答，因此提尔就扭过头来看她，发现她右手拿着手机，盯着屏幕。

“你在干什么？”

“给我姐姐发短信，我得找个去的地方，他不了解她的情况。”

“现在别做这件事，只是待着别动。”

凯莉把手机放进口袋。提尔走出门，来到停车场。外面很黑很静，他能听到街道远处传来汽车轮胎摩擦地面的沙沙声，除此之外就是他的脚踩在砾石路上发出的咯吱咯吱的声音。

当提尔走到停车场尽头后转身要返回公寓楼前门的时候，门猛地被推开了，灯光洒在台阶和人行道上。身材高挑、姿态优雅的凯莉像条犬一样敏捷地跳下台阶，撒腿就跑。一辆白色丰田汽车飞快地开到人行道边，停下，副驾驶门猛地打开，反弹了一下。女孩已经跑到跟前，一头扎进车里，汽车开走了，沿着主街加速向波士顿中心方向开去，离女孩住的公寓楼越来越远。

有一瞬间，提尔产生了向汽车开枪的念头，但是打中男友的概率很小，而且很快就降到了零。即使他打中了男友，以这样的行车速度，当汽车失去司机时，女孩也会丧命。看着远去的汽车，提尔感到内心的失望和愤怒被悲哀所取代了。女孩必死无疑。看到她奔跑的姿势时，他想她是多么年轻啊。

提尔朝主街另一头望望，转身回到凯莉的公寓里，反锁上门。

接下来的半小时里，提尔待在凯莉的房间里。为了找到更多和男友有关的线索，他把每个角落都搜了一遍。在此期间，提尔突然意识到，今晚他已经看到了关于男友最至关重要的一点。

一个智力正常的20多岁女孩已经看到了男友杀死几个前任女友的有力证据。但是一旦有机会跑回到他身边，她就会毫不犹豫地那么做。也许在最后一分钟，她还对他抱有幻想，认为他会给她一个解释，说明自己是无辜的。

提尔在搜查房间时发现了很多女装，但是没有发现一件男装。凯莉有几本平装书，差不多都是充满浪漫色彩的爱情小说，讲述年轻女孩去大城市闯荡交了好运的故事。她还有一部存有数百首歌曲的 iPod 和一台用来上传在线广告的笔记本电脑。她带走了所有的现金和首饰，这应该非常合男友的心意。

当晚提尔开车去了波士顿，整晚都在找白色丰田凯美瑞。早上7点，他从新闻里得知凯莉的尸体在某处被找到了。

十七

临近中午时，乔伊·莫兰德在波士顿的宾馆房间里醒来。这一觉他睡得很沉，部分原因是因为他上床睡觉时已经是精疲力竭，同时也因为他料理完了几件一直令他担心的事情。在去凯莉公寓的路上他收到了她发来的短信，然后他就详细交代她应该怎么做。一旦听到他的汽车靠近公寓楼，她就应该跑过来。

当他驾车靠近公寓楼前面的人行道时，站在门厅里的凯莉已经开始冲向前门。他透过玻璃门能看到她。她上车后，他接连拐了几个急转弯，上了 95 号州际公路，向南疾驰而去。他花了几分钟时间才让凯莉解释清楚她在约会时发生的事情。她不停地哭，致使她张口说话时喘气很吃力，就像一个人摔下楼梯时发出的声音——“啊，啊，啊，啊”——直到他几乎忍无可忍的时候她才停下来。

来找她的人把她吓坏了，这倒不是因为他是个变态狂。这个男人向她讲述了乔伊·莫兰德在这三年中交往过的所有女孩，以及他在做完一件活儿后是怎么把她们摆脱掉的。这家伙是谁？如果他在三个州甚至在全国范围内追踪莫兰德，那么他一定是联邦调查局派来的。

莫兰德不能容忍这样的事情发生。如果那些死去的女孩不是真的，那个男人不可能有她们的照片。他不能让身高5英尺10英寸、留着一头火红长发的凯莉突然意识到这一点。她只需开口和他大声争吵，他就死定了。她也许会改变主意，通过向警察呼救的方式揭发他。而为了干掉萨拉查，他必须在波士顿再逗留一段日子，不然那些花钱要萨拉查命的人会要他的命。

因此，思前想后莫兰德还是决定杀掉凯莉。他一边沿着波士顿市南边的公路向前行驶，一边听凯莉讲述那个陌生男人对她撒的“弥天大谎”。后来，他在港口附近的一片田野边停下来。他说要下车去取藏在田野里的一只急救箱，然后他们一起离开。他本以为这会让她冲到他前面去，穿过铁丝网上的洞。她会因此感到如释重负，感到这个黑暗世界的另一边有光明、温暖和安全——她的整个未来都拥有它们。

但是她没有那么傻，哭声更大了，像哀号，夹杂着拖得长长的、类似“求求你”之类的话。他必须击毙她，不管她是蒙在鼓里，眼睛望着别处，还是双膝跪下请求他。就这样她死了。

既然凯莉已经死了，莫兰德本想离开波士顿。她的死使他失去了一个好住处，住在她那里没人认识他，也没有他来过这个城市的记录。现在既然他已经登记入住一家宾馆，这个优势就不复存在了。虽然他使用了一个假名字，信用卡上的信息也是虚假的，但是他不能完全保持隐身。

他必须待在波士顿干完活儿，而且不能赶时间，哪怕是一分钟也不行。萨拉查今天就会到达，在宾馆入住，3点出现在市政厅。他不会因为乔伊·莫兰德想让他这么做就提前现身。

莫兰德有些焦躁不安。有某个警察或私家侦探正在找他，这是个大麻烦。他一直小心翼翼，避免引起人们的注意。他本来认为和这些女孩待在一起不会留下任何蛛丝马迹，但是很显然，这些女孩就是他留下的蛛丝马迹。

他希望现在就能离开，但是如果不在这里杀掉萨拉查，他就得去墨西哥动手，那比登天还难。他不会说西班牙语，看起来像个美国人。他必须把武器运出境外，而在边境地区，官方一直在搜查枪支。

莫兰德必须把原计划进行到底。为了做到十拿九稳，余下的时间他将用来计划和刺杀行动相关的一切以及盘算如何应对已经发生的突发意外事件带来的后果。他打开笔记本电脑，查阅有关萨拉查来波士顿访问的新闻，发现这类新闻仍然处在封锁状态。

他把从手提箱里掏出来的东西又重新装好，办理了退房手续，开始处理细节问题。他来到一个加油站，给油箱加满油，在加油站的小商店里买了水、糖块、坚果、饮料和饼干。如果他不得不全天行驶在路上，零食是很有用的。如果不在一个地方停下来，那么他只好一直在州际公路上打转。

莫兰德开车来到他租用的办公室所在的大楼，把车停在地下停车场，尽管地面停车场几乎是空的。大楼正在改建，租客很少，因此房东不会计较他在哪里停车，而停在地下可以躲开人们的视线。他进了电梯，来到10层。今天施工人员在另一层楼施工。他们通常是白天很早就来上班，下午赶在傍晚的交通高峰之前下班，但是不管怎么说他们现在还在大楼里。

乔伊·莫兰德凝神倾听，听不到施工的声音，只听到楼下街道上往来汽车持续不断的嗡嗡声。他顺着楼道往前走，来到一堆堆木材和斜靠在墙边的胶合板和石膏板附近，听到头顶的楼板上传来钉枪发出的砰砰声，底下的某个楼层传来电钻的声音。莫兰德进了自己的办公室，把门锁死。

他必须把握好时机，他无法自主地选择时间。没有办法推迟行动或提前行动来迎合他的计划。一旦车队开到市政厅门前，萨拉查下车的一瞬间就是他扣动扳机的时间。莫兰德爬到桌子上，挪开一片吸声瓦，取下他存放 M107A1 的枪盒。

他打开枪盒，把沉重的狙击步枪放在桌子上。仅仅是枪和瞄准镜的重量就接近 29 磅。从枪托到枪口制退器的长度是 5 英尺。他打开双脚架的支架，注视着机匣的上端，暂时抛开瞄准镜不管，转动枪托下面的螺丝，把枪托升到必要的标准高度。他把 10 发子弹装进弹匣，是点 50 口径的机关枪子弹，带有 660 格令的弹丸。其射程最大是 2000 多米，但是他没有机会在近处检验这个数字。他把沉甸甸的弹匣往上推至机匣下面，直到听到咔嗒一声。莫兰德还有一个备用弹匣，他把 10 发子弹装入这个弹匣，把它放在枪右侧不碍事的地方。他想如果动用这个弹匣的话，那就是为自己的性命而战，而不仅仅是完成一次暗杀行动。

发射一颗子弹就像开启一部定时器。他有两三分钟时间瞄准目标。警察将花费一两分钟时间意识到出了什么事。第一发子弹将以每秒钟 2800 英尺的速度从 1 英里开外向他们呼啸而去，因此在枪口喷出火焰约2秒钟后子弹会击中目标，再过3秒钟枪声才能传到他们的耳朵里。即使在那时，他们也不知道子弹是从哪里飞来的。也许在发射5发子弹后他们之中才会有人碰巧看到1英里开外的一束火焰。

然后他们将不得不硬着头皮打起精神，组织回应措施并开始行动。回击是不可能的，他们用最好的步枪也射不到他，而且他们也不能仅仅对着一座办公大楼的一扇窗户开枪。他们将意识到必须立刻驾车开往子弹发出的地点。因为莫兰德离得太远，短时间内他们毫无办法，而他仍然能够把枪伸出窗外，随心所欲地扫射。三分钟后他必须离开，因为警察正从四面八方向这座大楼围拢过来。

莫兰德从枪盒里取出护耳器。这东西看起来像为一套音响设备准备的一副上好的耳机。和装备中的所有东西一样，这套护耳器的档次也是最高的，但是它只能把步枪180分贝的咆哮减弱成一种很大的噪音。因为M107A1步枪是在一种军事武器的基础上改造的，步枪的日光瞄准镜的两端各有一个用来防尘防水的合页盖。莫兰德打开盖子，把枪瞄准广场边市政厅大楼的台阶。他又转动高度调节器的量环，一切准备妥当后，他把步枪瞄准广场上空高高飘扬的美国国旗。旗帜在风中微微摆动，莫兰德估计风速是每小时7英里，就又做了风偏修正。在这个距离，这样的侧风会把子弹左移几英尺。之后他合上了盖子。

莫兰德又从枪盒里取出一张厚厚的泡沫垫，用胶带把它固定在枪托上。在扣动扳机的一瞬间，11500英尺磅的能量把子弹推送到远处的同时，也会把步枪猛力推向他。步枪原来就有一个后坐力垫，但是防患于未然是上策。

莫兰德走近敞开的窗户，看着10层楼下面的街道。大楼前面的车辆虽然络绎不绝，但畅通无阻。一辆警车开了过去，莫兰德能看到白色车顶上黑色的编号“85”。凯莉死后他不喜欢待在波士顿。在找到一个新女友之前，他想走得远远的。也许他不能立刻找到，但是也不打算指望这件事。楼下，人们沿着人行道走着。为了躲开大楼周围的施工护栏，有些人不得不拐弯抹角地绕着走。在工人施工的一侧，因为可能有工具或建筑材料掉下来，行人就走在盖着盖板的低矮的脚手架下面。车辆在十字路口等待着放行的信号灯，过去一批后，又来一批。今天这里一切如常，噪音不断，人来车往。

莫兰德再次抬起头。现在他在市政厅以西2000米处。因为高高在上，他的视域非常开阔。他的视线可以沿着一座座建筑物背后窄窄的过道，一路畅通无阻，直达市政厅。他所在的大楼在灯塔山附近的高地上，海拔高度是92英尺。市政厅的海拔高度仅15英尺。莫兰德坐下来，闭上眼睛，在脑海里排练着他将要做的事情。萨拉查的豪华轿车不出现，什么也不会发生。

十八

为了寻找那辆白色丰田凯美瑞，提尔几乎一整夜都在波士顿周围兜圈子。听到7点的早间新闻时，他还在外面。新闻里说在波士顿南部的一片田野里发现了一具年轻女人的尸体，特征和凯莉完全相符。

唯一看似行得通的思路就是回到那个推测上：除了杀害陪伴女郎外，男友还在做其他勾当。从他的行为和能力来判断，只有一件他真正可能做的事情。

提尔用手机拨通了侦探艾伦·拉弗蒂的号码，听到了几秒钟铃声，又听到一个像是开门的声音。"我是风化队的拉弗蒂。"

提尔说："拉弗蒂侦探，我叫杰克·提尔。洛杉矶的泰德·麦卡恩给了我你的号码。"

"是的，他已经给我打了电话，说你可能会和我联系。"

"他有没有跟你提起我手头的一桩案子？"

"说了一些。他说你正在追踪一个专门杀害并抢劫红发陪伴女郎的家伙，是吗？"

"是的，那个在洛杉矶被杀害的女孩的父母雇了我。当我问泰德这是一起偶发事件还是具有某种模式时，他给了我一个五人名单，这些女孩来自其他城市，和这个女孩的特征一致，都是被9毫米口径的手枪枪击致死。”

“你打电话是为了昨晚本地被害的那个女孩吧，叫乔艾尔·穆迪。”

“嗯，我想她的名字是凯莉·艾伦。”

“是的，那是她的化名，是同一个女孩。她有一头红色长发，头部被9毫米口径的手枪击中。”

“枪手是我一直在跟踪的一名男子。当我意识到沃本的凯莉·艾伦正和他住在一起时，我试图向她发出警告。我去了她的公寓，给她看了几个被害女孩的照片。她们看起来都很像她，头发都是金红色的。有些女孩在她们的广告照片里戴着和她一模一样的项链。我原以为我已经说服了她，她会躲过一劫，但是当男友的汽车开过来时，她却回到了他身边。现在她死了。”

“既然她已经回到他身边，他为什么还要杀掉她？”

“这个问题我已经弄清楚了。不管这个女孩做什么都没有关系，他总是把她们杀掉，然后离开该城市。起初我以为这是一种强迫症，以为他是那种对自己找妓女的做法厌恶到了极点，以至于要杀掉妓女以斩草除根的家伙。我当时想他一定是个杀人恶魔，竟然能从这种恶劣行径中获得快感。但是现在我认为这是一种策略。我认为他杀掉她们的目的是为了灭口。”

“他做了什么见不得人的事呢？”

“我看了这些女孩被害的日期，查阅了她们所在城市的报纸，看看在她们死的前后几天有没有其他新闻，结果发现这些城市都发生过知名人士被谋杀的案件，每起案件都发生在这些女孩死之前。我想他也许是一名职业杀手。”

“如果他是一名职业杀手，那么从一开始他就知道离开所在城市之前必须把那个女孩杀掉，为什么他还要和她们交往呢？”

“一开始我认为他对女孩们感兴趣是想偷她们的钱。这样弄到手的钱是相当可观的，因为她们长得都很漂亮，一定攒了一大笔钱，而她们也不大可能把钱存入银行，那样的话必须向国税局报税。因此他就拿走了她们的钱。这种做法会让警方认为谋杀只是抢劫的副产品，但实际上不是。他杀掉她们是因为她们知道他是谁，他什么时候来的以及他停留了多长时间。”

“我对此没有把握。”

“我一直在追踪他。每当来到一座新城市后，他就立刻勾搭上一个陪伴女郎，然后搬到她那里去住。这意味着在他为暗杀做准备的一两个月内，不需要住宾馆，不需要使用信用卡，不需要填租房协议。因为他从上一个女孩那里获得了大笔现金，因此他只用现金交易。如果他不想暴露自己的汽车，就用女孩的汽车，把自己的汽车放在车库里。大多数陪伴女郎使用假名，并且不停地变换地点，因此不仅没人认识他，甚至也没人认识她。因此，当女孩死后他悄然离开时，这个城市的人甚至都不知道他的存在。他擦干净女孩的公寓，除去所有的痕迹。即使有指纹留下来，因为房间里曾经在一个月内来过上百个男人，因此警方根本无法分辨是谁的指纹。”

“好吧，假如你说的全是真的，”拉弗蒂说，“今天有什么动向？他现在在干什么——逃跑吗？”

“如果他提前杀了凯莉，也就是说在他行刺之前，那么我认为他现在正在为行刺做准备。”提尔说，“我想让你帮忙阻止他。”

“怎么能阻止他？”

“你在局里一定有说得上话的人，把最近一两天内关于所有可能成为枪手目标的人的内部消息都弄到手，例如，这个地区的某个恶棍将受审，某家公司将要参与招标，或者某个有钱人将要举办一场婚礼，等等。我们必须集中精力于所有一次性事件。”

“我会尽力的。”

“我能给你我的手机号码吗？”

“麦卡恩已经给我了，你只要保持开机就行了。”

提尔阅读报纸，浏览当地杂志，还登录声称有波士顿地区事件的详细日程表的网站。他想，我们正在寻找一名也许只有今天面临厄运的受害者，或者将要有什么举动的受害者——登台演出、出庭作证、试图逃窜或发表演讲。如果这是一个秘密事件，或者此人不为人所知，我们就找不到他。

在寻找过程中，提尔发现有那么多可能性，以至于完成这项任务似乎不大可能。戴维·法拉代正在登斯特堂拍摄《查理的姑姑》的现代版，外景地设在哈佛校园。很显然，法拉代是一个大牌明星。提尔把这篇文章保存了下来。他很容易就能想象出某个无赖向一家电影公司索要一笔酬金，不能如愿就把某位影星杀掉，但是他不能想象如果电影公司不付钱，这个无赖会雇一个职业杀手把那位明星杀掉。

提尔看到一篇介绍出自麻省理工学院的诺贝尔奖得主的文章。为了弄清他们中有多少人还活着，他上网搜索了他们的个人资料，结果令人大吃一惊。答案是 9 名现任教师、9 名前任教师、5 名退休教师、1 名学生、14 名前任管理人员和 20 名毕业生。他知道某个人想杀一位诺贝尔奖得主的可能性很小，但是一旦发生，受害者必死无疑。除非这些人今天全部出席同一场晚会，否则提尔无法找到一个办法保护杀手刺杀的对象。

今晚有两支知名度很高的摇滚乐队和一位女高音歌唱家来波士顿演出。提尔记下演出地点后继续搜索。

时间在流逝。提尔在寻找信息的同时能看到总是出现在电脑屏幕右上角的时间。他想是否应该用一去不回的时间作为理由去说服波士顿警察局的某位副警长，在全市范围内拉响警报。在街上部署更多的警力也许不会有帮助，但也不会有害处。

提尔接着搜索波士顿地区各种公司的头头。他们中有几个人曾经涉嫌犯罪或毒品交易。他把那几个被指控犯了某种环境罪行的人的信息保存了下来。虽然存在可能引起骚乱的极端分子团伙，但是到目前为止，他们没有人曾经雇用过杀手。提尔还保存下了那些进行过大规模裁员的管理者和炫富者的信息，但是对此不抱太大信心。夺取这些人钱财的方式是绑架或者勒索，而不是谋杀。

半小时后，提尔找到了一个他从一开始就期待的人。此人名叫约瑟夫 · A. 佩科里诺，被认为是波士顿黑手党的现任头目。他也是一个了不起的候选人，但是多年来一直受监控。在那些他没有遭到质疑、逮捕、带上法庭的岁月里，他被试图进行窃听的联邦调查局特工人员包围着。看来留给提尔做的事情已经所剩无几了。

提尔又尝试搜索政客们的信息，先从市长开始，因为这是在波士顿，而不是在华盛顿。他找到一则五分钟前刚刚发布的消息。今天下午，市长威廉·麦斯特伯格将出席一场记者招待会，欢迎一位墨西哥联邦检察官路易斯·萨拉查，共同讨论贩毒分子进入美国东北部的路线。

提尔合上电脑，一边向宾馆外走，一边掏手机。墨西哥联邦检察官的来访也许不是他们要找的事件，但它是提尔目前为止所发现的唯一一起有一个树敌众多的人出场的事件。提尔认为他最好在市政厅广场等待拉弗蒂的消息。

十九

提尔上了租来的汽车后，愈加相信墨西哥检察官路易斯·萨拉查就是杀手的目标。萨拉查在美国受到的保护也许远远比不上在墨西哥受到的保护。在墨西哥，有很多杀人狂盼着像他这样的人死掉。他们中的大多数人也许没有信心来波士顿实施一次刺杀行动，但是他们有足够的钱在美国雇一名职业杀手来干这件事。

提尔发动车子上了路，再次拨通了拉弗蒂的电话。

"你好，我是拉弗蒂。"

"我是提尔。你听说墨西哥检察官来访的消息了吗？"

"刚听说的。很显然，官方之所以对这件事情一直保持沉默，就是为了让他的敌人没有时间赶到这里采取行动。他只是要和几位警局高层人员见见面，有强大的警力保护。我正要打电话告诉你。"

"你有没有发现其他可能性？"提尔问。

"我没有发现任何其他可能性。"

"我也是。我现在正在去那里的路上。你也许可以告诉局里的某个人我们的想法。"

"我刚刚已经这么做了，这件事情耽误了我很长时间。"

“好，回头见。”

时间已经过了 2 点半，提尔驾车向市政厅奔去。和其他车辆比起来，他开得有点儿快，有点儿猛，就像一个赶时间的出租车司机。当前面的汽车挤成一堆的时候，他就不停地变换车道。他打开收音机收听新闻，担心听到他来迟了的坏消息。

提尔扫了一眼仪表盘上的时钟，2 点 45 分。他希望能对男友过去的谋杀有更多了解。男友似乎总是朝女孩的后脑勺开枪。对于一个年轻力壮的男人来说，要谋杀一个体重 120 磅的女孩，似乎有比这更安全更安静的方式。很显然，男友习惯用手枪。提尔必须依赖已了解到的有限信息进行推理。在所有可以毫无疑问地认定是男友所为的谋杀案中，他所使用的武器都是一把可以发射一颗规格为 9 ×19 毫米子弹的半自动手枪。

如果男友的做法和提尔所了解的有限信息保持一致，那么他今天仍然要用那把 9 毫米口径的手枪。为了确保刺杀成功，他必须离目标很近。一个出现在大街上的墨西哥检察官也许会穿防弹背心，这意味着男友必须选择头部射击。他将不得不混迹于离检察官很近的人群中，射中其头部，然后溜掉。

这将是一次既艰难又复杂的行动。一些要人会出现在现场，如市长和市议会议员，他们都会穿着套装。还有随行保护检察官的墨西哥国家秘密军人，他们也会穿着套装。因此男友也会穿着套装，而且会靠得很近。他甚至有可能紧跟在一位在当地享有很高知名度的政客后面——也许不是市长，而是市议会主席，甚至是警察署长。他也许会从检察官的背后开枪，因为那是他最喜欢的角度；然后他挟持一名人质，将其从预设的路线上拖走。考虑到今天可能出现在现场的警察数量以及全副武装的墨西哥保镖在场的可能性，男友肯定会预先选好逃跑路线。男友可以把人质一直拖到市政厅里面的安全地带，然后抛开，从另一扇门逃走。

提尔对男友了解得太少了，所以只好牢牢抓住自己的推测。即使是一名经验丰富的手枪枪手也绝不希望离目标超过 25 或 30 英尺。如果男友离目标真是那么近的话，唯一的办法是假扮成一个好人。现在提尔的脑海里对要找的人有了一个大致轮廓。他把车开进公共停车场，提前付了停车费，然后向市政厅的那栋方形红砖大楼走去。

大楼一侧有台阶，但是红砖广场从街边自下而上延伸过去。提尔看到市政厅入口处摆着一个木制讲台。街道上停着两辆当地电视台的采访车，长长的话筒吊杆探进空中。一位身着褐色套装、身材瘦小的亚洲女人手持麦克风站在大楼前。她正在看着摄像师，摄像师的肩膀上扛着一架大摄像机。为了让刻有波士顿市印章的讲台出现在镜头的背景中，她微微挪动了一下身子。

广场的入口处设有锯木架路障，但是到目前为止，广场上只能看见五名警察。两名靠近讲台和市政厅入口处，另外三名看上去像是在巡逻，但其实不是，而是每人守着广场的一条边。没有群众围观。这对提尔来说是个好消息：没有群众，枪手就很难藏身。在一座美国大城市，一个外国来的检察官算不上什么名人，因此大部分过路人对于眼前的情景都不会感到好奇。即使有人盯着这里看，也只是对电视采访车感兴趣。有几个人停在离穿褐色套装的小个子女人几码远的地方，看着她校音。

接着市政厅的门打开了，一些穿着套装的男女三三两两地走出来。还有几个掉队的人走到远处打电话，提尔认定他们一定是市议会的议员。

提尔停下脚步，举起手机给大楼拍了一张照片，然后又换个角度拍了一张。他继续绕着大楼走，每个方向都要看几秒钟。他这是在观察男友有没有来。男友一定会等到人群集中时才会融入其中，但是他肯定已经在附近了。

提尔隐隐感觉到什么事情正在发生，一起事件正在开启序幕。身着深色套装和白衬衫的男人们似乎同时在悄悄动起来，就像有一股脉冲让一群鸟儿同时起飞了。男人们相互看看，向大楼走去。

他们走向通往市政厅的台阶。第一批人在最低一级台阶上停住脚步，以便能看见电视摄像机的镜头。为了进入取景范围，其他人登上高处的台阶，挨挨挤挤地在讲台左侧站定。

没过多久，警察开始相互递眼色，他们正在接收一条无线电信息。提尔看到一名警察对着别在左肩上的麦克风讲话，另一名警察则对着一部袖珍无线电对讲机讲话。又有四名官员从市政厅里走出来，站在议员们的旁边。

似乎又有一股电流在人群中流过。议员们排列的方式就像是站在舞台上的一支合唱队。警察们全都同时抬起了头，市长在年轻下属们的陪同下从大楼里走了出来。

街道上车流发生了变化，司机们在街口两名摩托警察的指挥下让开了一条车道。提尔又看看议员、警察和一小群围观者，往前靠了靠。哪一个是男友？他在这里吗？

提尔听到街道上传来刺耳的鸣笛声，只见一辆警察巡逻车拐上了右侧通向广场的斜坡，紧跟在巡逻车后面的是一辆茶色车窗的黑色SUV。两辆车在距离台阶40英尺处停下来。黑色SUV的车门打开了，四名身穿深色套装的人下了车。他们的身材各不相同，但一律是黑色头发，褐色皮肤，戴着几乎不透明的墨镜，穿着运动外套。因为里面有防弹衣和隐藏的武器，外套被撑成了正方形。

提尔想，天下保镖都一样。其中两名保镖分散开去，他们被墨镜遮住的眼睛扫视着广场、街道和附近的建筑；另外两名等待着。第二辆SUV到达后，一名保镖拉开车后门，和他的同伴分立两侧。一名高个儿、黑头发、身穿灰色套装的男子下了车，向正在等待的一群美国政界人物走去。

新闻工作者们好像突然之间在广场上现身了。尾随在萨拉查身后的摄像师为了取得最佳拍摄效果，刻意和他保持一段距离，而记者们则一反常态地老老实实缩在后面，等待着轮到他们提问的机会。

站在讲台边等待的市长一边冲着镜头微笑，一边迈着大步走过来，离萨拉查还有10英尺的时候就伸出了右手。对方根本够不着和他握手。

提尔的眼睛吃力地分辨着聚集在广场上的好奇的新加入者。他们从市政厅里、从街道上以及市中心的其他地方蜂拥而至。提尔研究着一张张面孔，观察着一双双手和胳膊，左右移动脚步打量那些在闹哄哄的人群中若隐若现的面孔。一阵噼里啪啦的鼓掌声响起来，在偌大的一个空间里，听上去不够响亮。提尔只是瞟了一眼两个核心人物，他们此时正在握手：他们不是问题。市长正领着客人向讲台走去。

提尔靠近围拢过来的路人，他们已经注意到正在发生的事情。他们离记者很近，虽然记者们最有可能是消息的来源，但是此刻他们面对摄像机忍着不透漏只言片语。如果这只是一次演说，大多数人是准备继续赶路的。提尔在这些面孔上看不到任何他正在留心的迹象——没有人把目光转移到警察和保安身上，没有人眯着眼睛看那位墨西哥来访者以判断射程和角度，没有人向政界人物站的那一侧移动。

突然空气出现了某种变化，好像凝固了。有一种异样的声响，像是甩动鞭子时弄出的动静，比音速还要快的某个东西从头顶上飞过。提尔把视线从人群中转移到市长和来客身上，他们正一起站在讲台后面，以便市长能够——砰！

讲台爆炸了，碎片四处飞溅，有些砸在了市政厅的墙上。市长被击中，也可能是昏了过去，摔倒在人行道上。客人路易斯·萨拉查一开始似乎是消失在这小小的爆炸中了。

听到巨响的一瞬间，提尔的双腿就推着他向讲台方向跑去。他看看前面，看不出发生了什么事。难道只是一个小——砰！又是一声巨响，好像来自远方，像打雷一样。

提尔刚瞥了一眼趴在地上的两个人，警察和几个穿深色套装的人就聚拢过来，挡住了他的视线。他们的脸上和白衬衫上似乎溅满了鲜血。人们尖叫着，呼喊着，乱作一团，不明白这场噩梦从何而来。

提尔又一次感觉到了甩动鞭子的动静，看见跪在检察官面前的一名穿深灰色衣服的保镖扑倒在他身上。提尔止住脚步，环顾四周。

声音不是炸弹产生的，而是来自一个从远处飞来的抛射体。砰！又是一声巨响。这声巨响在子弹到达之后至少三秒钟才响起。第一颗子弹击中了讲台，但是很难说清那之后发生了什么——讲台上飞出的碎片、金属屑、市长和检察官身后的墙上飞出的碎砖块混在一起，甚至还有人体组织。市长浑身是血，但是在他人的搀扶下正努力站起来，这些人试图把他拖进大楼里去。

人们在奔跑，像浪潮一样从讲台矗立的地方向远处退去。提尔无法确定是人群本身在无声地移动还是自己暂时失聪了。他扫视了半圈，试图找出子弹的出处，但是什么也没发现。面对着市政广场的大楼还和从前一样，大楼背后是夏日午后 3 点一轮明晃晃的太阳。

然后提尔就看到了它，来自西边远处一座大楼侧面的一束火花。不可能，提尔想。但是接着他又听到了甩动鞭子的声音，看到砖块在一动不动的路易斯·萨拉查身体上方碎裂。他数着：1 个 1000，2 个 1000，3 个 1000，砰！是它，他看到的是枪口火焰。

提尔开始行动。他横跨一步，像泥鳅一样在人群中钻来钻去，直到来到人行道中间时他才放开大步奔跑，躲避着车辆穿过街道，冲向停车场。

到停车场后，提尔对管理员喊道：“我的车钥匙在车上吗？”

“在。”

提尔上了车，发动了引擎，以平稳的速度开出了停车场，汇入车流中。男友如果此时在用步枪瞄准镜观察他的话，可以不费吹灰之力就把他的汽车变成一堆烂铁。令提尔恼火的是，他不能径直向远处的大楼开去，而不得不选择一条迂回的路线：先向右转，偏离射击者所在的位置，然后再次右转。提尔清楚，无论是谁，沿街冲向一个枪手的最快速、最直接的方式也许就是先避开他。

提尔在开车的同时，也在反复观察他看到的那座喷出火焰的大楼。他能看到大楼高约 15 层，坐落在一片海拔超过市政厅的高地上。他正在行驶的街道边有一个斜坡通向它，他判断斜坡的尽头比他现在所在的位置大约高出 100 英尺。枪手能够俯瞰他和市政厅之间的大多数建筑物，但是要看清几座高楼之间的景物一定颇为费神。提尔打开收音机，转动调台旋钮，找到了一个谈话节目。主持人正在谈论股票市场，他们还不知道这个消息。

提尔对男友的判断是错误的，本以为他会手持 9 毫米口径的手枪守在附近。然而男友却躲在一英里开外，拿的是一个大家伙，很可能是一支点 50 口径的狙击步枪。他在那个距离的精确度令人惊叹。他把什么都把握得准确无误。他在目标的西边选择了高位据点，下午的阳光在他身后，照亮了他的整个视域。

今天吹的是微弱的西风，几乎没有使子弹发生偏斜的侧风。枪手第一次发射时是为了调整瞄准镜。很显然，他是借助于讲台作为瞄准点，因为它既清楚又方便，再以讲台为基准调整了射击目标的方位偏差和高低偏差。当市长和路易斯·萨拉查站在讲台后面时，他准确地击中了讲台。第二颗子弹径直从萨拉查的身体中穿过，在提尔看来检察官已经死了。

保镖们的策略是用身体挡子弹，希望以此保护受袭击者。他们的防弹衣有助于拦住一颗子弹。男友使他们冒的一切风险都失去了意义。当第三颗子弹到达后，它穿过其中一个保镖的身体进入了萨拉查的体内。

提尔听到身后一街区远的地方传来呜呜的警笛声，他瞥了一眼后视镜，证实了自己的担心。一辆警车正在东躲西闪地急速行驶着，试图冲到前面去。提尔也像别的司机一样——把车开到人行道边给警车让道。

这次的巨响是由一颗点 50 口径的子弹穿过警车的引擎盖引起的。警车打了一个旋，靠着人行道停下来。发动机突然喷出一团黑烟，汽车瘫痪了。警察对着车内的无线电对讲机吼了一句什么，打开车门，冲到了一座砖楼旁边。这时他意识到他那辆冒烟的警车正在吸引着行人的注意力，于是又跑回到街道上，领着行人躲向砖楼后面的一条便道，不时向狙击手的方向看一眼。

提尔重新发动汽车，越过警车，混入其他车辆中向西开去。他看得出来，这些车辆的司机们没人知道他们正径直向一名狙击手开去。几分钟内，他和周围的汽车就到达了曾经喷出火焰的那座大楼的附近。大楼正在进行内部装修，基座周围大半圈围着高高的木支架，人行道上搭着脚手架。提尔抬头往上看，没有看到大楼东侧有敞开的窗户，但是他知道这证明不了什么。

提尔一边寻找停车点，一边拨打了报警电话，一位女士接了电话。提尔说："我叫杰克·提尔，我看到狙击手藏身的那栋楼了。它在威尔伯顿街和霍尔布鲁克街的拐角处，楼上有一个招牌，写着'佩蒂格鲁大楼'。狙击手在高处，也许在第10层。"

"请保持接听状态，先生。"

提尔挂了电话，把手机装进口袋，开车绕着大楼边缘转了一圈，把车停放在一只大垃圾桶后面的小巷里。

他抬头望望防火梯，但是想象不出如何才能安全迅速地爬上去。他小跑着从楼后转到楼前，走进楼内，眼睛不放过任何东西。电梯似乎在运行中，因为灯亮着。电梯内壁包着保护毯，用来防止尖锐物的刮擦。40英尺高的大厅天花板上垂下来三条粗链，挂着包有蓝色塑料的枝形吊灯。有一个楼梯井。提尔打开门，进去听了听，没有听到脚步声。

提尔走进最近一部电梯，选择了第9层，电梯开始上升。到了9楼后他走出电梯，听了听，没有听到脚步声。楼道里整整齐齐地码放着一摞木材，还有几大卷电线以及不知是何物的盒子。房间都没有装门，地板是布满灰尘的胶合板。提尔走进楼梯井，关上门，爬到第10层后钻了出来。他沿着楼道往前走，发现有些异样，好像这一层的工作就要完工了。所有办公室都装着簇新发亮的木门。唯一能证明一部分地面还没有完工的标志是一条走廊的一端堆着的一卷地毯。提尔依次试着推房间的门，发现都上着锁。他听到一部电梯沿着电梯通道升到了上面一层。

提尔爬到第 11 层，发现电梯没在这一层停，就又爬到了第 12 层。他打开楼梯井的门，从里面钻出来，听到有人说话的声音，就朝那个方向走去，看到四名工人正在楼道尽头的一间大办公室里干活，其中两人正站在高高的梯子上在吊顶上布线。“打扰了，”提尔说，“你们刚才听到三四声砰砰的巨响了吗？”

一个人低头看了他一眼，“你也听到了？”

“是的。你能分辨出它是来自这层、上层，还是下层？”

“我不清楚。听上去像是某个大物件掉了下去。”

提尔发现继续聊下去没有意义，他们显然什么也没看到。他继续往前走，不放过每一条过道和每一扇门。他来到大楼东侧，走进一间空办公室，站在窗边向远处眺望。从这儿他能分辨出广场和市政厅，广场看上去像一个专门为警车设的停车场。提尔特别留心东侧的所有办公室，但是没有发现哪间办公室里有异样，于是他就下到了第 10 层。

然后他就找到了它。这间办公室已经装修一半，比其他办公室多了几样东西，有一张桌子和几把椅子，还有一个上了锁的套间。房间里散发出的气味像是燃烧后的火药。

提尔在桌面上看出了男友放枪的位置。两脚架已经取了下来。步枪开火时产生的后坐力使它后移，在桌面上留下了清晰的滑痕。男友先是坐在桌子左边的椅子上，在时机来临时站起来用右肩顶住了武器。他举起枪托，把它放在两脚架上，仔细瞄准，然后开了火。

提尔用手机拍下了桌面、新铺的地毯上的脚印以及男友把某个长约 5 英尺的东西放在地板上时留下的一片痕迹，也许是枪盒。他现在在哪里？

男友先连发三枪，最后又冲警车开了一枪。很显然他是把步枪装进枪盒里，离开了办公室。提尔冲到电梯前，按了“向下”的按钮。男友一定是把汽车停在了大楼的地下停车场里。

电梯到达大厅后，提尔走出电梯，向停车场的入口走去。他走进洞穴似的入口，将双手插进上衣口袋里，食指放在两把 LC9 手枪的扳机护弓上。他顺着坡道向下走，一直走到远离闹市喧嚣的地方，然后驻足聆听。

提尔听到一辆车正从底层的停车位开上来。因为是在爬坡，发动机的转速很高。伴随着每一次转弯，轮胎发出微弱的吱吱声。提尔挑选了一辆停在停车场入口附近的汽车，蜷伏在车身后面，掏出两把手枪，视线顺着坡道盯着汽车将要出现的地方。他还弹开了手枪上的保险栓。

那辆汽车正在靠近直坡道的底部。提尔眼睛一眨不眨地盯着那里，双手同时握紧了两把手枪。车头露了出来，然后沿着坡道缓缓向上爬。在汽车逐渐靠近的时候，提尔注视着驾驶者，观察着他的脸部特征。

男子也看到了提尔，并立刻做出了反应。他一踩油门，车轮加速了旋转。提尔开了火，9 毫米口径的子弹打在车门上，不过只是穿透了薄薄的外层金属板。金属板下面一定有钢板加固。提尔又对着侧窗开枪，但是子弹被弹飞了，只是在玻璃上留下几道烟熏似的冲击痕。提尔的听觉提醒他旋转的车轮即将遇到阻力，因此他改变了目标。他对着左前轮胎双枪齐射，随后又向左后轮胎开火。

车子艰难地爬过人行道，猛地向前一冲。当它踉踉跄跄地开到街道上时，左边的轮胎已经开始漏气了。提尔朝车后窗开了一枪，子弹仍然只是在玻璃上留下几道白色冲击痕。汽车吱吱嘎嘎地离开了大楼，狂吼着上了路。

提尔把枪放进口袋，向停车场外奔去，但是男友的汽车已经没有了踪影。提尔从大楼前面跑过去，来到他停放汽车的小巷，上了车。因为没有足够的空间调头，他就以最快的速度倒车。

一辆闪烁着珠光色的大型 SUV 凯迪拉克凯雷德出现在他身后的小巷入口处，司机按着喇叭。提尔示意他倒出去。相反，凯雷德鸣着笛继续向前开，越来越接近提尔的汽车。提尔钻出汽车，大步流星地向凯雷德走去。

凯雷德的车主一脸愠色，继续向提尔的汽车开过来，不停地按着喇叭。

提尔手持一把枪，以快得令司机吃惊的速度出现在车旁，大吼道："你在妨碍我追一名杀人犯。如果你尽快把车从这里倒出去，你可以继续走你的路。否则，你就再也回不了家了。"

"好，好，我走。"司机连连说。

"那就快点儿。"

司机退了回去，车身偏向左侧，这样便于车头斜插进街上的车流中。

提尔钻进自己的汽车，重复着那名司机的技巧。他在第一个拐角处右转后，没有看到前面有杀手的汽车。他又开了几个街区，但是什么也没看到。

提尔拨打了 911，对调度员说："枪手在威尔伯顿街 7557 号的一间 10 楼办公室里使用了一支点 50 口径的远程狙击步枪。他开的是一辆白色丰田凯美瑞，左边的两条轮胎漏气了。"说完挂了电话。

为了避免手机持续传送他的 GPS 定位，提尔一边开车，一边把手机电池抠了出来，又取出用户身份识别卡。遇到一个交通信号灯时提尔停下汽车，把手机扔进下水道，继续开车。

二十

乔伊·莫兰德仍然处于惊魂未定、高度警觉的状态。他开着受损的汽车行了几个街区，拐了几个弯。现在他已经离开那座办公楼几条街了，必须找地方停下来。靠近一座大楼的时候，他看到了一个很宽的停车场入口。

他把汽车晃晃悠悠地开进地下停车场，从拦车器里取出一张票，通道闸的栏杆升了起来。为了不让进停车场的人第一眼就能看到他的汽车，他把汽车开进了地下负二层停车场，下来，看着汽车。本来他是想试着修好轮胎的，但是左侧门上约有六个弹孔，每个弹孔周围都有一片掉了漆的车皮，露出了凹进去的裸钢。车门上 0.25 英寸厚的钢板挡住了子弹，使他幸免于难，但是没能阻止汽车遭受破坏。车窗上有些地方看起来模糊不清，那是因为子弹打到防弹玻璃上留下了白色斑点。

当他离开办公楼的时候，那名朝他开枪的便衣警察很可能会猜出他还要顺原路返回。如果真是这样，这个警察离他就不会太远。莫兰德必须丢下汽车，尝试别的途径。

他打开后备箱，取出两轮手推车，把装着枪盒的长方形纸箱放在上面，推着它沿坡道走出地下停车场，来到人行道上。远处传来警笛声，但是听起来像越来越远。莫兰德向前走着，竭力装出一名正给客户送某种设备的成功推销员的样子，但是双眼却在不停地扫来扫去，窥伺着机会。路边出现一家看起来不错的餐馆，有新漆的木门和灰色石头砌的墙面。门楣上悬挂着一块小小的匾额，上面是镶了金的店名：艾蒂安城堡。在通向停车场的狭窄车道里，靠墙立着一个铁支架，上面有一块可移动招牌：代客泊车，每次 5 美元。莫兰德猜想泊车员不会这么早就来上班，因为还没到饭点。

莫兰德环顾四周。从他站立的地方看不见店内就餐区的情形。街道上的车辆井然有序地行驶着。他瞄了一眼手表，快 5 点了。他沿着车道走了几步。泊车牌旁边有一个小木柜，上面有一扇门。他打开门，看到了一排用来挂钥匙的金属挂钩，上面的数字和外面的停车位是一一对应的。挂钩上没有钥匙。他看到停车场空空荡荡的，不见泊车员的踪影。

莫兰德放下两轮手推车，拎起铁支架，把牌子移到餐馆门前的路边，这样人们从街道上开车过来时就能看到它。他又把小木柜推到泊车牌旁边，在那里站了几分钟，满怀期待地盯着路过的汽车。他决定再等 5 分钟，五分钟后没有车来他就离开。

1 分钟后，一辆黑色宝马在餐馆前面停下来。一位老先生从驾驶座上下了车。莫兰德走过去为乘客打开车门，是位老太太。这时他想起自己忘了一件事。他打开小木柜的下层，在里面找到一卷票，撕下一张递给老先生。

当那对老夫妻向餐馆前门走去的时候，莫兰德把他们的车开进车道，把手推车和手枪放在后座上，驶入停车场，打算掉头离开。这时他看到停车场另一端连接着一条通向大街的巷道。他把车开进巷道，顺着巷道出来上了另一条街道。

莫兰德开了三条街区，然后右转向马萨诸塞大道开去。到了马萨诸塞大道后，他又向通往坎布里奇的查尔斯河大桥开去。他不慌不忙，在夜晚的车流中不和其他车辆抢道，很快就上了桥，穿过了宽阔平静的查尔斯河。到了河对岸后，他转向左侧，和其他车辆一起缓缓开出这个城市最拥挤的区域。在河流上游他会再次过河，进入 90 号州际公路。波士顿对他来说已经成为过去了。

莫兰德只允许自己开着这辆偷来的车行驶两小时，就在一座规模很大的公寓楼旁边停下来。大楼背后是一排排的车棚，人们透过窗户看不到车棚内的情景。他从一辆车上取下一套车牌，和他偷来的宝马车上的车牌对调了。

接着莫兰德在一家塔吉特百货店门前停下，买了一只很大的手提箱。他从放在车后座上的纸板箱里取出枪盒，打开，拆下步枪的上机匣和下机匣，瞄准镜仍然连在上机匣上。他又拆下 29 英寸长的枪管，这样步枪就被拆分成了三块。他小心翼翼地把它们装进新买的手提箱里，把备用弹匣、护耳器和清洁工具也放进去。另外，他还把原先的小手提箱里的所有东西都倒进了新手提箱里。

莫兰德把旧手提箱扔进了商店后面的大垃圾桶，驱车向前开了几英里，在一家快餐店后面发现了另一只垃圾桶。他把手推车丢在这只垃圾桶旁，又开了几英里，来到另一家餐馆的垃圾桶旁边，把装在纸板箱里的枪盒埋进了散发着臭味的垃圾堆里。

莫兰德向距离波士顿200英里的康涅狄格州哈特福德市驶去。跨越州界线是个好主意，因为新闻公告一开始通常只是在事件发生的州内发布。刚刚跨越州界，他就在一个僻静的小区停下来，从一辆停放在车库里的汽车上偷走了车牌。他希望在这件事被发现之前，他已在离开康涅狄格州的路上。

到了哈特福德后，莫兰德找到了那家位于特朗布尔街的希尔顿大酒店，两年前他来此地时曾经入住过这家酒店。酒店规模正合适，有大约400间客房。他把挂着康涅狄格州牌照的宝马停在停车场，沿着酒店外围向有出租车等候的前门走去。莫兰德走到排在最前面的出租车旁，透过车窗往里看。

司机抬起头，下了车，把莫兰德沉重的手提箱放进后备箱，问："要去哪里？"

"布拉德利机场，主候机楼。"

机场只有约20分钟的车程，因此几乎不需要闲聊。司机问他的航班是几点，莫兰德答道："不用着急，还早呢，我乘的是夜班飞机。"

出租车到达机场后，莫兰德看着司机离开，然后走进机场下客区附近的入口。他来到班车售票处，买了一张去纽黑文市的车票。等了几分钟，司机就过来招呼乘客上车了。莫兰德和其他三名乘客上了车。为了避免和他人交谈，也为了避免别人看他久了会记住他的长相，莫兰德挑了个靠后的座位。到达纽黑文后，他乘坐另一家汽车公司的班车来到位于长岛的肯尼迪机场。

走进肯尼迪机场附近的一家宾馆房间时，莫兰德已经是疲惫不堪了。从早晨到现在他没有歇息片刻，在人们不知不觉的情况下不慌不忙地赢得了一场比赛。他躺在床上，回顾着这段经历，开始评判自己的行为。首先他退了波士顿那家酒店的房间，没有留下任何痕迹，也没有经历任何难忘的遭遇。在胜算率极低的情况下，他完美地完成了波士顿的活儿，然后驾着一辆遭到枪击的汽车脱离险境。后来他偷了一辆宝马车，行驶 200 英里后，将其丢在一家大酒店的停车场内，车上挂的是本州的车牌。接着他在班车上耗了两段时间，又在出租车上耗了两段时间，都没有给他人留下什么印象，而且付款时使用的都是现金。不管是谁，最多是通过他偷盗的汽车追查到哈特福德的希尔顿酒店。凭着猜测和运气，他的追踪者也许能遇到某个对他有些记忆、能从机场的监控视频中把他找出来的人，但是他们无法把他和某个航班联系起来，因为他没有搭乘任何航班。

莫兰德脱下衣服走到淋浴器下面。冲完澡擦干身上的水，他发现步枪强大的后坐力在右肩上留下了一块瘀痕，这让他再次担心起来。当他把车开出办公楼的停车场时，曾经有一名警察试图击毙他。还有那个家伙——不知是侦探还是联邦调查局的人——给凯莉看了所有被杀女孩照片的那个家伙。如果这两人是同一个人，那他的麻烦就大了。他躺在床上辗转反侧了两个小时后才入睡。

莫兰德醒来时是孤身一人，他还不习惯这种状态。他已经杀掉了那个女孩——他控制住自己不去想她——从一开始就注定了这个结局。他的担心加剧了。他利用这些女孩把自己隐藏起来，但是他犯了一个错误，那就是他找的这些女孩都很相像。他从来没意识到自己在制造一个模式。他只是把大量的陪伴女郎广告看一遍，把她们的照片一一点开，直到找到一个能吸引他的女孩。他想找一个更恰当的词来形容她们。“有吸引力”是真的，但是这个词还不够。每当发现一位最令他怦然心动的女孩时，他就停下来。在他看来，他每次选中的女孩不仅是最好的选择，而且是一目了然的选择。

但是他制造了一个模式，这是毫无疑问的。那个侦探或联邦调查局的人已经发现了这个模式，并证明给凯莉看，试图说服凯莉出卖他。凯莉也发现了这个模式，并且完全同意那人的看法，所以才迫不及待地找他讨个说法。

他必须马上终止这个模式。如果他打破了这个模式，那个和凯莉见过面的侦探满世界寻找金红色头发和浅色眼睛女孩的举动就是白费工夫。他不会再抓到乔伊·莫兰德做同样的事情了。莫兰德站起来，走到宾馆附近的大型便利商店，用现金买了一部预付话费手机。

在回宾馆的路上，莫兰德拨打了掮客的电话。铃声响了一遍后，对方接了电话，“你好？”

“你好。”

“我猜就是你。”

“波士顿的活儿干完了。”

“我知道。你从哪里打的电话？”

“我用的是预付话费电话。我现在不在波士顿了。”

“很好。我听说波士顿的事儿了，因为电视里全是关于这件事的报道。你真的不得不那么做吗？”

“你告诉我他出现的唯一地点就是市政厅，而且我也找不到其他地方。一旦他走进里面，我就没有多少能做的事情了。那地方戒备森严，我不可能再有机会看一眼那个王八蛋。附近站满了警察。我所能做的就是去离他远一些的地方，从那里朝他开枪。为确保他不会活下来，我对他开了两枪。”

“活下来？老天！他们正在拾掇他的碎尸。你把墙面和他妈的市长都涂成了红色。”

“我猜想一个墨西哥检察官的仇人们也会那么做。”

“是的，他们也许会那么做。事实上，就是他们雇用你做这件事的。”

“好吧。那么问题在哪里？”

“他们之所以雇一名职业杀手做这件事，是因为他们不想制造太大的声势，那样只能让他们成为嫌疑犯。”

“你不是在开玩笑吧？”

“你做活儿的方式至关重要。谁也不想引起人们的关注。墨西哥的那帮家伙整天杀警察和政界人物，但是他们不会用火箭炮做这件事。”

“我用的是一支点 50 口径的狙击步枪。”

“他们也不用这种武器，你明白吗？在美国，这个萨拉查只是个小人物。他的讣告刊登在当地报纸第 32 版的角落，只有四句。墨西哥的讣告比这略长一些，但是按照他们的标准，仅仅在波士顿一去不返并不是一个多么耸人听闻的故事。波士顿市政厅本来就是一个很蹩脚的杀人场所，而在那里使用军事武器就更糟了。客户很不高兴。”

“我没有考虑到公共关系，我不想被警察抓住。”莫兰德停顿了一下，“听着，我不想和你吵架，我给你打电话的目的是想让你把钱打到我的账户上。”

“我不知道会发生什么事。”

“你的意思是说他们不准备付款吗？”

“我只是说我不知道他们将要做什么或者不做什么。过几天再给我打电话，也许那时我就知道了。”

“听着，我——”莫兰德停下来，盯着手机屏幕，掮客已经挂了电话。

莫兰德闷闷不乐地向宾馆走去，心里的火气越积越多。那些墨西哥的毒贩们竟然会不满意。每当想要一个政界人物或一个警察局头头的性命时，他们往往会派十来个家伙拦住那人的车，架起机关枪，从四面八方一起向里面开火，直到把汽车打得千疮百孔，像筛子一样。如果他们认为这样做才是一个好枪手，那就去他妈的吧。他们的仇人已经死了，他们应该高兴才对。他们更应该感到高兴的是这件事做得干净利索，而且远离他们的家门口。敌人知道这件事后，应该会觉得他们更聪明了。他们怎么可能不满？但是也许他们并没有不满，也许是掮客想独吞他的报酬。

莫兰德回到宾馆，像平时一样把室内所有东西的表面擦了一遍，生怕留下任何指纹，然后退了房。他乘出租车来到宾州车站，又从那里坐火车来到费城，住进了栗子街上一家靠近市中心的宾馆。他买了一份《费城问讯报》，看了销售二手车的广告，随后又乘出租车来到一个二手车销售市场。几小时后他找到了一辆合他心意的二手车，是一辆日产马克西玛，车身是几年前流行的灰钛色，正是他需要的那种不起眼的汽车。自从那天晚上杀了凯莉后，莫兰德就感觉到那名跟踪他的警察离自己越来越近。他想继续走下去，远离这个地区，潜伏一段时间。他用现金买下了这辆车。

开车上路之后，莫兰德开始考虑钱的问题。他不久将需要更多的钱，欠他钱的人是掮客。即使客户提出问题，也是掮客的问题，不是他莫兰德的。无论他们有没有付给掮客报酬，莫兰德都要把钱要回来。只要他想要，就一定能做到。不过那也是个问题，因为霍尔科姆从来没告诉过莫兰德掮客真正的名字和地址。也许是该去拜访霍尔科姆这个幽灵的时候了。

二十一

提尔在波士顿警察总局。坐在他对面的男子名叫马拉尼，是一位凶杀案侦探。坐在他旁边的是来自风化队的拉弗蒂侦探，但是提尔知道他们让拉弗蒂来只是为了给他一种虚假的安全感。如果提尔流露出不合作或自卫的迹象，他们就要尝试其他手段。

“那么让我们再回顾一下这个家伙的特征，”马拉尼说，“他看上去多大？”

“在我看来大概22或23岁，”提尔说，“但我只是透过快速行驶的汽车的茶色玻璃看到的，另外一次在菲尼克斯时是从远处看到的，他那时戴着墨镜。我预感他的实际年龄会大一些，也许27岁左右。”

“为什么你有这种预感？”

“他肯定是年轻英俊，有一头波浪形的黑发，身材修长，体形很棒，但是他很擅长操控和他同居的陪伴女郎。”

“怎么操控？”

“她们允许他和她们住在一起。他告诉她们自己的一些经历，当然不会说他是一名职业杀手。她们似乎都相信他的话，至少在他需要她们这样做的情况下。他也擅长谋杀，而且擅长隐匿。

这些技巧都需要花时间学习，因此我认为他的年纪可能不止那么大。”

“但是你还能在全国范围内一路跟踪他。”

“他特别偏爱金红色头发的女孩。我注意到一些陪伴女郎在她们的广告照片里戴着相同的两件首饰，于是就向遇害女孩所在城市的首饰制品公司、设计师、商店甚至典当铺打听，然后又去其他城市打听，他们都说这两件首饰是专门定做的。因此每当在陪伴女郎的广告里看到一个女孩戴这两件首饰时，我就知道他就在女孩所在的城市。”

“如果这种模式终止会发生什么事？”

“和其他案件一样，我将在一段时间内失去他的线索。”

提尔当警察的时候，这种事情经历过很多次。在对某个杀人犯研究了数月，了解了此人的习惯和怪癖后，凶杀案警察却失去了他的线索。这是因为杀手感到惧怕了——惧怕他自己。之后他所做的一切都和以前完全两样。聪明些的只是“停止营业”一段时间，耐心等待，直到警方所有的注意力都转移到了别处。警察忙着抓其他杀手，而潜在的受害者慢慢丧失了警惕性，然后杀手就会重操旧业。

“你说他是一名职业杀手，那么你认为是谁雇他杀害路易斯·萨拉查呢？”

“我不知道。如果让我猜的话，我认为应该是墨西哥某个曾经被萨拉查起诉或送进监狱的人或某个团伙。我会让他身边的保镖列一个名单，然后我去找找看是否有哪家机构能提供嫌疑犯和某人在美国的通话记录。”

“是的，联邦调查局的人整天就忙这些，”马拉尼停顿了一下，“但是你已经追踪这家伙几个月了，是吗？”

“是的。”

“你知道他是怎么行动的？谁给他派的活儿？他们是怎么付给他报酬的？”

“这方面我没有任何发现。受害者遍及全国。他们似乎都是那种你认为会有敌人的人，但是那些城市的警方没有给我提供任何可以发现规律的信息。在菲尼克斯，受害者是两名每年对几百个问题拥有表决权的市政厅议员；在纽约，受害者是一个拥有一家画廊的富翁。这些受害者相互之间没有任何关系。因此我认为也许有一个中间人接下暗杀的活儿，再把它们转给杀手。”

“那么，”马拉尼说，“你能猜出那个中间人在什么地方吗？”

“不能。”提尔说，随后又小心翼翼地问，“你认为我能不能见见萨拉查的保镖，问他们几个问题？”

“没有丝毫机会，”马拉尼说，“提尔，你已经不再是警察了，你没有一个正式的身份，联邦机构都在你前面排队等着呢。除非你疯了，否则你也不可能去墨西哥找那个委托人。你能做的最好的事情就是想起某个细节，协助我们抓住枪手。”

提尔说：“我昨天已经把我知道的以及猜测的东西都告诉你们了。如果对你们有用的话，你们想让我在波士顿待多久我就待多久。但是我确信他已经离开这里了。”

马拉尼说：“你很合作，和你在市中心使用非法武器的行为相比，你表现得很不错，看在这一点上也应该放你走，至少目前可以。”

“我不胜感激。”提尔说，盯着马拉尼看了几秒钟，对方试图对刚才的话做出解释。

“不要误解我。我查看了那个家伙的汽车，我佩服你有那样的勇气和头脑向他开枪。如果那不是一辆防弹车，你就要了他的命了，那样的话我们也用不着待在这里。我想我们已经从你那里得到了能得到的所有信息，你可以走了。如果我改变主意的话，我会给你打电话的。如果是那样，我希望你能尽快回到这里。”

“我会的。”提尔说，“谢谢你。”他站起来和马拉尼及拉弗蒂握手告别。

拉弗蒂说：“走吧，我送送你。”

他们两人走出讯问室，顺着楼道往前走。一间间办公室紧紧地挨着，提尔觉得它们就像一个个柜子。“谢谢你的帮助。”他说。

“我希望事情会朝好的方向发展。一般来说我不会介入这类案件。我的主要兴趣是给这些女孩的工作带来更多不便，致使她们放弃干这一行，但是这家伙真是个恶魔。”

“是的，”提尔说，“他的确是。”这时他们已经来到了大厅。“如果有什么新情况，请给我打电话。”

“好的。”拉弗蒂说。

提尔回到宾馆后，给航空公司打电话订了机票，收拾好行李，开着租来的汽车直奔机场。今天夜里他就能到达洛杉矶。明天上午，他将要再次重复先前的调查工作，看陪伴女郎的广告，给她们打电话，寻找新线索。没有多少人有点 50 口径的步枪，而且能让男友用这种步枪在不引人注意的情况下练习射击的场所也是有限的。男友失去了自己的汽车，一定会重新买一辆车，而且还会重新再找一个女朋友。

一周后，乔伊·莫兰德在光天化日下靠近了霍尔科姆的大牧场。他沿着高速公路来到羚羊山谷，拐上那条通往东北方向的县道，发现小汽车越来越少，大卡车也没了踪影，取而代之的是皮卡车。拐上第二条县道时，他发现今年路边石缝中的杂草比往年繁茂。到了盛夏时节，南加州连续几天的毒辣太阳就会让它们逐渐枯萎。在通往土路的入口处，他路过了几个还有印象的乡下邮筒。又开了 15 分钟，莫兰德来到了霍尔科姆的邮筒旁，这是一个超大号的镀锌邮筒，顶部是圆形的，上面插着一面红旗。

当莫兰德从车上下来准备打开大牧场的大门时，出于好奇，他打开邮筒翻看里面的东西。有一些已经泛黄的商业广告，但是无论霍尔科姆收到的是什么邮件，一定是很久以前就终止了。莫兰德从车上取下镐和扳手打开沉甸甸的挂锁，推开厚重的大铁门，把车开进去，然后反锁上门。

莫兰德沿着土路慢慢向大牧场开去。他不想扬起太多尘土，以至于在很远的地方就能看到。他现在离他知道的最近的住宅区有八九英里，但是进入霍尔科姆的牧场后他更加谨慎。哈特曼的死瞬间就有了定论，但是霍尔科姆则不是。既然他被人杀了，而且警方一路跟踪到这里，想查明他的身份，情况也许就不一样了。也许他们安排了一名警察在这里守着，看看有没有可疑的人来到牧场，那样的话莫兰德只好直面他了。

莫兰德开着车窗，把车速保持在人们步行的速度，这样如果牧场里有人，他能够提前几秒钟看到或听到。当汽车在土路上颠簸着向前移动的时候，他听到了知更鸟在低矮的加州橡树林中发出的鸣叫声。杂草丛中散发出一种气味，是微风把野马缨丹和麒麟草的花粉混合在一起后散发出的气味。这种气味让莫兰德想起了他跟霍尔科姆上的射击课。他没有想念这种气味，已经把它忘记了，但是现在再次闻到这种气味的时候，他爱上了它。它把他带回到了过去的日子：他趴在地上，用肩膀抵住点 308 口径的步枪，瞄准目标，发射子弹，迅捷而镇定，连周围的灌木丛也不惊动；他拉动枪栓，子弹再次飞向远处的靶子。火药味、炮油味和野花、杂草、泥土的气味混合在一起，在他的记忆中留下了不可磨灭的印记。当他们夜晚出来的时候，如果没有风，这种气味更加浓烈，好像植物在静止的热空气里呼吸得更加急促似的。

莫兰德在距离房子 100 码的地方停下来，把汽车停在低矮茂密、虬枝盘旋的橡树林中。落满灰尘的树冠离他头顶只有五六英尺高，浓密的树叶挡住了强烈的阳光。

莫兰德把手提箱留在汽车后备箱里，从储物箱中取出手电筒。他将那把 9 毫米口径手枪塞进后腰的皮带下面，用上衣遮住，但是手没有去碰它。他迈着稳健而悠闲的步伐向霍尔科姆两间煤渣砖砌成的房子走去，故意露出两只手，以免有来送命的家伙在远处观察他。走近那所大些的房子时，他很想加快步伐冲到墙边寻找藏身之处，但是最终抵制住了这种诱惑。相反，他扫视着附近的灌木丛和高高的山坡，留心着任何动静，同时竖起了耳朵——只有重重的脚步踏在泥土和石子混杂的地面上发出的声音，像一片金属在另一片金属上滑过。

霍尔科姆安装的铁门依然矗立在原地，锁得死死的。莫兰德接着走到第二所房子前，发现房门也锁着。他知道还有一条通道。霍尔科姆当初建这两所房子的时候挖了几条暗道。有一条暗道是从主房的地板下通向没有窗户的库房和工作间，还有一条是从工作间通向山脚下的灌木丛。霍尔科姆曾说过他用小型拖拉机挖了三条 7 英尺深的直沟，又砍了很多宽和高均为 4 英尺的支架，把它们牢牢支在沟内，每 8 英尺支一根。接着，他把一层 4 英尺 ×8 英尺的胶合板钉在暗道顶上，外面盖上防水纸，再把泥土铺在上面。霍尔科姆说他在每条暗道上铺了大约 3 英尺厚的泥土。

莫兰德来到山脚下那一大片乱糟糟的灌木丛中，找到了他记忆中暗道的尽头，用刀片拨开荆棘和泥土，看到了盖在出口处的活板门。他手脚并用掀开活板门，爬进去，把暗道口封住，掏出随身携带的手电筒，顺着斜坡向暗道深处走去。他弯腰弓背走了大约 100 英尺，来到一架梯子旁。他爬上梯子，举起双手试着向上推了推。活板门很沉，这是他意料中的，因为人们通常会用地毯盖住活板门，再在上面压一张桌子。这本来是用作逃跑的通道，而不是进入房间的捷径。他加大了力气，把地毯掀起了一点点，他继续用力推，最后终于从下面钻出来，爬到墙根，站起身。

透过手电筒暗淡的光束，莫兰德发现警察已经把这个地方翻了个底朝天。他们砸开了橱柜、工具箱和枪支柜，拿走了所有东西。莫兰德不知道他们这么做的确切原因，只是知道他们也许是想弄清楚霍尔科姆被击毙的原因，同时政策也要求他们不要把枪支弹药丢在无人监管的地方。霍尔科姆拥有一个装备齐全的军械库，包括手枪、突击步枪以及一些莫兰德看不出属于哪种武器的部件。

枪不是莫兰德要找的东西。霍尔科姆曾在某个地方藏着一张纸，他把什么都记在这张纸上，有密码锁的密码、电话号码、人名、地址等，但是莫兰德知道要找到这张纸绝非易事。

霍尔科姆清楚他正是官方最想除掉的那种人。他一直担惊受怕地活着，担心自己也许有一天会成为某场突袭的目标或者会莫名其妙地消失，因此为了不让这两种结果轻易发生，他做了充分的预防工作。在建房子之前他就挖好了出逃的暗道。每所房子都装着铁门，而且不留窗户。他在房屋四周安装了一圈监控摄像头，以便能看到外面的情景，但是现在那些摄像头都不见了。

莫兰德搜查了库房和工作间的每一个角落。如果这里曾经有一张纸片，警察肯定把它拿走了。莫兰德开始感到燥热难耐，汗流浃背。霍尔科姆活着时，这里一直有一个排气扇不停地转着，而且大部分时候都有空调。很显然，他死后电闸被关掉了。

莫兰德想出去，但是从这里他无法进入其他房间，因为铁门都上了锁。他弓着背钻回到暗道里，把地毯拉到和原先差不多的位置，关上活板门。他开始穿过从库房通向主房的暗道。暗道仅约 50 英尺长。他一边摸索着向前走，一边借助手电筒的光束打量着那些 4 英尺 ×4 英尺的支架和天花板，确信这些支撑物依然坚固，不会突然坍塌。

莫兰德爬上第二架梯子，举起活板门。这块门不如第一块重，因为上面只是覆盖着一张地毯。如果在熟睡时发生意外，霍尔科姆希望能够逃跑得快一些。莫兰德搜索着。他发现警察已经把他们找到的所有带文字的东西都拿走了，但是霍尔科姆不会把这么重要的东西放在警察能找到的地方。

霍尔科姆曾经对他说过这样一句话："把最大的秘密藏在脑子里，但是一定要把那些小秘密记下来——账号、密码、地址以及在你倒霉时你需要的人的电话号码，因为这一天肯定会来的。如果你不做好准备，那么这一天就会成为你的末日。"他告诉莫兰德手头一定要有足够的现金，但是要把大钱用假名字存在其他州的银行里。莫兰德也有一张记录着小秘密的纸——账号、他曾经用过的名字、在紧急关头需要联系的人的地址和电话号码。在得克萨斯州银行的保险柜里，他存着这张纸的复印件。

霍尔科姆无须这么做，他的备忘单一定就在他的大牧场里。莫兰德匍匐在地板上，查看了每件家具的底下，然后又把一张餐桌当作脚手架，站在上面，伸手在椽子上摸索。接着他爬下来，把所有家具归位后，钻回到暗道里，盖好活板门。他顺着暗道回到库房下面，想象着霍尔科姆可能遇到的紧急情况及其表现。

霍尔科姆可能会被外面的动静惊醒，甚至看到了从铁门下面射进来的灯光。他非常聪明，知道和警察对抗是徒劳的。他们从不会放弃或走掉，而且他也不可能把他们杀光。他一定会带着钱包、水和枪支钻进暗道里。

莫兰德想象着霍尔科姆沿着暗道奔跑的情形。他不会犹豫不决，或者中途返回来取东西，他会一直跑到暗道的尽头，就像莫兰德现在正在做的一样。

莫兰德到达了暗道的尽头，也就是他钻进暗道的地方。他在通向地面的斜坡下停下来，掏出折叠刀，打开，盯着墙壁和天花板看了一会儿，然后跪下来。他判定他要的东西埋在地下。

莫兰德反反复复地用刀子往泥土里扎，沿着暗道向纵深处每6英寸扎一下。后来刀子碰到了地面下一个硬邦邦的东西，莫兰德拔出刀子，用它挖土，一根直径约5英寸的白色PVC管露了出来。莫兰德把它挖了出来。管子两端有封口。他取下一端的封口，掏出里面的东西：一卷裹得紧紧的百元大钞、一把点45口径的紧凑型ACP手枪、一盒装满子弹的弹匣、一把刀和一张折叠着的横格纸。

莫兰德小心翼翼地把纸展开，举起手电筒靠近它。纸上写着一列账号、账号使用的假名字、一些电脑密码、地址和电话号码。其中有他在寻找的电话号码，他认出是掮客的号码。这是一个以800开头的号码，因此他永远无法知道号码的归属地。但是号码旁边的名字是丹尼尔·考珀，地址是加利福尼亚的圣马特奥。

莫兰德很感激霍尔科姆藏了这么多现金。在波士顿杀死凯莉之后，他始终没有机会回去一趟，搜搜她的公寓，看看能不能找到她没有带走的现金，因此他来到加州时几乎是身无分文。莫兰德把钱装进口袋，拿走了手枪和弹匣作为纪念品，还有那张纸，因为那才是他此行的目的。他装上 PVC 管的封口，重新把它埋进泥土里。

莫兰德钻出暗道，关上活板门，用泥土和岩石把它盖住。清新的空气扑面而来，他痛快地呼吸着，快乐地品味着。他向停在橡树下的汽车走去，双腿充满了弹性。他要去见见掮客了。

二十二

除了和凯瑟琳·汉密尔顿共度的两个月之外，莫兰德离开南加州已经两年了。在此期间，他接连不断地从一套小公寓转移到另一套小公寓，和不同的女人住在一起。这些女人衣柜里散发出过期的香水味，房间里总是乱成一团。敞开车窗沿海滨行驶让他呼吸到了太平洋的气息。

莫兰德这次旅程的起点是霍尔科姆的大牧场，位于洛杉矶东北部的多岩地带，从这里他驾车继续向北部和西部挺进。到达瓦伦西亚时，天地间开始改变模样。很快他就上了通向文图拉和海洋的圣保拉高速公路。他一直沿太平洋岸边行驶，到了圣巴巴拉市，继续往前开。没过多久，眼前出现了大片的空地和草色青青的山坡，这里显然还没有遭到开发商的破坏。

莫兰德希望能够在沿途经过的某个舒适的城市停下车，圣马利亚、圣路易斯奥比斯波或其他城市都行，在离海洋半英里的地方买一所干净的小房子，永远不再离开。但是他没有这么做，而是继续往前开，经过了庇斯摩海滩、坎布里亚和莫罗贝海湾。他一直不停地开呀开，直到累得不行了才在一家餐馆门前停下来，要了一个靠窗的位子，透过窗户可以看到一望无际的蓝色大海和天空。饭后他给车加了油，又上路了。

到达圣克鲁兹时天已经黑了，莫兰德决定找个地方睡一觉。他现在 28 岁，比大学生略微大一些，但是仍然能够冒充学生在大学附近租一间房子。他可以一直住到次年春天学校放假，但是他知道不能这么做。他只是找了一家小宾馆睡了一夜。

第二天早晨起床后，莫兰德步行来到一家餐馆吃早餐，边吃边看报。霍尔科姆教会了他如何旅行："选择那些有很多人看起来像你的城市。"他看起来很年轻，因此他尽可能多地待在大学城里。波士顿曾经是个不错的城市，有 25 万名大学生，还有很多已经毕业或退学的年轻人也留了下来。

在霍尔科姆死后，莫兰德发明了通过和陪伴女郎同居来保护自己的方法。这种方法可以让他在短则一个月，长则五个月的时间里成为隐身人。但是现在有个人正在寻找他，无论他在哪里停留，这个人都会出现。此人永久地破坏了莫兰德保持隐身的方法。他不敢再靠近任何一个陪伴女郎了。他知道为了和掮客打交道，他不得不抛头露面一段时间，但是只要把钱拿到手，他就会重新找到一种隐身的方法。

莫兰德继续向圣马特奥开去，开始寻找合适的房子。他本来考虑先入住一家宾馆，但是又打消了这个念头。离天黑还早，他也许能够完成和掮客之间的交涉，然后再去另一个地方过夜。

莫兰德按地址找到了掮客的住所。他一边开车假装路过，一边观察着房子。这所房子正适合主人的身份。它是一所面积不大不小的平房，淹没在众多同类房屋中。房前装着有矛头的黑色铁护栏，矛头既起装饰作用，又很尖锐。莫兰德注意到邮筒在路边，固定在门边两根砖支柱中的一根上。草坪上有一块保安公司的招牌。护栏上挂着的牌子上写着“院内有狗”。

天黑两小时后，莫兰德把车停在房子附近的角落里。路过街边的房屋时，他注意到很多人家在这样一个夏季的清凉夜晚开着窗户。他听到一所房子里传出当地的新闻播音员播报新闻的声音，而另一所房子的电视里正上演着枪战。

莫兰德没有停下脚步，也没有表现出在研究这些房屋的样子。迟疑不决或踟蹰不前只能招致怀疑。走到捐客的房前时，他打开前门，沿着院子里的人行道一直走到房子背后。在这里，街道上的人们看不到他。他在后门台阶上坐下，听着屋里的动静，只能听到空调运转的声音。如果有人注意到他并且报警，警察很快就会来。如果捐客看到他，他就能听到后门在他背后打开的声音。

10 分钟后莫兰德站起来，沿着后墙根走着，经过每扇窗户时都向里看看。屋内没有开灯，但是他看到了厨房里冰箱饮水机上的小小绿灯和微波炉控制面板上发着红光的时钟。他在餐厅的窗边停下来，透过窗户看到了报警系统的控制板。几盏闪烁的小绿灯表明电源开着，但是红色面板上显示的是 RDY，意思是不在工作状态。

莫兰德得出了一个结论，也可以说只是他自己的一厢情愿，一个希望。报警器关着。如果主人外出了或睡觉了，他会把报警器打开。但是如果他醒着，或者在看电视或阅读，他也许会把报警器关上。莫兰德来到厨房门前，转动门把手，打开门走了进去，随手关上门。

有些不对劲。空调度数打得太低了。莫兰德静静地聆听了一会儿。唯一的声响就是中央空调制冷发出的持续不断的嗡嗡声，房间里的温度接近冰箱里的温度。为了方便藏枪，他特地穿了一件夹克，但现在仍然感到冷。稍后空调停了下来，莫兰德立刻闻到空气中隐隐有一种刺鼻的气味，是血腥味。干他这一行的人做的事情在这里发生了。

莫兰德走到厨房的柜子旁，拉开最下面的抽屉，在里面摸到了一卷胶带、一把锤子、一把螺丝刀、一盒钉子和一个手电筒。他打开手电筒，尽管光线很微弱，但是他第一眼看到的是一包电池。他给手电筒换上新电池，注意不在电池上留下指纹，又把外包装袋上的指纹抹掉，向屋子里面走去。

在起居室里他发现一具男性尸体。尸体躺在地板上，死者的岁数看上去和霍尔科姆差不多大，接近 50 岁，光头，右臂上有一圈文身，像缠在一起的热带植物。他的左耳穿了耳孔，但是不管他曾经在上面戴了什么，已经被扯掉了。某个人用一把剃须刀或美工刀从他的肋骨至肚子划了一道，使他在地板上流血而死。莫兰德发现大部分血已经凝结在尸体边缘和地板上，但是仍然有不少血尚未凝结。此人也许一两个小时之前刚刚死去。

莫兰德把手电筒的光束移到摆放在靠墙一排桌子上面的仪器上。有一盒打开的预付话费手机、两部用胶带缠在一起的老式电话，话筒对着听筒，这样使用者就可以在接听一部电话的同时拨打另一部电话，从而不和第三方发生有迹可循的联系。这个人有电脑，但可能不是用来和他人视频，因为内置式摄像头被胶带封住了。几乎可以确定这个人就是掮客。

莫兰德环顾四周。在任何一台电脑里或电话的储存器里都可能有关于他的信息。房间里也可能有文字记录、银行交易记录甚至地址簿。他低头看看掮客，试图把丹尼尔·考珀这个名字和眼前的这具尸体联系在一起。他甚至不确定这个名字的发音。掮客脸上有瘀痕和擦伤。莫兰德站在尸体旁边，避开地上一摊已经变得黏稠的血，用手电筒照死者的脸。掮客临死前一定经受了种种折磨——火烫、击打、刀割，最后被杀掉。他们想从掮客这里得到什么。一定是信息。掮客本来应该立刻交出他们想要的东西，这样他们会让他死得痛快点。也许掮客清楚这一点，只是想多活一小时，哪怕是痛苦地活着。莫兰德从脑海里赶走了这个念头。不管怎样这事和他没关系。

莫兰德想了一阵子。他们这样做不可能是为了钱。掮客不缺钱，他可以马上交出钱，连眼睛也不眨一下。这不可能是一场抢劫，也许对方想找到杀害路易斯·萨拉查的凶手。

莫兰德没有碰房间里的任何物品。因为空调在疯狂地运转着，空气是寒冷的。如果它停止运转，每次也只是停顿 20 秒钟，然后会再次启动，因此掮客的尸体就像冰箱里存放的冷鲜肉。现在血腥味很重，但是很快血就会变干，别的气味将取代血腥味。在有人过来闻到这种气味之前，掮客的来访者们为他们自己争取到了更多时间。

莫兰德琢磨着电脑和电话。他没有清除电脑和电话里信息的冲动，更不用说暗藏的文件或光盘了。专家们总能从被认为绝对安全的磁盘里提取出信息。也许掮客还不至于这么粗心。没有人比技术专家更不信任技术的安全性，他们都知道侵入任何数字产品是多么容易。

莫兰德不停地思考着，试图找出一种解决问题的办法。他确信如果他要放火烧掉这所房屋，房子燃烧前消防员和警察就会赶到。他需要把所有的电子产品都放在一起，浇上汽油，尽快把它们烧掉。官方会认为是凶手为了破坏谋杀现场点的火，但是莫兰德的担心不比凶手少。首先他必须把所有的电器设备收集在一起。

正当莫兰德向门厅走去的时候，两名男子从那里冒了出来。走在前面的男子说："喂，乔伊，你是乔伊吧？"两名男子都是接近40岁的样子，带一口浓重的拉丁语口音。他们各自向旁边跨了一步。

莫兰德没有犹豫，他拔出手枪就开了火。他首先瞄准说话的人，打中了这名男子的胸部，又把枪口指向另一名男子，对方正在上衣下面摸索着。莫兰德连开四枪，男子躺在地上不再动弹。莫兰德在此人身边跪下来，扯开其上衣，从肩套里拔出一把格洛克19紧凑型手枪，走到刚才说话的人身边。

莫兰德一边把枪口对着这名男子的脸，一边搜他身上的枪，也是一把格洛克19。莫兰德把枪扔到几英尺远的地上，盯着这名男子。他的胸膛正费力地起伏着。莫兰德右手举枪击中了他的颧骨。男子痛苦地呻吟着，睁开了眼睛。

"你是谁？"莫兰德问。

“正在找你的人。”

“为什么？我做了你们让我做的事情。”

“不是我们让你做的。我们不是毒贩，而是墨西哥联邦警察。你杀了一位很重要的检察官，一个勇敢而诚实的人。”

“我怎么知道你们是警察？”

“我钱包里有证件。没关系，反正我要死了，但是我认为你也会死的。如果其他联邦警察抓不到你，毒贩也会抓到你。”

“为什么把他杀掉？”

躺在地上的人笑了，“拒捕。”

“他告诉了你们什么？”

“他告诉了我们你是谁。”

“那么为什么还要杀掉他？”

“他知道得太多了，这在审问中是一个劣势，总是有问不完的东西。”他呻吟着说。

“毒贩知道我吗？”

“我们知道的事情他们也会知道，这个世界上到处都是告密者。”他剧烈地咳嗽起来，莫兰德知道这是因为血液涌进了他的肺里，在里面冒着气泡。他说：“我们在这里待得太久了。”听上去像自言自语。

莫兰德站起来，后退两步，一颗子弹射穿了对方的脑袋，又对着另一个人的头部补了一枪，确保其也死掉了。他在两个人的身上找到了他们的钱包，装进自己的内兜里。他走到门前，把一只眼睛贴近一小扇雕花玻璃窗的一角向外看，好像没人听到枪声。

莫兰德猜想假如有美国警察或更多墨西哥联邦警察来的话，他们此时应该已经进来了。他穿过房间，观察着天花板，想找到烟雾报警器。他找到了三个，把它们都断了电。然后他把报纸和杂志卷成筒状，塞进电脑和电话中间。最后，他打着手电筒来到车库，找到了木炭引燃剂、松节油和涂料稀释剂。他回到起居室，在所有设备上浇上这些液体，这时才意识到没有火柴。他走到一名警察的尸体旁，在他的口袋里翻出一个打火机。

莫兰德点着火，看着火焰从一张桌子蔓延到另一张桌子，火苗越来越旺，蹿得老高。他迈出前门，锁上门，走到自己的汽车旁，驱车而去。

二十三

“喂，杰克，我是艾伦·拉弗蒂。”

“我怎么会如此荣幸？是马拉尼想让我回波士顿吗？”

“他还没有这个打算。我打电话是因为案情的发展有些蹊跷。风化队作为协助力量已经对这起案件进行了外围调查工作，所以我才清楚这些事情。”

“出了什么事？”

“几名联邦警察——随同路易斯·萨拉查的专案组从墨西哥来的警察——在圣马特奥被枪杀了。他们是昨天去的。”

“他们来加州干什么？”

“我们也不确定。他们的尸体是在一个名叫丹尼尔·考珀的人家里发现的。房主受到酷刑后被杀掉了。两名联邦警察胸部和头部先后中弹。他们都带着肩套，里面既没有枪也没有子弹。房子被纵火了。”

“丹尼尔·考珀是谁？”

“我猜想他卷进了萨拉查谋杀案。按规定墨西哥警方无权在美国单独行动，只能作为观察员或顾问配合当地警方的行动。但是可以想象当他们的老板在波士顿变成肉泥的时候，他们肯定难以接受。我想他们想找到枪手、雇用枪手的家伙及其客户。”

“听起来有这种可能，”提尔说，“墨西哥联邦警察在美国一定有情报人员，就像美国联邦调查局在其他国家一样，也许考珀就是其中之一。”

“我不知道，杰克。考珀独自一人住在那里，屋子里到处都是通讯设备，在侦查员看来，他使用这些设备的目的似乎是为了让通话无迹可寻——预付话费手机、电脑、用胶带缠在一起的几部老式电话，就像过去大佬们在监狱里打电话时常做的那样。你在波士顿时说过可能有一个中间人把活儿交给了男友，也许考珀就是这个人。”

“你刚才说房子被纵火了，有没有留下电脑之类的设备供我们查看里面的信息？”

“现在还没人知道，我们先乐观地假设是这样吧。有人报警说听到了枪声，因此开始着火时警察已经在半路上了。”拉弗蒂停顿了一下，“奇怪的是，外国警察竟然赶在我们前面找到了中间人。”

提尔说：“不见得奇怪。如果他们找出了花钱雇枪手的人，就有办法找出他把钱付给了谁——通过窃听装置、手机通讯记录、告密者等。你能给我考珀的地址吗？”

“当然能。”拉弗蒂给他读了地址，提尔记了下来。“你打算去那里吗？”

“实际上我就在附近，”提尔说，“有什么新发现我会告诉你的。”

“我马上把犯罪现场的材料发给你，带上你的笔记本电脑。”

“谢谢。”

提尔刚挂电话，手机又响了。“我是杰克·提尔。”

“你好，爸爸。”他女儿说，“我几乎要打你的办公电话了，你一定会说，‘提尔调查事务所。’”

“你好，霍莉。”提尔习惯性地看了一下手表，快中午了，“一切都好吗？”他知道这个问题是一种条件反射，是父母们接到孩子的电话时真正想知道的事情。如果这个疑问不能得到满意的答复，谈话将无法继续下去。

“一切都很好。我正在上班。我想你可能从波士顿回来了，是吗？”

“是的。”提尔说，“我很久没回镇上了，实际上，我今天又要离开，但只是去趟旧金山，我明天回来。”

“你太忙了。”霍莉说。

“对你来说不太忙。你有什么想法？”

“我让卡莫迪夫人对你产生了兴趣。她肯定希望你对她发出邀请。”

“难道是我记错了吗？”提尔问，“难道我没有说过我不想破坏你和老板的关系，也不想利用你的工作之便？”

“你的确说过类似的话，但是我有什么权利妨碍她的社交生活？她认为你很有魅力。”

“得了吧。”

“真的，她喜欢你。你也知道这一点。”

“不要在电话里谈论这种话题，如果有人在偷听，他们也许不会认为你在和我开玩笑。如果被卡莫迪夫人听到，她会认为你在取笑她。”

“好吧，但要记住一点，她不会永远等下去。”

“知道了。我最好现在就说再见，因为我该订机票了，而你也该工作了。到家后我再给你打电话。”

“我爱你，爸爸。”

“我也爱你。再见。”

霍莉挂了电话。提尔打开电脑在网上订了机票，然后锁上办公室的门，回家收拾行李。

两小时后提尔来到伯班克机场，登上飞往旧金山的飞机。下了飞机后他租了一辆车，向离航站楼仅有几英里的圣马特奥开去。开车的过程中，提尔不由得想起了珍妮·卡莫迪。在他眼里卡莫迪一直是个有魅力的女人，但是由霍莉充当媒人，他的心情变得更加复杂了。从幼年时代起，霍莉就经常为他牵线搭桥，试图把他和形形色色的单身女人撮合在一起。她是个机灵鬼，而且爱说粗鄙的俏皮话，尽管这对一个孩子来说未免让人有心痛的感觉，但是同时也令人忍俊不禁。他总是被弄得感到悲哀。她一直在试图为自己找一个妈妈。别的孩子都有妈妈，但是她没有。现在，她可能觉得自从她从家里搬出来后，父亲一定很孤独。

抵达圣马特奥后，提尔住进了一家宾馆。他打开电子邮箱，找到艾伦·拉弗蒂发来的犯罪现场资料。经过一番研究，他决定到现场看看。他把车停在一家电影院的停车场，从这里步行就可以很快走到丹尼尔·考珀的房子前。

和提尔想象的完全一样，它坐落于一个僻静的城市街区，是最不显眼的一所房子。房前修剪后的草坪不比其他人家的草坪绿。看来是经过精心伪装的房子，好像一罐弹珠中的一颗弹珠，让你看了以后马上就会忘掉。

了解暴力现场的方式就是用眼睛、耳朵和身体感受当时的情景。提尔已经看了拉弗蒂发来的现场资料，现在他准备调动他的感官了。

男友到来的时候一定是夜晚。房子附近的街道上空无一人。最后一名路人遛狗时也许是在 10 点左右。最后一辆汽车在午夜前后开进车道。夜晚现在属于提尔。

男友是一名杀手。提尔发现一些杀手慢慢会喜欢上夜晚。他们喜欢隐身。了解夜晚之后，他们能够更轻松地在夜晚行动。他们在暗夜中潜行，能够根据听到的声音判断是否安全。寂静让他们相信其他人离得很远。

提尔也是一名夜行者。一开始他在夜晚追逐“嗜杀者”只是因为他们喜欢在这时候出没，但是后来他也迷上了夜晚。当夜深人静，普通人几乎都进入梦乡的时候，绝大多数不归家的人不是警察就是罪犯，有一种截然的清晰度。今天提尔要寻找其中一名“嗜杀者”，再现两天前的那个夜晚他在这里的所见所闻，感受他的所思所想。

提尔在房前停下脚步，观察着它，寻找着进入房间的途径以及只是看上去很安全但其实并不安全的途径。男友一定也是经过一番观察后才做出了选择。

提尔打开带有矛头的护栏的门，走近房子。男友挨近房子时一定也听到了空调系统运转的声音。警察报告中是这样写的：空调全速运转，把整个房间变成了一台巨大的冰箱。开始时男友一定想不明白。提尔猜想男友应该去了房子背后。

提尔绕到房子背后，看到后门上撒着一层从指纹试剂盒里倒出的墨粉。他推了推门，发现上着锁，于是就掏出一把小折刀，拨开门闩，推开门进了屋。提尔站在进门处，背对着墙，这样他既看不到自己的轮廓，也不会在地上投下影子。男友一定是站在这里谛听除了空调运转声之外的其他声音，并很快意识到有些地方不太对劲，没人会把房间的温度弄得这么低。为确保不遗漏任何应该看到的东西，提尔打开小手电筒，继续向室内走去。

提尔走进厨房，接着又来到餐厅，顺着餐厅走进起居室。硬木地板上还沾着一片片凝固的血迹。在面积较大的血迹附近，有警察标记的尸体轮廓。发现弹壳的地方画着圈。提尔已经看了照片。照片里的丹尼尔·考珀是一个相貌普通的中年男人，没有穿衬衫，一只手臂上有文身，上身从胸脯到肚子被剖开了。提尔认为其临死前一定经历了种种残酷的折磨。这是男友干的吗？这符合他的本性，但是提尔想不通他为什么要这么做。当人们想要对方说出某种信息时才会这么做，因此这更有可能是他人所为。提尔继续假设男友进来时考珀已经死了。

如果男友进屋时发现考珀已经死了，他一定很困惑。这是一场抢劫吗？房间被人搜过吗？屋内还有没有别人？如果不去看他是无法找到这些问题的答案的。房间这块区域的照片里有很多电话、电线、电脑、路由器和手机，说明房子的主人为了不在电话里留下线索，曾经不断更换线路。尽管一切都被大火和枪击损坏了，但是房间内并不凌乱。提尔在房间里来回走动着，希望通过观察房间能对主人有所了解。卧室简单朴素，没有亲人的照片，也没有别的装饰物，看起来像一个廉价的汽车旅馆的房间。

提尔能够想象接下来发生了什么，因为这样的情形他遇到过几次了。他回到起居室。男友也许听到有一辆汽车开了过来，也许听到屋子里有脚步声或说话声。当那两人走进起居室时，男友已经做好了准备，但是他们并没有做好准备。他们也许只是打算进来认真地搜搜房间，像他们在圣路易斯波托西的公立高等学校里学过的那样；也许认为应该清理掉自己留下的痕迹。不管有什么念头，这个念头都没有激发他们进来时举着枪，寻找目标。这才是至关重要的。

男友现在差不多可以看到他们了。他们一前一后走进来，看到了男友，感到很吃惊。也许他们有时间掏枪，不过也可能没来得及。提尔知道男友看到他们的一瞬间就开了枪——对着前面一个人的胸口就是一枪，然后对着另一个已经有所行动的人连开四枪。只有当这两人都倒下后，他才把子弹射入他们的脑袋。

在这样一个人人持枪的世界里，要想生存下来，一部分靠的就是遇到突发情况时的快速反应。房间里的任何人都是敌人。男友也知道当躺在地板上的人被剖开腹部时，一定会弄出一些声响，但是并没有人过来查看。这说明没有理由担心弄出声响。那两人出现的一瞬间，他可能已经瞄准，准备射击了。

因此可以断定男友现在依然活着，而两名入侵者死了。他一定搜了他们的身，拿走了枪和钱——警察报告中说没有发现枪和钱——根据钱包里的证件判定他们是墨西哥联邦警察。

提尔发现所有可能留下指纹或提供案件线索的物品都被取走了。技术人员要用几个月的时间才能打开电脑，从存储器里提取出一丁点儿信息。说不定大火把一切都毁坏了，放火的人一定是男友。

提尔重新关好房门，回到自己的汽车旁。他打开后备箱，拿出犯罪现场的复印照片细细端详，终于找到了一张有意义的照片。在烧了一半的房子地板下面的一个空隙里，有一只被警察打开的耐火保险柜，里面有一把手枪、一些现金、一大堆磁盘和闪存。提尔能体会到男友当时的急切心理。他自认为已经暂时击退了敌人，并且通过焚烧电脑消除了所有和他有关的信息。也许他眼下正在寻找藏身之处。这次死里逃生让他既如释重负，又心有余悸。他现在最害怕的不是杰克·提尔了。

乔伊·莫兰德穿过黑夜向东驶去。他本认为找到掮客就能解决问题，但是他错了。他在掮客家里杀的人是墨西哥联邦警察。他们是怎么发现掮客的？掮客告诉过他墨西哥的毒贩对他的做法很恼火。他们是不是恼火至极，以至于向联邦警察透漏了掮客的住所？一个职业杀手拿下目标后得知雇主不仅拒付报酬，还把人出卖给了警方，这种事情早有先例。

还有一个猜想让正在开车的莫兰德心烦意乱。为了把钱打到账户上，掮客要了他的一些银行账号。要是那两个墨西哥警察得到了账号该怎么办？也许美国警察会把掮客电脑硬盘中的信息提取出来，尽管在他放火后这样做并不容易。也许他能看准时机进入银行，把钱取出来，在警方破译所有密码之前溜之大吉。

莫兰德盯着前方漫长而宽敞的道路，思考着该如何行动。霍尔科姆教过他怎样使用银行账户。每一个账户都连着一个姓名、社会保险号和一个信誉良好的公民身份。若是你想结束一个账户，不能只让银行为你的余额开一张支票，而是把这笔钱存在另一家银行里。你必须先取出一些现金，其余的以支票形式转入一家想象中的公司。然后你要把这家公司变成一家实实在在的公司——提交文件注册公司、为公司开一个银行账户，再把钱存进去。然后那家公司为另一家公司开一张支票。你提取的现金一次比一次多。一旦开始提取现金，你就可以把尽可能多的钱存入保险柜，而不是存入银行。

莫兰德打算去得克萨斯州的圣安东尼奥市。他不是很熟悉这座城市，只是开车去过一次，因为霍尔科姆让他把一部分积蓄存在靠近墨西哥的边境，另一部分存在靠近加拿大的边境。

几年前，霍尔科姆曾经把莫兰德带到一个行家那里，以詹姆斯·R. 科迪的名义买了一个得克萨斯州的驾照和一些信用卡。他用这几样东西在圣安东尼奥开了一个活期存款账户，先预存了一小笔钱，然后把掮客给的报酬转进去。詹姆斯·R. 科迪的地址是芝加哥的一个邮政服务处，该服务处把银行结算清单寄到他在洛杉矶的邮箱。这个账户的存款已经超过 10 万美元。把这笔钱全部转成现金需要时间，而且他保险柜里的钱更多——太多了，几乎没动过。

美国西部地区很广袤，但是再也没有比得克萨斯州这片土地更广袤的了。莫兰德辛辛苦苦开了整整两天的车才到达得克萨斯州边界，又花了两天时间到达圣安东尼奥。每天下午他都在州际公路附近找一家小旅馆休息，睡到半夜再继续赶路，当然是用现金付款。到达圣安东尼奥后，他住进了一家万豪国际酒店，美美地睡了一觉，早晨 7 点前退了房，开车直奔银行。

银行大楼是一栋风格简洁的老式建筑，混凝土外观装饰出石砌的效果，门前有四根立柱，窗户高而窄。7 点 15 分莫兰德在银行附近的街道上停下车，躲在摄像头的盲区里观望着。警察在等待嫌疑犯时也许很善于隐藏自己，但是他们不会提前两三个小时来到银行。莫兰德准备观察今天来上班的每位员工，弄清他们的身份。现在还不见一个人影，所以他就下了车。

莫兰德来到银行对面的一家咖啡馆，买了一大杯咖啡、一份《圣安东尼奥快报》和一个像男人的手掌那么大的司康饼，在临街窗边的一张黑色小铁桌前坐下来，观察着对面。7 点 50 分，他看到一个经理模样的人第一个来上班了。那人用钥匙打开门，摆弄了几下什么东西，也许是报警系统，然后就消失在门内了。

从 8 点至 8 点半，莫兰德一直在假装看报，但是没有再见到其他员工。咖啡喝完了，他站起来去了一趟洗手间，出来后又买了一杯咖啡。端着咖啡转身离开吧台时，他看到一个岁数和自己相仿的人走进来。来人身穿无领衬衫和蓝色牛仔裤，脚蹬靴子，一屁股坐在他刚刚坐过的椅子上，抓起报纸看起来。

莫兰德走到那人跟前，面带笑容、语气平静地说："打扰了，朋友，你坐的是我的座位，看的是我的报纸。"

那人坐着没动，抬起头看着他说："哦，是你的吗？"

"是的，"莫兰德说，"确实是，我很抱歉。"他预感到一幕丑陋的情景又要上演，就像一出戏，每个人在每次演出时都不得不说同样的台词。这是由莫兰德的长相引起的。他身材匀称，皮肤光洁，眼睛很大，还有一头波浪形的黑发。这样的长相虽然深得女孩们的青睐，但是在一些同性眼里却是软弱的标志。

那人狞笑一声，仰面靠在铁椅背上，椅子的两条前腿翘了起来。"很遗憾，小子，在我还没有发火之前你最好停止打扰我。"

莫兰德不假思索，右脚本能地踹向椅子的后腿，椅背咣当一声砸在地板上。那人一头撞在瓷砖地面上，挣扎着想坐起来。

但是莫兰德没给对方机会，他蹲下身子，全身的重量都集中在一只膝盖上，压在那人的胸肋下部。他不管有没有给对方造成内伤，又用前臂顶住其脖子，使之无法抬头。

"住手！快住手！"吧台后的女孩尖声叫道。

莫兰德的脸几乎贴着那个男人的脸，因此说话的声音接近耳语："我也很遗憾，但是你仍然有选择的余地。你可以翻过身，爬起来，从这里走出去。你有什么打算？"

那人只是瞪着他，什么也不说。

莫兰德左手握紧拳头向对方的脸砸去，一下，两下，三下。那人的眉骨渗出血来，嘴唇被打破，鼻梁骨也被砸断了。

“好吧。”

莫兰德站了起来。那人翻过身，准备爬起来，但是就在做这个动作的同时，他右手从裤兜里掏出了一把大折刀，用大拇指把它拨开，在空中划了个半圆，猛地朝莫兰德的腿扎去。

女孩的尖叫声更大了，“快停下！救命啊！”店里没有其他客人，因此没人响应她的呼救。

莫兰德向后一跳，躲开了刀刃，顺手把铁桌推过去挡在了那人面前，随即双手举起一把铁椅向对方的头和肩膀砸去。那人还想用刀捅他，但是莫兰德没让其得逞。他再次举起椅子砸向对方的肩膀，紧接着看准时机，把椅子扔到那人的胸脯上，抓住其持刀的手臂，夺下刀子，合上。

莫兰德眼睛的余光瞥到了突然出现的动静。有三个身穿制服的人急匆匆地走出银行，又有两个人从停在银行附近的一辆两厢汽车上下来。他能判断出这帮人是警察，他们一定是偷偷等待着他来银行取钱的那一刻。眼下他不能放这个家伙走。

莫兰德以闪电般的速度把刀子打开，狠狠地插入男人的左胸，又转身寻找吧台后的女孩，但是她已经不见了。莫兰德冲向咖啡馆里面的房间。女孩显然是报警后吓跑了。他又冲到后门外，朝咖啡馆后面的小巷里张望，还是不见女孩的身影。

莫兰德回到咖啡馆，走进储藏室，环顾四周。一排排架子上放着袋装咖啡豆、一些可能为咖啡壶准备的金属部件和一盒盒备用的点心，还有一条绿色围裙以及一盒像那个女孩戴的纸糊的帽子，围裙上有这家咖啡连锁店的标志。他脱下外套，戴上纸帽，系上围裙，卷起外套拿在手里。

莫兰德很快出了后门，来到小巷里，边跑边听有没有警察冲进咖啡馆，担心随时会有一名警察从后门跑出来追他。跑到小巷尽头时，他把围裙和帽子扔进垃圾桶里，走到车跟前，上车后驾车离去。路过咖啡馆时，莫兰德看到一群穿制服的人围在事发现场，一个看似咖啡馆老板的男人正站在店前拿着手机打电话，那只空着的手捂着另一只耳朵。男人的眼睛虽然盯着人行道，但是没注意一辆灰色汽车从他面前开了过去，一分钟后就驶出了他的视野，径直向北开去，离开了圣安东尼奥。

二十四

提尔赶到圣安东尼奥的时候已经是夜晚了。此时黑夜之神是不受欢迎的，她把夜幕拉开，让男友再次融入夜色中，打断了警方的追捕行动。美国联邦调查局特工和警察一直守在银行里等待男友的到来。他们从丹尼尔·考珀藏在防火保险柜中的一张磁盘里获悉了他的账号和詹姆斯·R. 科迪这个名字。很显然，考珀是被雇杀手的经纪人或代为领取报酬的人。

官方不知道他们正在追踪的目标的真实姓名，只知道詹姆斯·R. 科迪是个假名字，是杀手在圣安东尼奥市的银行里用的。他们还从电脑磁盘里找到了约 20 个用于其他银行账户的假名字，不知道这些账户属于一个人还是 20 个人。

守在银行里的警察接到了调度员打来的电话，说街道对面一家咖啡馆的服务生打电话求救：有两名顾客动刀子了。结果那帮穿制服的家伙全部从银行冲进了咖啡馆。提尔不清楚他们这么做是因为他们认为咖啡馆里的骚乱和他们在银行里的埋伏有关系，还是因为他们只是履行警察的天职，毕竟枪能轻易镇住刀子。只是等他们赶到咖啡馆时，顾客已经死了，男友也消失了。

提尔一收到波士顿的拉弗蒂发给他的报告，就开车赶到了圣何塞机场，买了一张飞往得克萨斯州圣安东尼奥市的机票。他已经提前联系了当地的警察局，和负责凶杀案的一个老熟人罗恩·埃文斯通了电话。

现在提尔正在咖啡馆里勘查犯罪现场。他把自己想象成男友，坐在凶手曾经坐的位置上；他是根据地板上的标记判断出这个位置的。

当圣安东尼奥的一名警察告诉他咖啡馆明天将重新营业时，他很吃惊。所有的犯罪现场工作很快就做完了，因为他们从一开始就知道凶手和在加州圣马特奥杀害两名墨西哥警察的罪犯有关系，同时也是其他一系列谋杀案的嫌疑犯。这是一场竞赛。男友的行动已经表明，他善于躲避陷阱，安然逃脱。

提尔看着咖啡馆里的情景，能够体会男友当时的心情。男友一大早就来了，他要先观察一番后再走进银行。咖啡馆里只有他一个人，或者差不多就他一人。他在一个能看到银行前门的地方坐下来，在那里待了一阵子。他一定在喝咖啡，但是提尔没有听到关于找到指纹的说法。在此之前他一定是走到吧台前，向服务生要了一杯咖啡，然后坐下来。

提尔能够体会到男友坐在这里观察银行里动静时的焦灼心情。警察报告里声称凶手看不到埋伏在银行里的警察，但是他显然知道他们可能会来。他一直怀疑丹尼尔·考珀房间里的电脑中会有一些东西把警察引到这里来。他也许希望在警察还没有找到这些东西之前赶到银行。如果真是赶在警察之前，他就能把钱取走，溜之大吉。如果不能赶在警察之前，进去等于自投罗网，所以他就在对面观望。

警察报告中说女服务生报警称有两名男子为争一张桌子大打出手。当时店里没有其他客人。提尔数了一下，共有 8 张小铁桌，16 把椅子。为了观察对面的银行，男友需要坐在一个临窗的位置，另一名男子为什么要和他争呢？

提尔回想着死去的那名男子的照片。他是被刺死的，但是之前遭到了痛打。警察报告中说扎在被害人心脏里的刀子没有拔掉。提尔想起死者手臂上的文身。文身只有一种颜色，又旧又粗糙，分布不均，看起来像蛛网，这让他想到了监狱里的犯人。

提尔从口袋里掏出一张纸，查到一个号码，打过去，很快传来一个男子的声音，“埃文斯侦探。”

“你好，罗恩，我是杰克·提尔。我一直在琢磨那名被刺的受害者。他有犯罪记录吗？”

“我刚刚查到，他被定过几次罪，袭击、故意伤害罪和人身攻击罪，共判 5 年徒刑。不过最近没有。”

“那把刀子是他的吗？”

“也是刚刚弄清楚。他妻子认出来了。”

“谢谢。”提尔说，挂了电话。现在有些头绪了。男友在街对面的咖啡馆里观察着银行，这家伙进来了，看到了男友，发现他既不高大，又不凶悍。男友独自一人，而且有些特点。他有一张漂亮的脸蛋，这张脸会让所有的女孩都爱上他，但他也一定是长得像这个家伙喜欢欺负的类型。

刀子是在咖啡馆里找到的唯一武器，是那个死者罗纳德·厄尔·巴尔随身携带的。这个家伙块头较大，高6英尺2英寸，岁数也大一些，也许比男友大5岁。走进咖啡馆之后，他犯了一生中最大因此也是最后一个错误，那就是挑起了一场战争，而他的对手是个职业杀手。

提尔用双手举起一把小铁椅子，举过头顶。椅子至少重40磅，用它重击几下就会让一个人倒下。也许男友先是用它打伤巴尔，夺下他的武器，然后用刀子杀死了他。提尔放下椅子，猜测着男友接下来的想法：女服务生在哪里？

逃跑了。她目睹了这场搏斗。也许男友甚至听到她报警了。她也许一直没有挂断电话，应急电话接线员总是让人们这么做，尽管事实上人们应该跑掉。男友向咖啡馆后面走去，到了那儿以后，发现女孩已经跑掉了。他没有时间去追，他所能做的是冲向自己的汽车。

警察在远处街边的垃圾桶里找到了咖啡馆的一条围裙和一顶帽子，因此男友很可能穿戴着这两样东西走出店门或者准备这么做。这也表明他看上去很年轻。如果换成提尔，警察会当场把他击毙的。

男友的面孔使他颇有女人缘，但是也让男人们轻视他，使他们认为他不可能是一个凶残暴戾的疯子，因为他看上去是那么和善与单纯。这一条不容忽视。提尔提醒自己一定要记住，当他最后追上这个家伙的时候，他看到的人可能看起来不像一个杀手。如果他再多花一秒钟时间去分辨这张面孔，就会让男友有充足的时间把他也杀掉。

二十五

乔伊·莫兰德几乎不相信自己差点儿就完蛋了。当那个白痴向他挑衅时，他被惹毛了。白痴不知趣，因此莫兰德能做的就是痛下杀手。一旦白痴死了，也不能让那个女孩活着。她已经报了警。莫兰德不想让她活着，他要灭口，但是他没有机会了，只好跑掉。

开车经过咖啡馆门口的时候，他看到了一群冲出银行的警察。也许天亮之前他们就在那里等着他了，因此那个在咖啡馆里和他抢座位的神经病实际上救了他一命。这不可小觑。他从不会向警察屈服，但面对那么多警察也不能鸡蛋碰石头。

他坚定不移地向北开去，试图尽快离开得克萨斯。夜晚降临了，按道理他的担忧应该少一些，但是事实恰恰相反。圣安东尼奥的经历着实吓坏了他。

莫兰德知道他永远无法把钱从圣安东尼奥银行取出来了。官方已经把那个账户和掮客联系起来，那笔钱将会被没收，也许在他到达圣安东尼奥之前就没收了。他一边开车，一边想着其他银行账户。他必须回想出来他让掮客把钱打进去的是哪些账户。这种做法才沿用一年左右的时间。一开始，掮客把钱付给霍尔科姆，后者再付给他现金。有时掮客付给霍尔科姆的也是现金，他们只需坐下来把钱分掉。后来他学聪明了，让掮客把钱直接转到他的账户上。还有些时候，掮客给他开一张支票，他再把支票存入一个账户里。

他所有为掮客知道的账户最终都将被警方发现。他必须赶在警察行动之前拯救一些账户。他必须拯救他的部分钱财。

莫兰德沿 285 号州际公路平稳地向州界开去。经过得克萨斯州的佩科斯和新墨西哥州的卡尔斯巴德之间的一段路时，他特别小心。没有理由靠近墨西哥边界，在当地，警察和贩毒分子时时刻刻在较量着。他完全按照限速行驶，直到过了卡尔斯巴德，驶向罗斯威尔。他以前走过这段路，知道它将在沃恩和 40 号州际公路交会。

凌晨 1 点，莫兰德在阿蒂西亚停下来给车加满汽油，喝了杯咖啡，然后继续赶路。自从在菲尼克斯作案之后，他一直是凭着年轻和良好的身体条件甩掉那个不知是联邦调查局特工还是侦探的家伙。他知道他能从任何跟踪者眼前逃生，只要他一直在路上转悠。但是很快就该是休息时间了。凌晨 2 点半，他在罗斯威尔附近高速公路边一家规模很大的汽车旅馆前停下车，要了个房间，洗澡后就上床睡觉了。白天他开了数百英里，现在感到疲劳至极，很快就睡着了。

莫兰德在上午 10 点醒来，已经计划好了下一步的行动。他办了退房手续，向北方的伊利诺伊州开去。他在那里的银行开了一个账户，这是他计划拯救的第二个账户。莫兰德花了三天时间赶到了伊利诺伊州南部，在卡本代尔的丹尼餐馆前停下车，走进去，寻找合适的人选。他一进门就注意到了一对看上去比较合适的年轻人，于是走到离他们餐桌最近的卡座旁坐下来，一边看着菜单，一边越过菜单的边缘观察着周围。这时他再次看到了那对年轻人。

吸引莫兰德视线的是他们的年龄正合适——大概 20 岁，外表也合适——漂亮、干净、健康。女孩身高约 5 英尺 3 英寸，皮肤很好，身体的曲线非常完美，不过也许 20 年后就会走形。男孩身材瘦削，黑发，脸型匀称清秀，有一双深棕色眼睛。当莫兰德低头看菜单的时候，男孩站起来向卫生间走去。

女孩略显无聊地环顾四周，目光和莫兰德的目光相遇了。她没有立即把目光移开，而是在他脸上停留了半秒钟，莞尔一笑，露出一口洁白整齐的牙齿。她的眼睛是蓝色的，眼角本来很平滑，笑时挤出了一丝皱纹。接着她转过头去，目光直视着前方，但是仍然用眼睛的余光偷偷瞟他。

"劳驾，"莫兰德说，"你知道去斯普林菲尔德的最佳路线吗？"

她转过脸来正对着他，再次微微一笑，"我认为最佳路线是先上州际公路，向北行驶至 55 号线——就在森特勒利亚附近——然后一直往前开。"

"几号州际公路？"

"哦，我真蠢，对不起，"她说，"是 57 号。我们只是称它为'州际公路'，因为我们这里只有这条州际公路。"她摸了一下头发，面庞微微发红，"你要去参观农展会吗？"

莫兰德不清楚她是什么意思，“现在在举办农展会吗？我以前从没见过，因此我想是时候参加了。我去那里出差。”

“我要说是时候了，”她说，“我太爱参观农展会了。我们计划几天后去那里。”

“我们？”

她有些不好意思，脸颊上的红晕加深了，“我是指我和男朋友加布。你进来时没注意到他坐在这里吗？”

莫兰德给她一个最迷人的微笑，“抱歉，我想我的眼里只有你。”

她作势要打他，又摸了一下头发，“正经些，”她说，“我知道你在取笑我。”

“老实说，我没有。”莫兰德说，“我从来不会那么无耻，很遗憾你有男朋友了，但是我尊重你的看法。顺便说一下，我叫迈克尔。”

“很高兴认识你。”她说，抬起眼睛和他对视了仅仅一秒钟，“我叫莎伦。”

“不胜荣幸。”莫兰德探过身子，抓住她一只白白嫩嫩的小手，轻轻握了一下才松开。

她把手攥成小拳头，好像下意识地产生了一种想去触摸被他刚刚触摸过的地方的冲动。这时她看到他抬起双眼，盯着她背后，于是就转过身，假装已经知道男朋友正走过来。“亲爱的，”她说，“这是迈克尔，他要去参加农展会。”

莫兰德站起来伸出一只手，“你好，我叫迈克尔·格兰姆斯，”

他说，“实际上我是去那里出差，但是你女朋友提到那里正在举办农展会，因此我想我也去凑凑热闹。”

加布别无选择，只好微笑着握握这个陌生人的手。看到加布没有回避和自己握手，莫兰德暗暗感到高兴。

加布在莎伦的对面坐下来，用一种意味深长的眼光看着她，意思是她很漂亮，但是没有头脑。

莫兰德意识到加布马上就要结账离开了，因此不失时机地抛出一个问题：“莎伦告诉我你们俩计划几天后去那里。对于头一次参观农展会的人来说，最值得看的是什么？”

“我们只是在考虑去，”加布说，“还没有定下来。”

莎伦认为这个问题是问她和加布两个人的，她很乐意回答，“我喜欢摩天轮、超级跳楼机，还有超级火力游戏。”

“这些都是飞车，”加布解释说，“在超级跳楼机上，你会被从 130 英尺的高空抛到地面上。”

“有 100 多种飞车，”莎伦的情绪越来越高涨，她兴奋地扭动着屁股，“再也没有像农展会这么有趣的地方了。”

“你一定喜欢冒险。”莫兰德说。

“是的。”她愉快地说。

“有些夜晚会有很棒的乐队演出，”加布发表了自己的看法，“有很多漂亮小妞。”

莫兰德假装思考了一会儿，然后说：“我开车去斯普林菲尔德是因为我是一名律师，要为一位客户代理一份索赔案，争夺一些财产。事情很快就会办完，我的公司承担所有费用。”

“你运气真好。”莎伦说。

“我想是的。不管怎么说，如果你们俩明天去那里，可以搭我的车，公司将承担旅途中的开销。我家在得克萨斯州，返回时把你们捎带到这里。你们可以给我带路，还能陪我聊天，这样我就不至于趴在方向盘上睡过去了。”

“哇，”加布说，“听上去是个很不错的提议，但是——”

莎伦生怕谈话就此结束，急忙插进来说：“我们要等到周四我领了薪水后才能去。农展会的门票只需要 15 美元，但是你要吃饭，还要找地方休息，诸如此类的麻烦事。”

“这些都不是问题，”莫兰德说，“我来告诉你们怎么办，到了之后你们帮我跑腿，我把你们的花销算在支出总额里，你们的报酬就是所有旅行的花销。”

莎伦说：“加布，行吗？求你了。”

加布说：“天哪，我不知道。我今晚要加班。我们俩还要去为明后天请假。”

“假什么时候去请都可以，但农展会可不是什么时候都免费。”

加布看了莫兰德一眼，耸耸肩说：“我想是的。”

莫兰德说：“太棒了。我们明天吃早餐时在这里碰头，然后从这里起程。8 点怎么样？”

“很好。”莎伦说，“我太激动了。”

加布看看手表，“我们该走了，我去结账。”他站起来向收银台走去。

莎伦向莫兰德身边靠了靠，“等着看黄油奶牛吧。”

“黄油奶牛？是什么东西？”

“是奶牛，黄油做的。”莎伦站起来轻轻挥挥手，“谢谢你，迈克尔。我们一定会玩得很开心。”

她走到正在结账的加布身边。结完账后，她双手挽住加布的一只手臂，和他一起向门外走去，回头再次挥挥手，莫兰德笑着挥手还礼。

当服务生经过他桌边时，莫兰德点了份早餐，坐在座位上吃起来。他不能确定这样做会不会有好结果，但是有另外两人打掩护会给那些追踪他的人带来些难度。

第二天早晨，乔伊·莫兰德又来到丹尼餐馆，仍然坐在昨天坐的位子上。有几个上班路过这里的人在吃早餐，还有几个正准备上州际公路的貌似度假者的家庭，但是餐馆里并不拥挤。

“迈克尔！”一声欢快清脆的喊声从他的左肩后传过来。莫兰德回过头，看见了身穿背心和白色短裙的莎伦。她灵巧地钻进卡座，用屁股碰了他一下，然后才坐下来。莫兰德发现他离她的脸只有几英寸。“准备动身了吗？”她的呼吸中散发出浓烈的薄荷牙膏味。

“我刚要吃完早餐，”他说，“我早就来了。你要点餐吗？”

“不，谢谢，我吃过了，加布也吃过了。”

“他在哪里？”

“在停车场，我们把行李也带来了，就等着上你的车了。他哥哥戴夫用卡车把我们送到了这里。”

“那么也许我们该动身了。”莫兰德说，“想带些咖啡在路上喝吗？”

“不用了，谢谢。”莎伦说，“在路上停下来喝杯咖啡更有意思。”

“我能看出你是一个经验丰富的旅行者。”

她又用屁股碰了他一下。

莫兰德打开钱包，把几张10美元的钞票放在盘子旁边的账单上，“我们最好去帮加布把行李装上车。”他从卡座的另一端走出来，和她并肩站在餐馆中央。

莎伦看着他的手，“没戴戒指。你还没结婚，是吗？”

“没有，从没结过婚。”他脸上绽放出和昨天一样令她心动的笑容，“好女孩似乎都名花有主了。”

“也许你在农展会上能遇见一个。”

“不过小母牛我不要，也不要黄油奶牛。”

“你真坏。”

“也许能遇到吧，但是我会远离那些戴蓝绶带的妞（牛）儿。”

她轻轻在他手臂上拍打了一下，转过身，率先走出了餐馆。他带她来到汽车旁，用遥控钥匙打开后备箱，看着加布把两只旅行包放进后备箱，关上箱盖。莫兰德伸出手，“早上好，加布。”

加布和他握了握手，说：“早上好，你想让我来开车吗？”

“我很感激你这么说，加布，但是我想暂时还是由我来开吧，我感到精力特别旺盛。”

“他不是，”莎伦说，“加布昨晚值夜班。”

莫兰德看着加布，“真的吗？你做什么工作？”

“我在州际公路附近的加油站工作，里面有八个油泵岛和一个商店。”

“你为什么不躺在后座上好好睡一觉？睡一觉后你就感觉舒服多了，这样我们在农展会上也能玩得更开心。”

“你不介意吗？”

“当然不，只要有人醒着，我们就没问题。”

“你听明白了吧？”莎伦对加布说。

“谢谢。”加布爬到后座上躺下来。莎伦坐进了副驾驶座位，莫兰德发动了汽车。

“沿着这个方向开出停车场，”莎伦说，“然后右转，在第一个信号灯处向左转。”

莫兰德按照莎伦指的路线向前开，上了州际公路，一直向北，穿过一马平川的乡村。他去斯普林菲尔德开银行账户时，曾经走过这条路线，但是他假装一无所知。为了让加布入睡，他说话时压低了嗓门。不过用不着担心，还没上州际公路，他就已经听到加布缓慢而均匀的鼾声。

“非常感谢你让他睡觉。如果你想找一个好司机来替换你，我是最佳人选。”

“你是一个好司机吗？”

“当然是了，没收过罚单，没出过交通事故，几乎没受到过别人的指责。”

“那么我会牢牢记住你的。”

“我敢打赌你会的。”她笑着说。

莫兰德平稳地开着车，和其他车辆保持着相同的车速，避免急剧的晃动。

莎伦说："你说你是律师，什么样的律师？"

"我是一般代理人，替客户们做必须做的事情，如讨回他们拥有的部分资产，把钱还给他们。如果你不经常这样处理你的资产，州政府就会把它没收，就像你死后既没有遗嘱也没有亲属一样。"

"这听上去不公平。"

"有些人为未来打算把钱存起来，但是后来就忘了这笔钱。"

"我应该有这种问题。"

"我也是。这件事很容易解决，但是我不想让它破坏农展会的乐趣。我们可以在农展会后顺便去一趟法院。"

莫兰德能感觉到莎伦正盯着他看，此时车内唯一的声音是后座上传来的加布的鼾声。"你有女友吗？和你关系特别的人？"

"没有，"莫兰德说，"最近没有，最近我一直忙于工作，整天到处跑，这样对女孩不公平。"

"可怜的人儿。"她拍拍他的右肩，随后他感觉到她的手小心而缓慢地顺着他的手臂滑到手肘，又从手肘滑到大腿上，最终停在那里不动了。莫兰德扭头和她的蓝眸对视了一下，但是什么也没说。

"我们能在丹尼餐馆相遇真是太好了。"莎伦说，"我想我们一定会玩得很开心，你一定会感到不虚此行。"

"我现在已经有这种感觉了。"莫兰德说，语气中包含一种心照不宣的意味。他瞥了一眼后视镜，加布仍然在睡觉。他总是很享受第一步已经迈出，朦胧的面纱被揭开的那一刻。她的手一直放在他腿上。当他的下体开始有所反应时，她把手移了过去。

莫兰德忍受了一两分钟，然后把她的手拿开了。但是他的手还没来得及回到方向盘上就被她抓住了，放在她大腿内侧的光滑肌肤上，而且被一直按在那里，就在裙摆的上方。

莫兰德再次和她的蓝眸对视了一下，看到的是一双天真无邪的大眼睛。他从后视镜里看到加布仍在睡觉，于是对她说道："我挑逗你时你还打我，但是你自己好像就是个调情高手。"

"人们都这么说，但是我认为他们只是经不起开玩笑。"

"我尽量做一个经得起开玩笑的人。"

她看着他的大腿说："你表现得很好。"

他耸耸肩，"我对斯普林菲尔德充满憧憬。"

她点点头，"你会喜欢上那里的。"

从南部一进入斯普林菲尔德，他们就已经是在露天游乐场的出口标志下面了。

"我忘记看今天是什么日子了。"莎伦说。

"星期二。"

"不，在农展会上，他们给每一天起一个特殊的节日，像什么农业节、老年节和共和党节。"

"今天是莎伦节。"

她开心地笑了，仰靠在座位上，以便他的手能够顺着她的大腿往上摸。"哦，也许是吧。"

好像下意识地在体内安了一个报警器，加布在后座上动了一下，嘟囔了一声。莎伦立刻坐起来，把莫兰德的手拿开。等到加布又嘟囔了一声，挠着头皮坐起来的时候，莎伦已经坐直了身子，看起来一副一本正经的样子。“喂，睡美人，”她说，“我们快到了。”

他们把车开到露天游乐场，停在一个大型停车场里，这里直到本周还只是一片空荡荡的牧场。走了半英里左右，他们来到前门，莫兰德给他们买了票，并且给他们俩每人一张百元大钞，就像是买票时赠送的优惠券。

加布看着钱说：“嘿，迈克尔，你不必这么做。”

“这是我们说好了的。我说过我付这次旅行的费用。你们俩明天帮我跑腿，这样就扯平了。今天让我们痛痛快快地玩。”

“谢谢你，迈克尔。”加布停了停，用手肘轻轻推推莎伦，“你呢？不打算谢谢他吗？”

“哦，我会的，别催我。”在加布挪开视线之后，莎伦才扫了莫兰德一眼。

“我们从哪里开始？”莫兰德问。

“让我们先玩飞车再吃东西，”莎伦说，“我不想吐出来。”莫兰德看着她蹦蹦跳跳地走在前面，短裙下面露出完美的双腿，皮肤白皙，步姿优雅，涂着蔻丹的趾甲从露指凉鞋中钻了出来。

加布加快步伐去追莎伦，莫兰德跟在后面，和他们保持着几英尺的距离。他不会去做他们之间的电灯泡，也不会去想方设法吸引莎伦的注意。他们玩了整整一个小时的飞车，在跳楼机上从

130英尺的高空坠落后，又冲向其他机器，被这些机器举起、抛开、转动、摇晃、翻转以及带着急速旋转。

当加布说要去洗手间的时候，莎伦说："我们去玩空中游览车。"她拉着莫兰德来到位于2号门的空中游览车的起点，登了上去。他们并排踏上一条轨道，一个像上山吊椅一样的座舱把他们兜起来，落下一根扶手，横放在他们腿上。

他们刚刚升上高空，莎伦就转过身来吻莫兰德。莫兰德想拒绝，但是莎伦的舌尖已经伸进他嘴里，并且紧紧抱住他。莫兰德吻了她几秒钟，然后轻轻挣脱，扭头看看加布有没有从洗手间里出来。"对不起，"莎伦说，"我几乎无法把手从你身上拿开。"

莫兰德笑着说："我希望我们不会被从农展会上赶出去。"

"别傻了，人们不会那么想的。我们都是单身，年轻潇洒，没人会操那么多心，何况也没人抬头往这里看。"

莫兰德知道他们现在离地面很远，加布看不清他们，因此就用手臂搂住莎伦的腰，久久地吻她，直到把她撩拨得激情澎湃、呼吸急促才罢休。当空中游览车降落，在场地附近停下来时，他才松开手。他们在场地边站了一会儿，他又凑过来吻她，但是她只让他吻了一下就闪开了，"这样做可以帮我们收心。"

"这是好事吗？"他问。

"现在我们该回去折腾加布了。"

"他一路上睡得很好。"

"也就两个多小时吧。他工作了整整一夜，这点睡眠不算多。"

当他们回到加布身边时，莫兰德发现他微眯着眼睛，一副疲惫不堪的样子。“我饿了。”加布说。

莎伦拉着加布的手，加快步伐向一排食品屋走去。她领他们来到一家食品屋，给每人要了啤酒和叉烧三明治，然后又在另一家食品屋要了烤玉米和更多的啤酒。填饱肚子后，他们又有了精力，继续一路玩下去。

整整一下午莎伦一直在消耗加布的体力。她坚持把游乐场从头至尾逛个遍，对任何一个加布有机会为她赢得奖品的游戏都不放过。加布块头不够大，也不够壮实，不能举起大锤敲钟，但是为她赢得了一只粉红色的小熊。他很擅长用球砸小丑玩具，但是那些玩具摆在一个木架上，几乎不可能被砸下来。莎伦夸他扔球的姿势帅极了，因此他就一直不停地扔下去，直到为她赢得了一条假珍珠项链。然后莎伦坚持认为加布一定很渴，又给他买了一大杯啤酒。

莫兰德能够看到莎伦离成功不远了。当午后的微风逐渐退去，黄昏的落日洒在人们身上时，加布看起来越来越疲惫。不管他看向何处，眼睛里都在燃烧着一团火。啤酒是一种威力强大的催眠剂，但是炎热的天气又使他喝得更多。啤酒短时间内在他体内注入了足够的能量，使他有精力走更远的路，玩更多的游戏。

夜幕降临时，他们三人又重新焕发了精神。温度下降了 10 度，空气舒爽了一些，他们观看了赛马车的表演。加布下了赌注，赢了几次，因此颇为得意。灯渐次打开，巨大的游乐场里彩灯闪烁，美不胜收。他们来到一个德国啤酒园吃晚餐。莎伦坚持要大罐啤酒，但是只有加布一个人喝了很多。

吃完晚饭后已经过了 8 点半。莎伦大声说:“哇，今天是我一生中最愉快的一天。我太开心了，但是你们是不是认为我们也许应该找个地方过夜？我敢打赌我们要开很长一段路才能找到空房间。”

“我已经订好房间了,”莫兰德说,“昨天打电话订的。”

“真的吗？”

“是的。如果你们吃饱了，我们随时可以走。”

加布倚在一个小吃摊边上，几乎没听到他们在说什么，而是说:“是的，我想我们都累坏了。”

他们走出农展会，向停车场走去。莫兰德打开后车门，看着他们钻进去，然后发动汽车，向东清湖大道上的一家宾馆开去。沿途经过了几家和他选择的宾馆看上去毫无二致的宾馆：高大气派，干净明亮，前面有环形车道，入口处有雨篷，还有一个供客人停车的大停车场。

莫兰德打开后备箱，拿出了他的手提箱。加布取出他们的两只旅行包，莎伦关上车门，和加布一起等着莫兰德去登记房间。莫兰德回来后，递给加布一张装在纸袋里的房卡，上面写着房间号码。当他们向电梯走去时，他把另一张写着自己房间号码的房卡偷偷塞进莎伦手里。莫兰德先把他们送到房间后才来到自己的房间。进屋后他洗了澡，躺在宽大的床上，打开了电视。

大约 20 分钟后，莫兰德听到了敲门声。他站起来，透过猫眼向外望，看到莎伦的蓝色眼睛紧贴在猫眼上。他打开门。

“给你送来一个惊喜。”她说。

“我能亲手为小姐宽衣吗？”

“那样才算得上惊喜。”莎伦伸出双臂搂住他的脖子，尽情地吻他。当莫兰德为她解衣扣时，她配合着他的动作，身子微微后缩。他脱下她的衣服，扔到门旁的椅子上。

她扯了一下他睡衣上的带子，睡衣就敞开了。她钻进里面，搂住他的腰，紧紧环抱，“我一整天都在盼望这一刻的到来。”

“我也是。”他吻着她，“我猜加布已经睡着了？”

“是的。他还为自己犯困感到惭愧，说我们俩应该重新回农展会，不要管他。”

“这太好了。”

“我巴不得这样。”莎伦扯下莫兰德的睡衣，把他推倒在床上，吻遍了他的全身。然后她走到放着她钱包的椅子旁，回来时手里拿着一小盒安全套。她撕开一袋，给莫兰德戴上，骑了上去。过了一会儿，她扬起脖子，陶醉地闭上双眼，长长的秀发垂到了背上。“这是世上最棒的飞车。”

莫兰德和年轻女士们在一起度过了很多时光。每当像这样的时刻，他都会认真冷静地观察她们，他从中获得的知识和技能给他带来了好处。他观察着莎伦，通过她的肤色、动作、声音、呼吸和瞳孔的变化揣摩着她情绪的变化，然后利用得到的信息让她发狂。一开始，她需要他温柔体贴，而当她发狂的时候，她又想让他分享她的情绪——动作更野、节奏更快、力量更大，他也是这么做的。为此她对他崇拜到了极点，很快她就彻底放开了。

后来，当他们大汗淋漓地并排躺在床上时，莎伦说：“哦，我真是爱死这次农展会了。”此后很长时间他们俩都没有再说话，直到莎伦说：“我得回加布的房间了。”

“我理解。”

“不，你不理解。如果有办法不回去，我一定不会回去。但是加布总是把我看得死死的，你不是这样。”她下了床，走到衣服前，捡起来进了浴室。一会儿莫兰德就听到了哗哗的水声，后来又听到电吹风的声音。很快，莎伦从浴室里走出来，头发已经干了。她爬到床上，吻了他一下，说：“几小时后见。”

“8 点给我打电话。”

她站起来走了出去。

莫兰德下了床，走到门边，把“请勿打扰”的牌子挂在门外的把手上，进屋后反锁上门，挂上安全链，又搬过一把椅子把门顶住，这才走到手提箱边，拿出那把贝瑞塔 M-92F 手枪，确定里面已经装满子弹后，他把枪塞到枕头下面，关灯睡觉。

二十六

11点的时候，莫兰德、莎伦和加布又坐进汽车里了。除莫兰德穿了件炭灰色套装外，其余两个人都穿着T恤衫和牛仔裤。莫兰德边开车边听莎伦喋喋不休地和加布聊着。“我仍然最喜欢跳楼机，”她说，“你径直坠落下去，心想就要摔死了，好像过了很长时间才停下。”

“我觉得它还行吧。”加布说，“我最喜欢那个东西，它旋转的速度非常快，人被甩得紧紧贴在环壁上，然后突然降落到地上。”他停顿了一下，“你呢，迈克尔？”

“我喜欢的那个东西不知道叫什么名字。”他看到莎伦的脸绷紧了，就转头对她说，“莎伦，就是我俩坐的那个。”

“空中游览车，”莎伦说，“叫空中游览车。”

“哦，是的，”莫兰德说，“空中游览车。”

他在桑加蒙县法院外面的9号街停下车，“就是这里，你们两个开车转一圈，找个地方停车。我办好事后会给你们打电话。”他下了车，加布接过方向盘。

乔伊·莫兰德穿过装着金属探测器的大门走进主楼，在大厅里溜达着，直到找到一个小吃部才停下来。他要了一杯咖啡，在过道的一条长凳上坐下来，之后又去了一趟洗手间。几分钟后，他用预付话费手机打电话告诉莎伦，“搞定了，五分钟后把车开到法院门前来接我。”

他突然想起他们也许会开着他的车溜掉，但是走出法院大门的时候，他看到他们已经到了。加布正在法院门前缓缓把车停下来。

莫兰德上车以后，两个年轻人似乎很佩服他。“事情办得怎么样？”加布问。

“和平时一样。”他说，“如果你做好功课，提出议案，事情就会按照你的意愿发展。现在把车开到第 6 街的中西部农商银行。我们现在在第 9 街，因此应该不会很远。”

加布开了三个街区，来到第 6 街，减慢车速想让莫兰德在银行门前下车。“最好找一个停车的地方。”莫兰德说。

加布又往前开了几百英尺，找到一片空地，问莫兰德：“这里行吗？”

“可以，谢谢。”莫兰德正忙着从马尼拉信封里向外掏东西——一张银行取款单和几张他在法院大厅拿的印刷品。

“有什么需要我们帮忙的吗？”加布问。

“还真有，”莫兰德说，“我填写这些文件的时候，你可以去银行把这个账户上的钱取出来。”他把取款单和一张金融卡递给加布。卡背面有一个磁条，上方签的名字是“约翰·C. 麦克杜格尔”。“你只需要把取款单交给他们，在读卡器上刷卡，然后在取款单上签上‘约翰·C. 麦克杜格尔’，尽量仿照卡上的字体签。”

他递给加布一个加利福尼亚州的驾照，上面贴着一个年轻人的照片。

“取款单上写着9000美元。”

“我当然知道，是我刚刚写的。”

“这是一大笔钱，何况是现金。”

“他们会给你一个信封装钱的，不用担心。”莫兰德低头在表格上胡乱地填写着，眼睛都没抬一下。

加布不安地看了莎伦一眼，“好吧，我很快就回来。”他拿着取款单、金融卡和驾照下了车。

加布离开后，莎伦从后座上探过头来，“加布终于有事做了，他一定很开心。”

“那就好。”

“他自认为欠你一笔人情债，因为你不光让我们搭车，还承担了所有花销。”说到这里她咯咯地笑起来，“如果知道真相，他也许认为已经偿还你了。”

莫兰德耸耸肩，“你打算告诉他？”

“永远不会。”莎伦说，“不过，我很高兴我们有几分钟时间单独在一起，这也是你把他支走的原因，是吗？”

“是的。”

“我想为昨晚谢谢你，为农展会以及你为我们做的所有事情。如果你下次再去我们那里，可以给我打电话。这是我的电话号码。”她从他手里抓过笔，把电话号码写在他膝上一个文件夹的内侧，然后用文件把它盖住。“我会放下手头的任何事情，在任何你喜欢的地方见你。”

“谢谢，”他说，“我也许会去找你。”

“你当然可以，但如果是加布接电话就挂断。”

“好的。”就在这时他在后视镜里看到了什么，立刻坐直身子，下了车，绕过车身，坐进驾驶座，发动了引擎。莎伦茫然不解地往身后看。

银行的前门大开着，加布正在拼命向汽车这边跑。两名穿制服的人紧跟在他后面，但是加布跑得很快。他每迈开一大步，速度就增加了几英寸。现在共有五个人从银行里冲出来，但是转眼间他们就被甩到了后面，因为他们跑不出加布那么快的步速。他们似乎也意识到了这一点，知道在这次追捕中他们不可能成为第一名，后出来的三个人甘愿落在比他们敏捷的同事后面，成了后卫部队。

后来领先者也落后了。加布仍然在加速，他昂着头，甩开手臂，玩命地向前奔跑，步子仍然迈得又快又大。身后的两个人一边追赶，一边掏出武器握在手里。

莫兰德听到其中一人大喊，“我们是警察！快停下！不然就开枪了。”两秒钟过去了，但是似乎是受了恐惧感的刺激，加布没有放慢步速。身后的两个人一起喊道：“快停下，不然我们要开枪了。”他们的威胁好像把加布吓坏了，他更加拼命地往前跑。

那两个人嘀咕了几句，停下来，双手握着武器，瞄准后开了枪。第一颗子弹打在了加布的背上，但是他还在往前跑。他们继续开枪，每次连发三颗子弹，有些击中了加布的腿和后腰。他的双臂伸展开来，脚步开始有些踉跄了。莫兰德弄不清接下来究竟是谁发射的子弹，只是看到加布的前额上出现一个洞，血汩汩地往外冒。这一枪要了他的命，他一头栽倒在人行道上，死了。莎伦尖叫起来。

莫兰德打开转向灯，驶出停车场，开上街道，混入了以每小时约 20 英里速度向前移动的车流中。

莎伦急疯了，“你这是干什么，迈克尔？他们向他开枪了。”

“他已经死了。如果我们不离开这里，也是死路一条。”

“为什么？是什么使得他们要伤害我们？”

“一场可怕的误会。他们一定认为他想抢银行。”莫兰德的视线在后视镜和前面的街道之间来回转移着。开枪的两个人正跪在加布的尸体边搜身。莫兰德看到莎伦正透过后车窗往外看，就对她说：“盯着他们。如果他们准备动用汽车，或者有警车开上街道，一定要告诉我。”

“好的。”莎伦似乎没有个人主见，不能想出别的办法，“你确信加布死了吗？”

“他的头部中弹了，莎伦。”

“你让他干什么了？”

“只是为一个客户取一笔钱，他甚至不需要销户。虽然取的是一大笔钱，但是还有更大一笔钱留在账户里。不应该有任何问题。”

“哦，加布！”莎伦放声大哭，“我太难过了。”她一直看着加布的尸体，直到再也看不见，但是她继续看着车后，直到他们上了州际公路。

“有人跟踪我们吗？”莫兰德问。

“没有。我们是不是该去警察局报案，告诉他们发生的事情。”

“现在还不是时候。”莫兰德说，“我们必须再走远些才能停下来想清楚究竟是怎么回事。首要的事情是保命，然后我们再弥补过错。我们现在无法帮加布了。我很抱歉，莎伦。如果我知道有麻烦，我决不会让他做这件事，也决不会让你们俩和我一起来。这太可怕了。”

“我们下一步做什么？”

“我们要确保在短时间内不撞上警察，这样他们才不会认为我们都是银行抢劫犯，并把我们也击毙。也许让卡本代尔的警察和斯普林菲尔德的警察沟通为好。”

莫兰德不再说话，默默地开着车。莎伦一个劲地哭。过了一阵子，她开始靠在他肩上抽泣。他们到达斯普林菲尔德时，莫兰德曾检查过里程表，车子行驶了 168 英里。他清楚他们将在什么时候靠近卡本代尔。

当他们越过城市边界的时候，莎伦也知道了。“我不能丢下他一个人回去。”

“你当然可以。”莫兰德说，“你没有做错什么。你只需对别人说加布告诉你他想去一趟银行，不久就从里面跑了出来。”

“我不能这么说，没人会信我。”

“这是事实。”

“这只是一部分事实，其余的没那么简单。”她停顿了一下，

“带我和你一起走。”

“你差不多就到家了。你什么也没有做。对你来说，这里是全世界最安全的地方。”

“我不能回家。”

莫兰德考虑着是否把她除掉。如果他在她家乡做这件事情，会让警察的推断产生偏差，这对他来说是有利的。也许他可以把她的尸体先藏起来，等过几天警察发现时，他们就会认为是加布杀了她。现在离莫兰德最近的枪放在汽车后备箱里。如果他停下车来取枪，莎伦一定会逃跑或尖叫，从而引起他人的注意。他还可以只停一分钟，把她的脖子拧断，把尸体扔进垃圾堆里，继续赶路。

他瞥了一眼莎伦，她那双湿漉漉的蓝色大眼睛正死死地盯着他，充满了哀求。他问自己为什么想杀掉她。她知道因为他派加布去银行为他取钱，加布才送了命。如果头脑敏锐的话，她也许会意识到警察不会因为一个嫌疑犯逃跑就把他击毙。他们这样做是因为他们认为他身上携带武器，能够杀人。

她想和他一起走，这说明她还没有意识到他很危险。虽然她现在伤心至极，疯疯癫癫的，但是很漂亮，而且脾气好。他回想起昨晚在宾馆和她在一起的情形。“这样吧，我建议你下车，去卡本代尔警察局，告诉他们发生的事情，所有的事情，也就是真相。你不会有事的，他们会知道你没有杀死加布，因为是警察干的。你也没有安排他冒用别人的身份去银行取钱，因为是我让他去的。”

“要是他们问我昨晚有没有和你在一起呢？”

“也许会问，但那又能怎么样？你没有结婚或订婚，不是吗？”

“这样一来他们就会知道我背叛了加布。这种事情总是会传出去。”莎伦说，“它会记录在档案里，我的父母会看到，加布的家人也会看到。大家都会认为是我让他做的这件事，或者是他想自杀之类的。”

他们在浪费时间。“好吧，随你便吧，我带你走。如果你改变主意，我再把你送回来，但是我不能总是待在这里，让发动机空转着。”

“谢谢你。”莎伦说，把头倚在他肩上，用手臂缠住他的手臂，“哦，谢谢你，迈克尔，我不会让你为这个决定后悔的，我保证。”

“好吧。现在我要开车了。”

“哦，对不起。”莎伦松开手。她靠着车门，缩在座位一角，闭着眼睛抽泣着。莫兰德不时扭头看看她，发现她的嘴唇在翕动。这是因为她在做祷告。

这一天剩下的时间莫兰德都在开车，沿 40 号州际公路一直往西开。莎伦默默无语，神情黯然。天黑的时候，他带她来到一家餐馆吃晚饭。他们坐在远离入口的一个僻静角落里，默默地吃着。然后他们各自去了一趟洗手间，返回到车上，继续赶路。

当他们向着落日行驶的时候，莫兰德说：“我想有人想谋杀我，他们本该击毙我，而不是加布，我永远不会忘记这一点。我只是想给他一个帮助我的机会。真是太可怕了。”

“为什么有人要加害于你？”

“我也不清楚，也许我的一个客户想逼我替他掩盖一些非法行为，但是我会去某个安全的地方查个水落石出的。”

“去哪里？”

“加利福尼亚。他们现在一定也在找你。人们知道你和加布一起去斯普林菲尔德了。我们要先躲一阵子。”

“你认为怎么好我就怎么做。”莎伦说，“要不要我开几小时？”

“好吧。”莫兰德在下一个出口处靠路边停下来，下了车，走到莎伦那一侧，为她打开车门。莎伦下车后，他用双臂抱住她。她似乎要探查他的内心世界。他能感觉到她在抽泣。他拥着她，轻轻地拍着她的背，耐心地等待着。

最后她说：“对不起，迈克尔。”离开了他的怀抱，向驾驶座走去，但是他拦住了她。

“等等，”莫兰德说，“如果你还没有做好思想准备，我们再待一会儿。”

“不用了，”莎伦说，“我已经准备好做你想做的任何事情。我不会妨碍你，也不会给你添乱。”

他钻进后排座位上躺下来。她坐进驾驶座，把座位和后视镜调整到适合的位置，沿着入口匝道重新上了州际公路。

二十七

提尔乐于接受满意的结果，但是现在他还不满意。负责萨拉查案子的波士顿凶杀案侦探马拉尼给他的照片看起来不对劲。尽管没有人在死后看上去和活着的时候完全一样——活着的时候往往看上去更好看——但是提尔见过太多人的生死转变，故而对此很熟悉。在提尔看来，在斯普林菲尔德银行外面被击毙的那名男子和他在波士顿停车场看到的那名男子或者在菲尼克斯看到的开着凯拉汽车的那名男子不是同一个人。他要去卡本代尔查明真相。

提尔租了一辆车，驱车前往加布里埃尔·托利维驾照上填的那个地址。他猜想他看过的那些照片今后几天将大量出现在这个地区的电视上。他停下车，在车内坐了几分钟，观察着这所房子。没有太多生命气息。窗帘紧闭着，房子周围也没有任何动静，至少没有警车出现在附近。

提尔下了车，走向前门，敲门，按门铃，再敲门，没有听到脚步声。他又按一遍门铃，终于听到了大步走过来的沉重脚步声。门打开了，门内站着的男子只是比照片上的人略大一点儿，但是有某种相似之处。“你找谁？”

“我叫杰克·提尔，是一名私家侦探。我之所以来这里，是因为我不认为加布里埃尔·托利维做了什么错事。”

那个人瞪着他看了几秒钟，一开始似乎在权衡如果揍提尔一顿会有什么后果，后来可能想这样做既愚蠢又痛苦。在踌躇的过程中，他意识到提尔说自己站在他的一边。

“我是他哥哥，叫戴夫，进来吧。”他退到一边让提尔进屋，站在门廊上把街道来回扫视了一遍，看看有没有其他人——也许是记者。然后他跟在提尔身后进了屋。

“我想警察已经来过这里了？”提尔说。

“他们开车过来把我带到了警察局。趁我在那里的时候，他们把这所房子搜了个底朝天，在一个上了锁的橱柜里找到了我父亲的旧猎枪，并拿走了它，别的什么也没找到。自从父亲死后，再也没人动过这东西，那差不多是在六年前。”

“他们拿走你弟弟的任何私人物品了吗？”

“我弟弟的东西都不在这里。”

“他不住在这里吗？”

“不，他在城镇另一边的大学附近有一个住处，和女朋友一起住在那里。”

“他们也审问她了吗？”

“没有。她和加布一起去斯普林菲尔德了。现在有些警察倾向于认为他俩想合伙抢劫银行，还有一些警察认为加布绑架了她，带到斯普林菲尔德，把她当作挡箭牌。我只知道这肯定和那个家伙有关系。”

“哪个家伙？”

“三天前，加布和莎伦在丹尼餐馆遇见了一个名叫迈克尔的人，他说要去斯普林菲尔德出差。当他俩说准备去参观农展会时，他主动提出让他们来回搭他的车。”

“你见过他吗？”

“没有。加布跟我提起过他。”

“你能给我说说加布吗？”

“他是个很棒的孩子，白天在我工作的汽车修理店上班，晚上在城镇边上的那家大加油站值夜班，每周去四五次。他和莎伦正在攒钱准备结婚，并且一起为一套房子付了首付。”

“他去斯普林菲尔德时有没有请假？”

“请了两天假。他们计划在那里过一夜，今天回来。”

“他上一次请假是什么时候？”

“该死，我甚至想不起来了。去年冬天有一天他生病了，我想那应该是最后一次。”

“你和他女朋友说过话吗？”

“当他被击毙的时候她没有和他在一起，现在她还没回来。警察正在试图找到她。”

“加布去那家银行干什么？”

“我不知道。也许那个名叫迈克尔的家伙用枪顶着莎伦的脑袋，逼着加布去抢银行。”

“你能说说莎伦吗？”

“我想对加布来说她也许是个不错的女孩，漂亮，性格开朗。差不多从八年级起他们就在一起了。她有时显得有些招摇和轻浮，但是我想她本性不坏。”

“你能告诉我他们住哪里吗？”

“华盛顿街 6363 号。他们的公寓在顶层。”

“谢谢。你有没有把这一切告诉警察？”

“告诉了，好像说了三次。”

“那么他们已经知道你弟弟不是坏人了。他们现在一定在集中精力寻找莎伦。”

“你怎么知道？”

“我从前也是一名警察，换成我也会这么做的。”提尔说，“他们希望在银行里抓到的那个家伙不是每周上 9 次或 10 次班，他一两周前还在波士顿。”他站起来，边说边向门口走去，“我为你失去亲人感到难过。审问你的人是普通警察吗？”

“不，有几个是卡本代尔的警察，还有一个穿制服的家伙自称是联邦调查局派来的，另一名警察有西班牙口音，他没说他是谁。”

“你有莎伦的照片吗？”

“有不少呢。她经常和加布一起来参加家庭聚会。等等。”戴夫走进一间屋子，出来时手里拿着一只鞋盒。他把鞋盒放在餐桌上，用手指扒拉着里面的照片，不时挑出一张扔在桌上。“这就是她。”

有一张照片是他弟弟和一个金发碧眼的女孩的合影。女孩 20 岁左右，身材娇小，笑容很灿烂。和加布的棕褐色皮肤相比，女孩的皮肤白得就像施了粉。他们正举着啤酒瓶祝酒。在另一张照片里，他们坐在一张餐桌旁，桌子上摆着装满食物的纸盘子。还有一张照片是她独自坐在一盒蛋糕前。

“我能借这里面的一张照片用用吗？”

“这三张有多余的。”戴夫拿起那三张照片交给提尔。

“谢谢你。我会尽力找出那个害死了你弟弟的家伙。”

“我希望你能成功。”

提尔走了出来，向自己的汽车走去。他把三张照片放在身旁的座位上。这个女孩陷入了困境。他希望当警察找到她的时候，他们看到的情景和往常不一样，不会有一颗子弹射穿她的后脑勺。

二十八

乔伊·莫兰德开三个小时就睡觉，接下来的三个小时由莎伦来开。他们连着两天都是这样，只是需要去洗手间或者需要买食物时才在加油站和路边餐馆停几分钟。大多数情况下由莫兰德下车买东西，因为警察正在寻找莎伦。

在阿尔布开克的一个停车场里，莫兰德正要上车，莎伦拦住他，并抓住他的一只手臂。莫兰德不解地低头看她，她踮起脚尖，吻了他一下，然后才钻进汽车。

莫兰德赶快环顾四周，看是否有人注意到他们。停车场一端有一位老卡车司机坐在卡车上看着他微笑，并且做了一个拇指向上的手势。莫兰德冲他挥挥手，坐进了驾驶座。

“你应该多加小心，”莫兰德温和地说，“那个卡车司机看到我们了。”

“对不起。”莎伦说，“我原以为别人离我们太远了，因此没什么好担心的。某个女孩在黑暗的停车场碰了一下一个家伙的嘴唇，一个也许明天已经在阿肯色州的司机看到了。我不知道这关警察什么事。”

莫兰德发动了汽车，“当然，你说得没错，但是给人们带来安全的是安全的习惯。”他沿着匝道进入了高速公路入口。

“安全的习惯？”

“我在执业过程中遇见过几个外出时需要避开他人注意的人，这是他们的经验之谈。你必须能够做到自动用一种危险性最小的方式行事。你行动时应该表现得像有人在监视你一样，即使你认为没人监视你。只有在迫不得已时才停车。只要能用现金付款就一定用现金付。很快，你就会完全不自觉地做这一切了。你不会做任何引起人们关注的事情。”

“我们一直在这么做，和疯子一样。”莎伦说，“我们现在已经离开伊利诺伊州了。这里就像火星之类的外星球，除了岩石以外再也看不到别的东西，也看不到一个人影。”

“我知道，”莫兰德说，“这是个不错的地方，可以让我们在进入人多热闹的地方之前先适应正确的习惯，这很重要。”他停顿了一下，“不要再听我唠叨了，你睡会儿觉吧。”

“我想先和你聊聊，好吗？”

“当然可以。什么事？”

“你知道我不能回卡本代尔了，是吧？”莎伦说，“我父母早就把我踢出去了，所以我才和加布住在一起。如果警察发现我和你睡在一起，我的家人就更没兴趣管我了。一旦警察认为你是个坏人，什么事都会发生。加布有一个大家庭，他的家人都认为他是一个非常乖巧可爱的小男孩，认为我不知廉耻，倒追他，因为他太腼腆，没有勇气追比我好的女孩。现在我成了孤家寡人，所以不能再住在那里了，那一段生活已经结束了。”她用眼角瞥着他说，“在我看来，你从前的生活也结束了。”

“只要回得克萨斯州，我肯定也会陷入麻烦。我开始相信我的客户真做了什么非法的勾当，警察当时正等着他去银行提取账户上的钱。”

“我们都陷入了困境，”莎伦说，“今后要相依为命了。”她等待着他的回应，生怕错过他话语中的任何一个音节，但是没有等来期待的回答。她迅速降低了期望值，希望他不会反驳或拒绝她。之后她蜷起腿，在后排座位上缩成一团睡着了。至少他没有拒绝她或扔下她不管，只是一味地沉默。她带着这种想法进入了梦乡。

第二天夜里，他们进入了加利福尼亚境内。莎伦看到路上的车道分割线由白色变成了黄色，还有竖起的蓝色反光灯。不久，出现了一个大意是“勿带蔬菜水果上路”的警告牌。她说：“我睡醒了，让我开吧。已经到加利福尼亚了，是吗？”

“是的。”

“感谢上帝。总是在路上，我有点儿烦了。我接替你以后，你想让我把车开到哪里去？”

“我想还是由我接着开一段路吧。我知道一个地方，天黑时我们去那里碰碰运气。”

在加利福尼亚东部的沙漠地带，夜晚显得无比空旷，但是路上并非空无一人。他们进入了莫哈维沙漠，行驶在拉斯维加斯和洛杉矶之间的道路上。每隔大约 20 或 25 英里，路边就会出现一块里程碑。有很多卡车和他们并肩同行，车轮匀速向前滚动。还有数十辆小汽车先是挤在他们身后，然后像子弹一样嗖地开了过去。尽管已经是深夜，来来往往的车辆始终络绎不绝。

黎明时分他们来到了洛杉矶的东北部。这里依旧是沙漠，但是出现了一片片的房屋。这些房屋坐落在由它们自身形成的网格状的街道上，从远处看上去一模一样。有些房子前面有砖砌的围墙，门牌上写着稀奇古怪的字母：Estancia de la Playa，Rancho del Mar，Villas di Firenze。

“住在这么偏僻的地方，人们靠什么生活？”莎伦问。

“他们在城里上班。洛杉矶附近的房子越来越贵，促使开发商持续向城市外围扩展。因为这些房子的价格相对便宜，人们宁愿花上几小时开车上班——有时要开 100 英里。”

他们来到一个出口，出来后上了一条直通沙漠的路。沿这条路开了 100 码，车前灯照亮了一块金属牌，上面写着“欢迎来塞拉·洛马”，牌子上的蓝色油漆已经剥落了。莎伦发现路边的尘土和沙漠一样，是棕褐色的，不像在伊利诺伊州草坪下面是潮湿的黑土。这种尘土是沙、鹅卵石和干裂的硬土块的混合物。

当他们到达道路的终点、进入一条条纵横交错的居住区街道时，莎伦心头涌起一线希望。这里的大部分房屋是她家乡房屋的两倍大。屋顶铺着彩虹瓦，瓦的形状看起来像从中间被劈开的排水管。墙差不多全是灰泥墙，但是有些房屋的外观是石板砌的或砖砌的。几乎所有房屋都是两层建筑，院门由双扇木门把守，和教堂的门一样大。门上方往往有一个造型奇特的窗户——八角形、扇形或圆形。有些还筑了几面山墙，使房子的轮廓看起来更加复杂。几乎所有房屋前的枯草坪上都有一块招牌，挂在一对坚固的粗柱子上。

“这些房子都是准备出售的吗？”莎伦问。

“远不止出售，”莫兰德说，“这片住宅区的大多数房子在三四年前就被法院拍卖了。”

“为什么？”

“长期以来，洛杉矶周围的房价一直在攀升，最后一次房价下跌大约发生在20年前。为了买房，人们贷款的数额越来越大。为了开发更多房源，开发商建的房子离城市越来越远。这片房子也许是开发商建的最后一批房屋之一。这些房子面积很大，也很气派，可惜位置太偏。突然有一天，全世界都意识到房价不能一直涨下去，接着就意识到很多人为买房而借的钱远远超过房子本身的价值。”

“这听起来很傻。”

莫兰德耸耸肩，“他们当时认为这是聪明之举，因为每个人都对他们这么说。”

“这地方看起来就像所有人都在同一天离开了，像一座鬼城。”

“花了几年时间才有了今天的样子。有些人坚持了一段时间，因为他们认为房价还会反弹，结果没有反弹。有些人失去了工作，几乎到了山穷水尽的地步，因此第一个月就没有付按揭款。大量房屋被法院拍卖。有些人没有等待，他们待到银行给他们的最后期限后就离开了。最后买房的那批人买房时的房价最高，借的钱也最多，但是他们没有时间慢慢偿还贷款。最后他们申请了一种特殊的贷款，被称作‘说谎者的贷款’，这种贷款不需要你去证明自己具有偿贷能力。”

“每个人都同时这么做吗？”

“差不多。别人愿意支付给你多少钱，你的房子就值多少钱。如果隔壁的家伙从一栋和你的房子一模一样的房子里走开了，你的房子就卖不掉了。最后连那些留守者也待不下去了。”

“这么说所有这些房子都是空房子吗？”

“我猜有些房子里住了几个人，”莫兰德说，“是一些非法占据者。我们要弄清楚哪些房子里有人。”

“为什么？”

“为了避开他们。”

“你的意思是我们要待在这里？”

“只是暂时的。”

“为什么？”

“我想在我们进入一座每天有 1000 个人看到你的城市之前，需要了解警察究竟在花多大力气寻找你。”

莎伦沉默了一会儿，然后说：“好吧，我们要找什么样的房子？”

“我们要找一栋好房子，不需要很大，但是要舒适。我喜欢前面是砖砌或石砌的房子。我们需要一个车库，而不是泊车棚。我们要找一栋位于一排房屋中间的房子，这些房子必须都是空的。还要找房前挂着‘出售’或‘拍卖’标志的房子，上面有东部大银行的名字。银行不会派人来照看这些正在拍卖中的房产，他们会原封不动地让它们空着，等待时机到来时捞些油水。”

两人穿过一条条空荡荡的街道。路边的房子有些看上去像压缩的西班牙庄园，有些像迷你型的意大利宫殿。看够了的时候，莎伦就眺望远处黑魆魆的大山，上面连一丝微弱的灯光都看不到，或者看另一边浩瀚无垠的沙漠，那里呈现的唯一生命迹象就是远处的高速公路。间或会有一对车头灯朝地平线方向移去，一瞬间换成了一对红色尾灯。有时她问："这栋怎么样？"

"有我们需要的标志，但是已经有非法占据者了。看到拐角处了吗？后面有一辆SUV。"

还有一次莎伦这么问时，莫兰德说："不行，看那些植物都还活着，说明有人给它们浇水。"

后来他们看到一栋外表上符合要求的房子，但是莫兰德只是减慢了车速，并没有停下来。"窗户被封住了，我想寻铜人已经来过这里了。"

"什么是寻铜人？"

"就是拾荒的人。他们进来以后见什么拿什么——洗脸池、马桶、管子、灯具，只要能拆下来并且能搬得动的，他们统统拿走。人们称他们为寻铜人，因为铜管是他们的最爱。"

莎伦决定闭上嘴巴，耐心等待。大约过了一个小时，莫兰德说："这栋房子看起来不错。"他把车开进一栋轮廓很高的房子的车道，在有三个车位的车库前停下，下了车，消失在夜幕中。几分钟后，其中一扇车库门打开了，莫兰德从里面走出来，把车开了进去，然后关掉引擎，拉下车库门。

"电源没有打开，但是只要断开电动机，门很容易就打开了。"

莫兰德走到房门前，莎伦下了车，站在一边看着。莫兰德从口袋里掏出一把折刀，打算把门锁撬开。刀片插进锁中后，他用肩膀使劲一撞，门开了。

莫兰德走进屋子，在黑暗中摸索着，“莎伦，把储物箱里的手电筒拿过来。”

莎伦既怕落单，又怕黑暗，纠结了一会儿，决定最好还是服从，就回车里取出了手电筒。尽管她很想打开手电筒，但是遏制住了这种冲动，因为他没有让她打开。

莫兰德接过手电筒，打开，用手电筒的光束扫射着房间。挨着门厅的是短短的过道，顺着过道往里走有一间宽大的厨房，里面既无冰箱也没有灶具和洗碗机，但是有两个硕大的不锈钢水池，也有灯具。

莫兰德离开厨房，莎伦紧随其后。起居室很宽敞，有一个壁炉，还有一些内置式橱柜和物品架，但是没有家具。壁炉引起莎伦的好奇，这里会冷到生火的地步吗？

她跟在莫兰德身后走进宽大的玄关。地板上的图案是黑白方格，看上去像石材。她脱下一只凉鞋，脚板踩在上面，感觉到了沁人的凉意。一扇厚重的实木大门，装着不锈钢五金配件，就像她家庭医生诊所的外门——一块大大的钢板，上面突出一种弹簧开关。门下端还有一个固定插销，插销杆插入地板上掘的孔里。门上方悬着一扇环形窗，里面装的支杆使窗户看上去像一个馅饼。

朦胧昏黄的月光透过高高的窗户和头顶上的天窗洒了进来，使室内有了些许亮光。莫兰德关掉手电筒。

莫兰德走到环形楼梯处，爬了上去，莎伦紧随其后。楼上有三间小卧室和一间带有步入式衣帽间的大卧室，每间卧室中央都有一个陈列柜，另外还有一个内置式梳妆台及物品架。莫兰德说："不错。"

"不错。"莎伦表示赞同。

莫兰德环顾房间一周，打开柜门和抽屉，又一一关上。最后他在一间卧室的地板上找到几张搬家公司扔下的毯子。他捡起一张，闻了闻，似乎很满意，递给莎伦看。"看起来还不错。我想可能是搬家公司的人丢下的。"他把一张毯子铺在地板上，觉得不够又铺了一张，"你想在上面盖一张吗？"

"可以。"

莫兰德把一张毯子盖在上面，把它卷起一小截，"这样就可以了，我们在这里睡吧。"

他们就这样睡下了。此后的日子里他们养成了一个惯例。莫兰德天天晚上外出，上午对房子进行改造。他在附近一栋废弃房子的车库里找到了一个木炭盆和一大袋木炭，这样他们就能够烧饭了。然后他开车去贝克尔斯菲采购了大量日用品——一个冷却器和一些冰块、两张薄床垫、床单和两个枕头。头一天夜晚，因为没有水冲马桶，他们就在里面放了一只大垃圾袋。第二天，莫兰德用大扳手拧开了路边水表箱里的水阀。他把楼下的浴盆注入凉水，又用水桶提些热水倒进去，这样他们就可以洗澡了。他买了蜡烛和手电筒，因此他们并不怎么渴望电。一旦可以烧饭、洗澡、洗衣服和睡觉，莎伦就不怎么伤心了。而莫兰德好像每天都能想出新鲜的点子。

他逐一搜查小区里的空房子，寻找被人丢弃的物品。他们来后的第五个夜晚，莎伦说："我可以和你一起去吗？"

莫兰德静静地站着，盯着她看了一会儿，好像在掂量这件事的后果。尽管莎伦知道他会说"不"，仍然感激他装出来的郑重其事，没想到他却说："好。"

莎伦高兴坏了，跳起来给了他一个吻，"我穿什么衣服好？"

"深色衣服和运动鞋，不要穿凉鞋。按说我们不会撞见其他人，但是万一撞见了，就要躲开他们，甚至跑开。"

"好的。"莎伦答应着，急忙去做准备。她穿上黑色牛仔裤和蓝色T恤，把头发扎成马尾辫，戴一顶莫兰德在贝克尔斯菲买的棒球帽，把辫子塞进帽子里。

今天莫兰德找到了这栋房子的一套钥匙，它藏在车库一扇小窗户上面的卧式螺柱上。他们离开的时候，他锁上了屋门。

今晚比平时热，虽然有微风，但让人感觉像是从敞口的炉子里吹出来的。"是东风，明天还是大热天。"莫兰德说，"我一直盼着天气变得凉爽些。"

"我们必须熬过去。"

莫兰德笑了，"你知道这里会有多热吗？"

"不知道。"

"明天你就知道了。"

莎伦喜欢在黑暗中走在空无一人的街道上，在小区里探险。莫兰德已经找到了几条无人居住的街道，还发现了五套依然有顽固分子居住的房子。

游泳池是个问题。院子里一团漆黑，虽然房子被弃置数月了，大部分游泳池里仍然有半池温热的水。如果莎伦不留心，很容易就会掉入其中。有一次因为看到了水中月亮的倒影，她才没有一头栽进去；还有一次因为闻到了死水的味道，她才绕开了。

他们边走边找对他们来说有价值的东西。走了几个小时，莫兰德在一间车库里找到了一捆长长的重型延长线，就扛了起来。后来他又发现了几乎一整套手工工具，但是最好的东西是在拂晓时发现的。那时他们正沿着一排房子背后的街道往回走，已经离住处不远了，莫兰德突然停下脚步。

“嘘，”他把捡到的东西放在地上，小声说，“听！”

莎伦愣在了原地，莫兰德慢慢靠近房子背后的篱笆。莎伦终于明白他听见了什么声音，是一个泳池电机，转速非常慢。莫兰德走到一段木篱笆后面，找到电机，把手放在上面感受着它的震动情况，随即站起来指指屋顶。

屋顶上覆盖着太阳能电池板。“这是住处的钥匙，”莫兰德说，“我一会儿就回来。”

“我不能留下来帮帮你吗？”

“好吧。”他说，“你到房角处去给我望风。要是看见有人过来，马上告诉我，我们就躲在电机旁边。”

“好。”

莎伦找到一个很好的观察点，观察着附近的街道和远处州际公路上疾驶而过的汽车。

莫兰德走到房背后，找到电箱，关上电源，取出随身带的折刀，把捡到的延长线的线头接在泳池电机的线路上，向他们的住处走去，边走边放电线。这捆电线用完后，他走进屋子，扯下一段原先接在电源上的电线，拿到室外，把它接在新扯过来的电线上，继续向前走。“挖一道沟把电线埋起来。”莫兰德对莎伦说。

莎伦发现这个工作并不难做，她用一根棍子就能完成，因为地面是松软的沙土和鹅卵石。她干活的时候，莫兰德已经回到他们的房子里，把延长线接在了线盒上。莎伦把所有电线都埋进了土里。除了挨着他们房子墙边的电线露出几英尺外，其余的什么也看不见。这项工作完成后，莫兰德打开了电源开关。

后来，当日头升高、不远处晃动着海市蜃楼、大地烫得像一块烙铁时，莫兰德打开了空调。空调的功率不高，他们就把几乎所有门窗都关得紧紧的，只在主卧室里敞开两扇窗户通风。他们在垫子上做爱，然后静静地躺着，享受着清凉的空气轻抚着汗津津的皮肤的感觉，酣然入梦，直到夜晚再次降临。

二十九

在卡本代尔，没有谁能记得和加布及莎伦一起去农展会的那个人。丹尼餐馆的一个服务员记得看见他们俩和邻座的一位客人说过话，但是想不起来那人的长相了。她认为也可能是加布的哥哥。

莎伦的亲戚对警方的询问不太配合。她父亲名叫沃尔特，莎伦一过青春期，他就对她撒手不管了。她 12 岁的时候，他让她每周六去他的五金店工作几个小时，干打扫卫生的活儿。13 岁的时候，她只是上午在商店待个把小时，提前从会计那里领取报酬，等星期天商店关门时再过来把落下的活儿补上。这样她实际上没干多少活儿。晚上的大部分时间她是守着电话度过的，对功课缺乏兴趣。

莎伦的母亲马蒂不赞成丈夫对女儿的评价。当沃尔特说莎伦懒惰时，马蒂说："莎伦是个梦想家。"

提尔很多年前就学会了在提出一个问题后专心地听对方回答，不轻易打断对方。

沃尔特说："她的确继承了一样东西——她母亲的长相。她是个漂亮丫头，但是这没有给她带来多少好处。她还很小的时候，我就注意到一些岁数大的家伙盯着她看。很显然，他们中的一些人巴不得我对她放任自流。”

马蒂说：“莎伦一上中学，就不得不去五金店干活，因此不得不学会和成年男人打交道，学会分清扭力扳手和套筒扳手，同时还要学会做一个好女孩。”

沃尔特在马蒂背后翻着眼珠子说：“莎伦长大成人后，我们对她抱着很大希望，想让她上大学，但是她做到的却是成为加布里埃尔·托利维的女朋友。”他叹了口气。

“你认为在斯普林菲尔德出了什么事？”提尔问，“他们俩遇见了一个男人，和他一起去了农展会，然后呢？”

“我不知道。”沃尔特说。

马蒂说：“我们不能确定还有另外一个人。他从哪里冒出来的？加布的哥哥说加布对他说有个人开车送他们去斯普林菲尔德。这人是谁？”

“你怀疑这是假的？”

“我的意思是它听起来不太可能。加布自己有一辆车。”

提尔说：“加布和莎伦显然是把这辆车放在加布的哥哥家里了。”

“真的吗？有谁看见过？”马蒂说，“我的意思是除了加布的哥哥以外？”

“车子还在那里。”提尔说。

“我想他之所以不开自己的车去，也许他打算抢银行。”

提尔不说话。

“你认为谁会抢银行？”马蒂问，“只能是加布这种一事无成的人。这种男人永远不会有大出息，在自己哥哥的修车店里打杂，周末在加油站上班。我想是他拐走了我们的漂亮女儿莎伦，并且把她推进了火坑。”

“你认为出了什么事？”

“我认为他带她走是要把她卖给某个人，这就是他们说的另外一个人。”这种猜想让她的眼泪流了出来，“我想他一定是认为这个小镇对他来说太小了，他认为自己可以成为一个大人物。我估计他是想赌一把，来改变自己的命运。他用自己的汽车作为交换条件，让他哥哥为他们撒谎。他一定是卷走了他们俩所有的积蓄，到斯普林菲尔德把莎伦卖掉后又去抢银行。这些你都能查到。警察在他们的公寓里没有找到钱，一个子儿也没找到。”

“你有没有她的能借给我复印的照片？我保证把原件还给你。”

“你要照片做什么？”

“这几个月来我一直在找一个人，他可能就是和加布及莎伦一起去斯普林菲尔德的人。”提尔说，“如果莎伦在他手里，那她的处境就比较危险了。”

“莎伦的照片对这能有什么帮助？”

“我不知道这个人的名字，也没有他的照片。但是如果他和莎伦在一起，我带着莎伦的照片也许有些用处。”

马蒂站起来走到一个大餐柜旁抽出一本家庭相册，打开后浏览着。提尔看到里面有很多照片。她不时地抽出一张，看一眼，再放在一边。提尔发现她和加布哥哥的举动极其相似。

提尔接过照片，没有看一眼就收了起来。“谢谢你们，我会尽我所能，争取早日找到她。”他向门口走去，“找到她后我让她给你们打电话。”

提尔出了镇，向斯普林菲尔德驶去。他们三人既然去了农展会，也许一些新闻画面上或者收银台旁边的摄像头里会留下他们的身影。如果他们住在一家宾馆里，肯定会被抓拍到一些镜头，几乎所有宾馆的楼道里都安装着摄像头。

如果能看到宾馆摄像头拍摄到的他们的画面，提尔能猜出是什么——在夜里某一时刻，他会看到男友和莎伦进了同一个房间。

提尔坐在一家宾馆的办公室里看一段视频，反反复复看了十来次。他看到那个年轻人走出电梯，看看墙上的指示牌，找到680房间所在的楼道，迎着摄像头向那个方向走去。他穿一件薄尼龙风衣，头戴一顶棒球帽。

他就是提尔在菲尼克斯及波士顿见到的那个年轻人，让人看到的总是一团模糊的阴影，或者一个轮廓不甚分明的黑白影像，就像现在画面中看到的一样。这个身影肩膀宽阔，有着游泳运动员一般匀称的体形，但是提尔看不清他的脸。这个人已经在农展会上转了一天，但是他的步伐看起来却像一个得到了充分休息的运动员的步伐。大多数时候他低着头，棒球帽遮住了脸。整整一周，中西部内陆地区都是高温天气，因此他穿风衣的目的很可能是为了隐藏随身携带的武器。

提尔看的下一段视频解答了他的几个疑问。是莎伦，她走出电梯，顺着楼道走向同一扇门，回头看看身后，确定没有其他人之后，她敲了几下房门。见无人回应，她把耳朵贴在上面听了听，再次敲响了房门，声音比刚才略大了些。正当她要透过猫眼向室内看时，门却打开了，她一闪身钻了进去，房门重新关上了。后来，她一个人走出房间，向电梯走去。

宾馆的安保问提尔："你想拷贝这些视频吗？"

"不用了，谢谢，"提尔说，"我没有发现想要的东西，但是不管怎么说非常感谢你提供的帮助。"他要求看视频时已经给这个人塞了500美元。

提尔离开宾馆的办公室，顺着走廊来到大厅，想象着此刻他在监控摄像头里的模样。他走出宾馆，上了汽车。事情和他猜想的一样。和其他女孩相同，这个女孩见到男友后心里想："为什么不呢，不会有害处的。"然后就和他上了床。也许是她说服了加布去银行替男友取钱。

提尔拿出莎伦的一组照片，仔细端详。她长得十分标致，如果说她纯真无邪不恰当，但是至少看上去很天真，显得心无城府。人们看到她的照片后会立刻产生同情心。提尔从中挑出几张最满意的，把它们收好，以免被折坏。他看了看汽车里放的道路交通图，发动引擎，向北部的芝加哥开去。

今晚他打算住进一家宾馆，上网搜索信息。他打算明天就和中西部各大电视台的广告部联系。下一步他准备乘飞机去洛杉矶，再和当地的电视台联系。他眼前出现了一则广告——一个金发碧眼、皮肤光洁白皙的女孩的照片，旁边有一行字：你见到莎伦了吗？

三十

莫兰德慌慌张张地从后门进了屋，反锁上门，把莎伦拉开的窗帘拉严。

“出什么事了吗？”莎伦问。

莫兰德背靠墙站了几秒钟，似乎在思考如何回答莎伦的问题，“是的，我出去的时候看到了几个家伙。我几乎可以肯定他们没看到我，但是他们好像在找什么。”

“什么意思？”

莫兰德向车库走去。莎伦听到他打开汽车后备箱，在里面翻腾了几分钟。稍后他回来了，关上门，“你用过枪吗？”他提着一只硬硬的小手提箱，看上去像随身携带的旅行包。

“小时候有一次爸爸带我出去，让我玩过他的一把老式点 22 口径手枪。加布的哥哥有一次带我们出去打过枪，好像是一把点 38 口径手枪，非常特别。”

“好，这是个开端。你知道你必须把枪拿稳，当你扣动扳机时，枪就会发出一声响，在你手中跳动。”

莎伦皱皱眉头，这副神态让莫兰德想起她还是个孩子。她现在看上去像一个年仅 10 岁的小女孩，瞪着一双蓝色大眼睛，下嘴唇轻微颤抖着，“我们为什么要说这些？出了什么事，迈克尔？”

莫兰德提醒自己迈克尔是他曾告诉过她的唯一名字，“我说过了，我看到几个家伙在小区附近转悠。”

莎伦的声音由低变高，几乎要哭起来，“我们离开这里不行吗？”

莫兰德说：“你用不着绝望，他们也许没有注意到这栋房子。从远处看，它和其他房子没什么区别。我们把电线埋了起来，因此他们不知道我们有电。自从我们来到这里以后，汽车一直藏在车库里。我们也没有使用电灯。”

“但是你说他们在寻找什么东西。”

“是的。我的意思是说他们是小偷，他们会闯入某栋房子里，把能带走的东西带走。这里有好多房子呢。我们要做的就是做好准备，见机行事。很可能我们再也不会见到他们了。”

莫兰德把手伸进手提箱内，扒拉开几样物品，拿出一把暗灰色的半自动手枪，“我想让你今晚一直拿着它。”

“但是我不会——”

“我不能再浪费时间了。我们之所以沦落到这一步，是因为你想让我带你走。我所做的一切都是为了保证你的安全，因此你要照我说的做。”

她低头想了想，抬起头来看着他说：“好吧。”

他抓住她的手，抬起来举在她面前，把手枪的握柄塞进她的右掌心里，又把她的左手摆好，协助右手握枪。

“像这样把扣动扳机的手指放在护弓的外面，”他示范着，“在你瞄准某个目标射击之前一直放在这个位置。这是一把格洛克

19，和警察用的一样，又轻巧又方便。”

“好的。”

“看到准星上的那个白点了吗？把它移到目标上，确保它在两个后准星的中间位置。”

“怎么解除保险？”

“你按压扳机时，保险就解除了，就会听到砰的一声枪响，松手后保险自动归位。现在你可以瞄准了。”

“瞄准什么？”

“随便。门吧。”

她举起手枪，闭上一只眼睛。

“注意这里。”他说，把手放在她的膝盖后面。

“拿开手，痒。”她摆动了一下屁股。

“稍微弯一下膝盖，伸直手臂，上身略微前倾。调整好呼吸。对，就这样，比刚才好多了。再略微前倾一点儿。想象一下，有个家伙正从那扇门走进来。他迫不及待地想撞倒你，伤害你。我们处于孤立无援的境地。现在他出现了，就在那儿。好极了。”

她放下手枪，开心地笑着，把面颊朝他的嘴唇凑过去。

他心不在焉地吻了她一下，从她手里接过手枪，“好的，下面这些内容你必须牢牢记住。你手里拿着一把装满子弹的手枪坐着，听到那些家伙的汽车开进了车道。当你仍旧是一个人的时候，你要做的事情是向后拉滑套，直到感觉到弹簧把第一发子弹压进了枪膛里，然后松开。你的指头放在哪里？”

“护弓外面。”

"很好。现在那帮家伙走进来了，假设有三个人，你怎么做？"

"不要动，不然我就开枪了。"她说。

"幸亏我问了。你什么都不要说，只管开枪。先干掉离你最近的那个人，然后再干掉其他人。里面有17发子弹，你要不停地开枪，直到他们全都倒下不动为止。"

"但我甚至连他们是不是罪犯都不知道。"

"等他们找到你的时候，他们已经把我杀了。他们是奔着你来的。如果你不干掉他们，其结果就是你死。他们来这里就是要找麻烦的。"

"我不想枪杀任何人。"

"也许你不需要这么做，但是必须做好充分准备。"

她噘着嘴巴看着他，"我仍然不知道我们为什么要这么做。"

"我们可以不这么做，可以离开这里，去一个有很多警察保护的地方。如果其中一个警察认出你来，他们会非常高兴地把你带回伊利诺伊州。"

"我不能回去。我能说什么？他们一定会问我为什么在这里。他们会认为我和加布是一伙的。"

"那么我们最好老老实实待在这里。"莫兰德上楼把他们的毯子搬下来，铺在起居室的地毯上，又拿来几瓶原先放在车上的饮用水。白天出去的时候，他买了一支猎枪。他在起居室的壁凹里坐下来，把枪对着门。

他们缠绵了一阵，直到累了才停下来睡觉。凌晨3点的时候他们听到了汽车声。莫兰德先醒了，又把莎伦摇醒，"快醒醒。"

莫兰德坐起来，侧耳倾听，小声对莎伦说：“待在壁凹里不要动。万一有人进来，你知道该怎么办。”他把弹匣咔嗒一声扣进格洛克 19 的握柄里，推进枪膛，递给莎伦。

莎伦看到他的侧影在窗外闪了一下，然后就不见了。她穿上牛仔裤和 T 恤衫，把一条薄毛毯披在肩上，一是因为它是深蓝色的，二是因为当用毛毯裹住双肩的时候，她感觉到更加安全。她紧紧握着手枪。

莎伦已经听到门外传来汽车声和几个男人的声音，但是自从迈克尔离开之后，一切又陷入了沉寂。她猜想是不是他们意识到这栋房子里有人后就离开了。这是最明智的举动。也许她应该在门外挂一块“不准私自闯入”的牌子。她只需晚上把牌子挂出去，天亮后就拿进来，因此只有那些需要被警告的人可以看到它，这也比她现在要做的事情好多了。有很多事情比一个人孤零零地坐在黑洞洞的屋子里，等着向某人开枪或者被强奸要好。想到这里她害怕极了，她一直认为这种结局就意味着世界末日的到来。

大约 15 分钟以后，她开始琢磨起迈克尔来。他自称是一名律师，为什么要在汽车后备箱里装着手枪和猎枪满世界跑呢？她知道他来自得克萨斯州，很显然，这是那里人们的生活方式。在这个国家那些曾经是“古老的西部地区”，枪支管理比较宽松。她想起加布被杀死的那家银行。迈克尔本来计划为一位客户从银行取一大笔钱。他已经料到要开车携带那笔钱返回得克萨斯。莎伦猜想他带枪的目的是为了保护那笔钱。这种解释合情合理。

莎伦收回分散的注意力。迈克尔去哪里了？

突然传来玻璃被击碎时发出的声音，哗啦一声，就像有人用撬棍砸在了玻璃上。接着是咔嚓声和叮当声，听上去就像某个人在清除没有掉下来的玻璃碴。莎伦的身子又往壁凹深处缩了缩。

她听到前门门闩咔嗒一声响，一个人从对面走了过来。莎伦感到一阵恐慌和绝望。也许他们已经抓住了迈克尔，并且悄无声息地把他弄死了。

她站起来，肩上依然裹着毯子，向打碎玻璃的地方——厨房走去。他就在那里，比迈克尔矮一些，但是更壮实。他正像幽灵一样向她靠近。

莎伦很感激迈克尔已经告诉过她该怎么做——什么也不说，只管开枪。她摆好站姿，扣动了扳机。枪口冒出一团火，那个人摇摇晃晃地后退了几步。不要停止开枪，直到对方倒在地上一动不动时再停下。莎伦瞄准那个摇摇摆摆的身影又射出三发子弹。他看起来好像受到了重拳的击打似的，双腿一软倒了下去。

这时莎伦听到有人扑倒在前门上，再听像是有两个人：扑通，扑通。

猎枪发出的声音比她手枪发出的声音大得多。砰——砰——莎伦听到两声震耳欲聋的声音，随后又恢复了寂静。她举着枪走进起居室，看着前门。上面不知被什么砸出了两个破洞。

门打开了，迈克尔跨过躺在门廊上的两具尸体走了进来。莎伦发现从门外看上去，那两个破洞更加惨不忍睹。门上有什么东西在反光，好像是液体。是血吗？“天哪！”她说。莫兰德关上了门。

他说：“是我。”

“我知道。”

“我想还有两个人，至少还有一个。”他走到手提箱旁边，“我们必须提防他们。”莫兰德向门外走去，莎伦跟在他身后走进夜色里。热乎乎的空气中没有一丝风，在沉重的寂静中她深切地感受到了这个地方的冷清。迈克尔已经核实过附近的房屋无人居住，因此这些房子里不会传出任何声响。她凝神静气，仍然听不到任何声音。

一辆开着头灯的汽车出现在一两英里外的州际公路上，沿着地平线向远方驶去。当它行驶到距离他们最近的地点时，在寂静中能听到车轮和地面摩擦发出的嘶嘶声。

莫兰德走到前门廊，拍拍他用猎枪打死的两个人的尸体，找到了两把汽车钥匙，又回到屋里，在另外一个人身上找到了一串钥匙。

莫兰德和莎伦转到房子背后。莎伦已经注意到莫兰德喜欢贴着后墙根走，也知道他这样做是不想引人注意。但是现在她知道他这样做也是为了发现出没在小区附近的人。当莫兰德一个院子挨着一个院子向前走的时候，莎伦紧随其后，小心翼翼地避开游泳池、烧烤炉和浴缸。有时他会驻足聆听一两秒钟。为了遮住自己的影子，他会尽量挨着较高的建筑物走。他们沿着和街道平行的路线向前走了一阵。莫兰德突然停下脚步，转过身来。

莎伦看着他冲出一栋房子的后院，在两栋房屋之间奔跑着，快速穿过街道。她也在他右后方加快了步伐，但是被远远地甩在了后面。她没有机会追上他或者缩小两人之间的差距。他不再是一个人，而是一只追赶兔子的狗。

小区的最后一条街出现了。这条街只有里侧盖着房子，街对面是大片的田野，一直延伸到州际公路。莫兰德只用四五步就跨过了铺着沥青路面的街道。一个人从田野里站起来，撒腿就跑，但是刚跑几步，莫兰德就追上去用手臂箍住其脖颈，紧紧抓住对方。他把那人摁倒在地上，用枪托向对方身上砸去，一下，两下……然后他在那人身边跪下来，从口袋里掏出一样东西，做出一个动作，在莎伦看来像是在割那人的喉咙。

莎伦停下脚步，后退几步，转身向他们的房子走去。她没有跑，不是因为她已经累得跑不动了，而是因为她认为只要她走路时不发出声音，就不会被人看到。她沿着他们房子的墙边走到后门，打开门走了进去。这时她才想起被她打死的那个人还在厨房里。她从厨房的抽屉里取出手电筒打开，看清了那具尸体。

这是一个年轻人，上身穿件黑色无袖T恤，下身穿条牛仔裤，脚蹬黑色工作靴，头发是金黄色的。地上有一摊血。莎伦关掉手电筒。她似乎听到迈克尔回来了，但是又怀疑脚步声来自她的想象。她希望黑夜尽快过去，但是到那时眼前的情景会更加惨不忍睹。门廊里和厨房里都有尸体。

她发现只有待在外面她才能受得了。她走到院子里，坐在一把草坪椅上，把枪放在腿上。几分钟后莫兰德回来了，对她说："过来帮我一下。"

莎伦走过去。她没有想到车道上停着两辆车，一辆是厢式货车，一辆是带篷皮卡车。莫兰德说："我们要把地上的四个人都装进货车里，我有车钥匙，先从厨房里的那个人开始。"

他们先把这具尸体滚到一块破旧的地毯上，然后扯着地毯角把它拖到了货车旁边。莫兰德抬着尸体的头部，莎伦抬双脚，把它从货车的侧门放进车厢内。莎伦没想到自己竟然能够做到这一点。门廊里的两具尸体他们依法炮制。随后他们钻进货车驾驶室，开到最后一条街，把第四具尸体也装到了车上。莫兰德花了一些时间找到四只钱包，又把货车里面有用的东西搜了出来，然后开车返回。

“你开皮卡车，跟紧我。”

莫兰德开着货车出了小区，上了州际公路，开了 20 英里左右，拐上一条路面变窄的小路，之后又上了一条更窄的土路。到了这条路的尽头后，莫兰德把车开到一条峡谷边。他坐进皮卡车的驾驶室，用皮卡车把货车推进无底洞般的黑暗峡谷里。莎伦听到货车穿过茂盛的灌木下坠时发出的声响，随后声音就停止了，没有传来撞击声。

莫兰德开着皮卡车回到住处。他打开车库开出自己的汽车，让莎伦坐进驾驶座。随后他开着皮卡车，莎伦开着他的汽车跟在后面。他们沿州际公路向相反方向行驶了 20 英里，找到一条远离公路的深谷，用他的汽车把皮卡车推了下去。

返回的路上，两人谁都没有说话。回到住处之后，他们锁好门，莫兰德把一块三合板钉在窗户的破洞上。躺下后莫兰德很快就入睡了。莎伦躺在他身边难以入眠，在黑暗中睁着眼睛。

那时杰瑞·埃斯科瓦尔离那栋房子有 10 英里左右。当那个家伙追赶胡安·卡布雷拉的时候，他就躲在仅 50 英尺开外的灌木丛里。他听到厨房里传来杀死乔迪·凯莱赫的砰砰枪声，也听到前门口传来的猎枪声。

惨剧发生后，杰瑞连滚带爬地穿过丛林逃了 10 英里，但是事情还没有结束。他和同伴们来这个人迹罕至的小区是为了从那些废弃的房子里弄些废旧物品。他们都没有带武器，因为他们没有料到会遇到麻烦。他们把两辆车停在那栋房子附近，下了车，正摸索着寻找进入房子的便捷途径时，那个家伙开了火。

他和乔迪·凯莱赫通过砸碎的窗户打开门进了屋，这时那个女人开了枪。她拿的是手枪，疯狂地向他们发射子弹。如果知道屋子里有人，他们就不会进去了。

杰瑞沿着路肩向前跑着。他要在太阳升起之前到达下一座城镇或下一个公路服务区，他不记得这两者孰先孰后了。哪一个都行，不然他会热死在路上。

杰瑞把手机丢在家里了，因为警察可以通过发射塔存储的通讯记录识别手机用户并确定其所在位置。他打算找一部付费电话给堂兄打电话，让堂兄来接他，把他送到贝克尔斯菲。他会把今晚的经历记一辈子，还有那个女孩，特别是那个女孩。

他在女孩枪口冒出的火光中看清了她。她是那么年轻，那么美丽，有着金色头发和奶白色皮肤，活像一个降临人间的天使，然而她却杀死了乔迪·凯莱赫。当她站在卡车前面，车头灯射出的光照亮她全身的时候，他看了她很长时间。他的脑海里已经深深地印下了她的容貌，至死都不会抹掉。

三十一

有线电视台反复播放着提尔发布的启事。网站上有追踪遭绑架的遇害者和逃亡者的文章。全国的所有警察局或治安部门都有一套莎伦·隆的照片和一则“寻人”布告。

提尔不断地把莎伦的照片发给越来越多的地区和机构。几个月来他一直在寻找男友，这次他下定了决心，一定要抓住这个有利条件。提尔相信如果他在几天内不能取得成功，莎伦就会遭遇和其他女孩一样的下场，后脑勺上也会留下一个直径为 9 毫米的洞。

几天后提尔才注意到电视里的另一则寻人启事。发布人声称如果有人打电话提供绑架莎伦·隆的罪犯的线索，他们会提供一笔酬金。启事中提供的电话号码不像警察机构常用的号码，但也不是无聊的恶作剧。提尔用付费电话打过去时，电话另一端传来一个愉快的声音，听上去像位干练的女士。提尔不确定是自己想象女士的口音里略微带点儿西班牙口音，还是怀疑墨西哥警方在损失两名警员和一名检察官之后不肯善罢甘休。

于是提尔就给波士顿的马拉尼侦探打电话询问此事，对方也不清楚这则寻人启事的幕后人物是谁。接着他又给其他城市——

卡本代尔、斯普林菲尔德、菲尼克斯、洛杉矶——的警察局打了电话，但是他们也不知道究竟是谁。

提尔又拨打了凯瑟琳·汉密尔顿的父母留给他的号码，铃声响了七下之后终于有人接了。“喂？”是汉密尔顿夫人的声音。

“你好，汉密尔顿夫人，我是杰克·提尔。”

“提尔先生，我们一直在盼望得到你的回音。我听说官方认为杀害凯瑟琳的凶手就是那个和伊利诺伊州的女孩在一起的人。”

“就是他。”

“没有丝毫怀疑？”

“是的。”提尔说。

“他们准备去抓他吗？”

“如果这事儿只交给警察来办，恐怕他们办不到。我认为这个家伙已经带那个女孩——她名叫莎伦——远离了伊利诺伊州。这就需要全国各地的警方密切合作，但是他们往往不能很好地配合。我一直在给警方施加压力，把女孩的照片挂在网站上，同时让电视台把消息发布出去。但是现在又冒出另外一个人，和我做同样的事情，并且承诺赏给提供有价值线索的人一笔酬金。”

“我们能帮你做什么呢？”

“哦，我想，如果我们也这么做的话，也许会把人们动员起来找莎伦了。”

“我们已经给了你 10 万美元供支配。我们心甘情愿这么做，但是我们也不富裕。”

“如果你们不能提供报酬，也不用担心。我再试试其他办法，甚至可以尝试说服人们捐一笔钱作为悬赏基金。”

“请等一分钟，我和丈夫商量一下。”提尔听到对方捂住了话筒，传来非常模糊的低语，随后捂住话筒的手拿开了，“5 万美元怎么样？”

“足够了。”提尔说，“如果你能确定这么做，我今天就把悬赏消息发布出去。如果有人提供有关那个家伙行踪和罪行的信息，他将得到 5 万美元的奖励。”

“我能确定。如果你想让我们把这笔钱存入第三方托管账户，我们可以做到。”

“那倒没必要。”提尔说，“谢谢，我想这样就行了。”

杰瑞·埃斯科瓦尔又回到了贝克尔斯菲市，他躺在自己的单人床上，安装在窗户上的空调对着他的身体吹送着凉爽的风。昨天夜里，为了从那一对疯狂的年轻人身边逃脱从而保住性命，他在黑暗中一路狂奔，穿过了空旷荒凉的沙漠。当时他还以为自己再也到不了安全的地方。当堂兄米格尔赶到公路服务区接他的时候，他的体力已经消耗到了极限，他甚至担心自己会中暑而死。

杰瑞体格健壮。从 11 岁起，他就和一帮园丁一起干活。16 岁以后，他开始在一个施工队里做泥瓦匠的帮手，把一块块砖头装进手推车里，然后推着手推车穿过起伏不平的小路，把砖头送到老板工作的施工点。另外他还要为老板搅拌灰浆。在炎热的天气里，当人们都躲在室内不敢出门的时候，他要一整天待在外面为老板源源不断地供应砖头和灰浆。楼市跌入低谷的时候他失业了。

后来他又给一名管道工当助手。虽然没有新房子需要铺设管道，但是地下的树根总是把排污管道压破。杰瑞的工作是把覆盖在破碎管道上的土层挖去，有时要挖 5 英尺甚至更深，这时他就得站在污水里挖。不过，最后他也失去了这份工作。

他的朋友乔迪·凯莱赫劝他去那些无人居住的房子里捡些废铜烂铁。乔迪说："这算不上偷，因为这些东西不属于任何人。"有些施工项目还没完成就停工了，已经建成的房屋又因为位置偏僻卖不出去。等到有人重新对它们产生兴趣的时候，银行不得不用推土机把它们推倒重建。直到那时才会有人发现管道设施和电线之类的东西被人拿走了——不过谁还会去追究被拿走的是什么东西？谁会让推土机停下来？也许是那些破产的承包商根本就没安装呢。这统统无所谓。那时候房子里已经落满从破窗户里吹进来的黄沙。

这样杰瑞就加入了他们的团伙，虽然他很清楚这样做就是偷窃。他们一般去洛杉矶东北部的乡下，那里白天干燥炎热，但是夜晚温度会下降，因此还不至于热得受不了。

他小赚了一笔，使他能够在一家破旧的汽车旅馆里租下一间公寓。他甚至还曾带格洛丽亚出去潇洒了几次。后来就出现了上面提到的惊心动魄的一幕。

回家后杰瑞睡了 12 个小时，中间醒过几次。醒来后他就去撒泡尿，回来喝下满满一杯水，然后倒头继续睡。每次躺下后的前几分钟里，他脑海里都会重复播放那天晚上看到的恐怖场面——那个金发女孩在扣动扳机的一刹那，脸上流露出恐惧。他在这种回忆中沉沉睡去。

杰瑞是个懦夫，因为他没有采取任何还击的手段，也没有想办法去救朋友。他是个忘恩负义的家伙，因为哪怕在子弹射穿凯莱赫身体的时候，杰瑞还在因为凯莱赫说服自己走这条路而恼恨这位朋友。杰瑞是个蠢蛋，真不应该和他们一起来；他也是个软蛋，躲在灌木丛里大气也不敢出，眼睁睁地看着那个身份不明的疯子在野地里几乎是徒手杀害了他的朋友胡安。现在他对自己深恶痛绝，以至于连起床的心情也没有。

第二天晚上米格尔打来了电话，随后又送来一些吃的。第一眼看到食物时，杰瑞感到犯恶心，但是过了几分钟后，他意识到让他感到胃部不适的是饥饿。面前是几块大个头的赛百味三明治和一箱六瓶装的啤酒。

杰瑞和米格尔坐在他的小房间里闷头吃喝。24 小时之前，在回家的途中，他已经把沙漠里发生的一切都告诉了米格尔，因此今晚他没有再谈论起这件事。他心情很糟，不知道该如何向这四个朋友的家人交代。

米格尔一直盯着杰瑞看，最后拿起遥控器打开了电视。刚开始杰瑞感到很烦躁，不过一秒钟后就好了——今后他连有线电视费也缴不起了，所以最好趁还能看的时候抓紧看。

米格尔胡乱摁着遥控器，在几个频道之间换来换去。一个频道正在播放一个老掉牙的儿童节目，杰瑞和米格尔以及他们大家庭里的其他孩子多年前就看过。这些节目现在看起来平淡乏味，俗不可耐。有几个频道正在播放老电影——一部是西部片，几个家伙在沙漠里进行激烈的枪战，正如杰瑞所经历的那样；另一部电影是黑白的侦探片，里面所有人都戴着帽子，穿着套装，这也不合杰瑞的口味。另有几个频道轮番出现糟糕的新乐队和几支高水平的老牌乐队。购物频道里有几位女士正在推销一种乳液，看起来和精液十分相似。看到她们把它涂在身上时，杰瑞的鸡皮疙瘩都冒出来了。还有一个频道正在为一家美体小铺做广告。

后来那个人就在画面上出现了。他又高又瘦，指头上的关节十分突出。他的头发是浅棕色的，和金色接近。在杰瑞看来，他的眼神显得有些阴鸷，因为他的一双眼眸是淡灰色的，而瞳孔在明亮的灯光下就像浅灰色眼眸中间的两个小黑点。“我叫杰克·提尔，是提尔调查事务所的负责人。请大家仔细看看这位年轻女士的照片。她的名字叫莎伦·隆，于7月12日在伊利诺伊州的斯普林菲尔德被拐走。”随后女孩的照片在屏幕上一一滑过，是个漂亮的金发姑娘，面容十分友善，几乎每张照片里的她都在笑。“人们最后一次见到她时她和诱拐者在一起，这是名20多岁的男子，黑色波浪式头发，相貌突出。如果你看见过莎伦·隆，请立刻拨打屏幕上显示的电话号码。不要和他们两人之中任何人交谈，也不要试图靠近他们。这名男子携带着武器，是个极端危险的杀人嫌疑犯。你只需要拨打屏幕上的号码。如果你提供的信息可以让我们抓住罪犯，让女孩安全回家，我们会奖励你一笔5万美元的酬金。”

杰瑞突然跳了起来，指着电视屏幕惊呼道：“就是她！”

三十二

“凶杀案组，安东尼侦探。”

“我是杰克·提尔，”提尔对着话筒说，把椅子往桌前挪了挪，坐直了身子，“还记得我吗？我是接手凯瑟琳·汉密尔顿谋杀案的私家侦探。我找到了一直在等待的线索。”

“你确定它是有用的线索吗？”安东尼侦探问，“是什么？”

“两天前，一个小偷在洛杉矶东北部沙漠地区的一栋房子里撞见了他们，小偷是伙同他人盗窃废弃房屋里金属材料的。这个小偷的名字叫杰瑞·埃斯科瓦尔，他说莎伦·隆还活着，男友杀害了他的四个同伙，把尸体运到某个地方抛掉了，把他们装盗窃物资的两辆卡车也扔掉了。”

“你打算相信一个盗铜贼的话吗？”

“他肯定就是那个女孩。另外，他的四个同伙好像真的失踪了，我打电话问过他们的家人。”

“一个拾荒者突然看到5万美元的悬赏公告，也许他这辈子还从没见过那么多钱。这个小偷可能就在南加州，但是这并不妨碍他对那笔酬金的垂涎。他足不出户就能看到躲在中西部的那名绑匪以及那个女孩。”

“这名男子和杀害凯瑟琳·汉密尔顿以及其他几个女孩的凶手是同一个人，我坚信杰瑞·埃斯科瓦尔说的是实话。”

提尔听到安东尼侦探叹了口气。“好吧，你把杰瑞带来，我们见见他。明天下午你能把他带过来吗？ 2点怎么样？”

“明天？”

“如果你觉得明天不行，后天也可以。”

提尔说：“听着，安东尼侦探，我干了23年的凶杀案侦探，侦破过很多案子，给很多嫌疑犯定了罪。我不是一个天真的人，也不是一个分不清谎言和真话的人。这个嫌疑犯是一个持枪且经验丰富的杀人犯，诱拐了一个20岁的女孩作为人质。你难道不认为这值得我们立刻出发去抓他吗？”

“我理解你的迫切心情，但是让我们不要相互冒犯。即使这个人真的存在，就在南加州的沙漠里，而且的确就是伊利诺伊州的绑匪，我们依然有很多基础工作要做。这栋废弃的房子是在洛杉矶县，还是在科恩县或者别的县？我们需要当地警方的配合，也许需要州警察甚至联邦调查局的协助。我们需要制订周密的计划并按其行事，这样的话如果他真在那里，警方也可以避免无谓的伤亡。这些都需要花费时间和精力。”

“现在是下午4点，天黑前我们还有近五小时的时间。”

“我再把我的提议重复一遍，明天下午把杰瑞带来，我们和他见面后再说。今晚一切免谈。”她停顿了一下，“现在，请你谅解，我正要去参加一个会议。”

安东尼侦探挂了电话。

提尔在桌前愣愣地坐了一分钟。他不清楚自己为什么要这么做，但是对于合乎情理的事情，他有一种本能的要去做的冲动。他拨通了霍莉工作的花店的号码。电话铃声响了几遍之后，传来一个声音："下午好，花篮花店。"

"你好，珍妮，"他说，"我是杰克·提尔。"

"我听出来了，杰克。我去喊霍莉来接电话。"

"等等，如果你能给我一秒钟，我想先和你说句话。"

"当然可以，你想说什么？"

"我想知道你这一周哪天晚上有空，我想约你出来吃饭。"

"哦，好的。我明晚有空，或者周四，这两个晚上对你来说合适吗？"

"明晚最好，"提尔说，"我想去西好莱坞的班克。"

"太棒了！我经常读介绍这个地方的文章，但是从没去过。"

"那太好了，我 7 点半来接你行吗？"

"好，这也让我有时间把花店安排妥当。"她犹豫了一下又说，"杰克，我只是好奇，是关于霍莉吗？"

"要说有关的话，也仅限于她不停地催我约你出来。"

"好。"她说，"哦，我的意思不是不想谈论她，只是——"

"我知道，"提尔说，"我很高兴你问这个问题，不是关于霍莉，是关于你。"

"那好吧，我们明晚见。你知道我住的地方，是吗？"

"是的。"

"你还要和霍莉说话吗？"

“我最好和她说几句。”他说。

一阵窸窸窣窣的声音之后，听筒里传来霍莉的声音：“你好，爸爸，我听说你终于有时间约会了。”

“她已经告诉你了？”

“是的，我们以前讨论过这件事，也设想过这样做的两种结果，如果你们进展不下去，我们仍然是知心朋友。或许进展得非常顺利呢。”

“这样我就放心了。”

“你打电话就为这吗？”

“不完全是。还有一件事，我今晚要外出办案，接下来的几小时里你可能联系不上我。我可能明天上午回来。如果我去的时间再长一些的话，你有我公寓的钥匙。”

“爸爸，你是担心你的植物会枯死，还是担心你会被杀掉？”

“要是我那么想，又何必在明晚安排一个约会呢？”

“对，那样就太傻了。”

“但是万一这种事情真发生的话，你要知道我非常爱你。你是个很棒的女孩，爸爸为你感到自豪。而且你有我的钥匙，知道我的重要文件放在哪里，应急现金藏在哪里，是吗？”

“是的。我也爱你。”

“那么明天我回来后咱们再聊。”

“我很期待。爱你，爸爸，再见。”

“再见，宝贝。”

杰克离开办公桌，走进隔壁的房间，这是他的私人办公室。

靠着没有窗户的墙壁放着一对上了锁的枪支保险柜。他输入密码打开保险柜，取出两把点45口径的ACP手枪和一支带悬带的M–4短步枪，又从另一个柜子里取出一件厚重的防弹背心。

提尔清楚，如果男友拿出点50口径的巴雷特步枪，防弹背心就救不了他了。

提尔拿起步枪抵在肩上。这支步枪和他在越南战场上使用的老M–16 A2几乎一样，不同之处有两点：一是M–4有一个四固位枪托以及一个11.5英寸的枪管，二是变速杆的自动位不会把它恢复到全自动状态。这支步枪重5磅多一点，一个可容30发子弹的弹匣又给它增加了一磅重量。他又拿出四盒装得满满的弹匣放在桌子上。

提尔取出迷彩服、棒球帽、水壶和小型双肩包，又从保险柜里取出一个红外夜视镜挂在步枪上。他把全套用具装进两只拉杆式旅行箱里，提到楼下，从后门出来，把它们放进汽车后备箱。

提尔回到楼上，走到桌子旁，拿起一张道路交通图。他去拜访杰瑞·埃斯科瓦尔的时候就曾带着这张地图。埃斯科瓦尔向他描述那片小区的时候，他听得非常仔细，并且在地图上做了个记号。过后他让埃斯科瓦尔看了他做的记号，对方说就是在那个位置。提尔本来计划用这张地图给安东尼和塞勒斯侦探以及一支特警队带路的。地图背面是一幅用铅笔画的小区草图，那栋房子也做了记号。提尔把地图折叠起来装进口袋里。

他拉开桌子的底层抽屉，从里面取出两副手铐。不带手铐将给他的行动赋予一种完全不同的意义。

三十三

提尔知道要开很长时间的车才能进入那片起伏不平的不毛之地，靠近那个位于沙漠地带的小区，但是纵使接连开了数英里之后，他还是感到一切发生得有些猝不及防。他有些后悔，本应该再多留些时间斟酌自己的做法，多留些时间进行心理上的告别。但是他知道这种念头只是大脑在代替身体说话，想找个借口推迟死神的到来或躲开死神的危险。他终于看到了那个出口标志。

提尔没有从出口下来，而是沿州际公路径直开了过去，因为他想先看看周围的环境。州际公路上有一条岔路指向远处一些犬牙状的小山。岔路穿过州际公路和小山之间的平原，尽头是一块黑乎乎的石头路标，石头上面贴着金属字母。路标后面是一条条纵横交错的街道，铺设得很平整。沿街坐落着一排排崭新的房屋，有七八十栋。

盗铜贼杰瑞说男友和莎伦住在这个小区第三条街道上的一栋两层房子里，门上方有一扇环形窗户，院子里有一个可停放三辆车的车库。

提尔很快来到下一个出口。他从这个出口出来上了天桥，经过入口重新上了公路，返回到刚才经过的那个出口，从那里下了公路。除了那条通向小区的岔路以外，还有一条弯弯曲曲的小路通向山里，也许是施工人员立电线杆时留下的。提尔选择了这条小路。在开车向上行驶的过程中，每当能够看到下面的房屋时，他就停下车来看一看。

虽然现在只是晚上 11 点左右，但小区里没有一栋亮灯的房屋。街灯也是漆黑一团——电费一定是按月分摊到每家每户的，而现在这些住户都销声匿迹了。

提尔沿山路向上开了半英里后，在一个转弯的地方遇到一块平地。他停下车，下来从后备箱里取出旅行包，又从包里掏出手枪、步枪、子弹和其他用品，然后穿上迷彩服、防弹背心和靴子。他关上后备箱，锁上车，开始给枪上子弹，装完一支后就把枪放在车顶上。他背上水壶和装有子弹及一把备用手枪的小背包，把步枪挎在肩上，向那栋房子走去。

提尔在黑暗中顺着山路往下走。每当能够看到山下的一排排房子时，他还会停下来看一看。依旧是看不到任何活物。有一次他停下来喝水时，抬头看了看夜空。他后悔在霍莉小的时候没有经常带她来这种远离尘嚣的地方。这里的天空似乎有更多的星星，它们似乎比洛杉矶上空的星星更加明亮。他本来应该带她看更多的东西，但是不知怎么的却忘记带她去看了。霍莉一定非常喜欢这些东西。

快走到山下的时候，提尔席地而坐，用夜视镜观察着小区，想看看有没有人在走动。夜视镜中出现了光秃秃的墙壁和空荡荡的街道。

他突然想到，男友和莎伦的作息时间可能和沙漠中的动物相似，昼伏夜出，因为白天酷热难耐，而夜晚比较凉爽。

提尔又把整个小区观察了一遍。看不到一点灯光。他从离高速公路最近的那条街起向后数到第三条街，从街角向里数到第二栋房子。杰瑞·埃斯科瓦尔就是在这里遭遇到他们的。

提尔研究着这栋房子，看到了挨着门廊的后窗户。杰瑞说他和同伴就是从这扇窗户爬进室内的。窗户现在用一块三合板挡住了。提尔决定再多花些时间寻找居住在这栋房子里的人。他打开红外夜视镜搜寻着能发出红外源的生物体。

提尔待在比小区高 100 英尺的布满岩石的山坡上，躲在山石和灌木丛中。红外夜视镜捕捉到了房屋外墙吸收阳光的热量后逐渐冷却过程中反射的红外源，但是没有捕捉到生命迹象。

提尔站起来，低头弯腰地继续向下走。一开始，他还能看到男友和莎伦·隆住的房子，但是再往下走时，就只能看到后面的房子了。

提尔从容镇定、轻手轻脚地穿过干枯的树丛和石子路。如果继续开发的话，他经过的这片空地就会成为小区的二期项目。

每隔几分钟，提尔就停下脚步，跪在地上，用夜视镜观察一番，结果还是什么也没发现。靠近那栋房子时，他很想紧迈几步冲进去，但是最终按捺住了这种冲动。

提尔走到房子前，背靠后墙，站在那里静静地聆听。过了几分钟，他来到门边，试着转动门上的球形把手，发现上了锁。他掏出一把小刀，在门把手处把刀片插进门板和门框之间，一点点往里捅，直至塞进缝隙里，再按压弹簧锁，门被打开了。

提尔以为迎接他的是惊慌失措的男友的疯狂扫射，但是等了几秒钟什么也没发生，他就进了屋，同时做好了随时开枪的准备。他既镇定又谨慎地从一个房间走进另一个房间，一直走到前门边，看到了木门上的几个洞，月光穿过它们洒了进来。

提尔爬到二楼，发现已经人去楼空。

“他们在那栋房子里，”莫兰德说，“庆幸的是我们转移到了这里。”他坐在新房子起居室的地板上，透过窗户看着之前住的房子，看到一个身影出现在楼上。

“他们是谁？”

“我不知道，也许和那些小偷是一伙的。”

“他们在干什么？”

“我猜是来找我们的。”莫兰德说，“当务之急是把我给你的枪拿来，还有我的手提箱。你去取，我在这里守着。”

“如果是警察怎么办？”

“那么我们就要确保把他们全干掉，等其他警察赶来之前赶紧离开。快，照我说的做吧。”

“我的意思是说，如果我们身上没有武器，不去伤害任何人，警察就会逮捕我们。”莎伦说，“如果我们身上有枪，他们就会向我们开枪。”

“你说得对，但是他们不是警察。假如他们是警察，远远地就能听他们的喊声：‘我们是警察，快举起手出来！’”

莎伦把沉重的手提箱拖到莫兰德面前，他急忙打开，在里面挑选着派得上用场的东西。莎伦说：“我们离开这里不行吗？他们现在还不知道我们在这里。”

“现在你得保持安静，我要专心听他们的动静。”

莎伦站在空荡荡的起居室里，不知道该干什么好。“保持安静”似乎是个无可辩驳的主意，因此她就服从了。他似乎全部心思都放在了那些人身上，以至于顾不上管她在做什么了。

自从那天晚上小偷们来过以后，莎伦的情绪一直很低落。那伙人实际上不是来杀他们或者强奸她的，她和迈克尔至今还没谈论过这件事。当迈克尔让她出去帮忙把尸体抬到这些人的车上时，他们没有一个人身上有枪。他们车上放的是扳手、螺丝刀、钢锯和一些电动工具。

把那个从窗户钻进来的人杀死让她感到可怕极了。这件事也开始让她对迈克尔产生了怀疑。几天来，她一直问自己一个问题：为什么要信任迈克尔。一开始是因为她深深地迷恋他。另外，加布死后她需要信任某个人，而除了迈克尔外再也没有其他人选了。她竭力忠实于他，信任他，服从他。每次她想回头的时候，却因为对自己的所作所为感到羞耻而放弃。

而今晚，眼下，她就要被杀死了。这是她咎由自取。她知道这一点。她为自己所做的一切感到深深的悔恨。她知道厄运难逃。她看着迈克尔拿着枪支伏在窗户下面。他一边盯着他们曾经住过的那栋房子，一边组装一支又大又长的步枪。她以前从没见过这种枪。当枪管被装上后，它看起来就像来自博物馆的一支长长的燧发枪。

莎伦把迈克尔给她的枪放在厨房和餐厅之间的操作台上，向门厅走去。她考虑着要不要和迈克尔道个别，但是觉得这不是个好主意。她轻手轻脚地打开门走了出去。除了自己的钱包外，她什么也没拿。

打开门后，一股热空气扑面而来。莎伦沿着门前的路走出人行道，开始穿过街道，忽然，她听到身后传来一阵脚步声。她感觉是迈克尔，所以撒腿向旁边跑去。莫兰德想抓住她，却一头冲到了她前面。他停下来，转身面对着她。

他小声说："你怎么能这样对我？蠢货，我不仅救了你的命，还照顾你。"他向她伸出一只手，同时另一只手持枪对着她，显然没意识到自相矛盾之处，"进屋去。"

"我不能，迈克尔。"

他用手枪对准她的脑袋，向后退着，想躲进隐蔽处之后再开枪。莎伦明白没有必要再继续跑，因为无论如何也躲不开他的枪口。

莫兰德听到身后被他打开的车库门响了一下。他扭过头，一个声音对他喊道："你还有别的事儿要做。"

"什么？"莫兰德继续扭着头，歪着脑袋，发疯地寻找着目标。声音是从车库传来的。"你是谁？"

杰克·提尔说："你认为呢，小子？你能在60英尺的距离玩枪战吗？"他从车库深处走到前面，站在莫兰德的车边，左手握着一把枪，贴着大腿外侧放着。"过来，就我们俩。你也把枪放在腿边，我们比一比，看谁出手快。”

莫兰德几乎不相信眼前发生的事情。这就是他在波士顿看到的那个人，是这个人用枪打坏了他的汽车。莫兰德听到莎伦在他身后向远处跑去。

他的脑子快速推算着完成下列动作所需要的时间：先把持枪人撂倒，再向莎伦开枪，然后躲进屋子里等待其他伏击者到来。

莫兰德没有放下武器。他只是蹲下身，调整好姿势，举起手臂瞄准持枪者。

就在这时，他的车头灯突然亮了。在黑暗中待了几个小时后，这种强光对莫兰德来说太刺眼了，以至于他无法睁开眼睛。他估计对方可能在左头灯的右侧，就对准那个方向开了火。

提尔是把上半身从敞开的车窗探进车内打开车灯的。在举起手枪的一刹那，他听到子弹从腿边嗖地飞了过去。因为匆忙间把第一颗子弹打偏了，男友准备发射第二颗子弹。提尔盯住被灯光照得雪亮的目标，扣动了扳机。子弹打穿了对方的头，男友扑倒在街道上。

提尔让车灯继续开着，他顺着被车灯照亮的车道来到男友身旁，蹲下，把手按在男友的脖子上，确定其已经断了气。他站起身，看到那个女孩慢吞吞地向他走过来，一副犹犹豫豫的样子。她发出一声长长的、撕心裂肺的哭泣声。提尔走过去抱住她，等她平息下来后问：“你是莎伦·隆吗？”

“是的。”

“你受伤了吗？”

“没有。”她说，“你刚才为什么要那么做？太危险了。”

“为了让他把注意力从你身上转移到我身上。”

“为了救我？”

“是的。”提尔掏出手机，皱着眉头低头看着她，“莎伦，我现在就打电话求助。但是在他们来之前，你必须听我的安排。你在斯普林菲尔德被绑架，绑架者支使加布去银行，然后把你带到了这里。你知道的就是这么多，不要再说其他事情，无论对谁都不要说。”

“你为什么要帮我？”

“为了我们所有人——你、被他杀害的那些女孩的家人、一帮你不认识的警察，还有我。你是第一个被我们从他手里救下的女孩。”提尔说。他转过身去，把手机贴着耳边，“你好，我叫杰克·提尔，我想报告一起枪击案。”

图书在版编目（CIP）数据

男友 /（美）托马斯·佩里（Thomas Perry）著；秦红梅译．—南京：译林出版社，2018.2

书名原文：The Boyfriend

ISBN 978-7-5447-7163-4

Ⅰ.①男… Ⅱ.①托… ②秦… Ⅲ.①长篇小说－美国－现代 Ⅳ.①I712.45

中国版本图书馆 CIP 数据核字（2017）第 290275 号

著作权合同登记号 图字：10-2014-496 号

男友 〔美国〕托马斯·佩里 / 著 秦红梅 / 译

责任编辑 陆元昶
特约编辑 时音菠
装帧设计 Metis 灵动视线
校　　对 刘文硕
责任印制 贺　伟

原文出版 Mysterious Press，2013
出版发行 译林出版社
地　　址 南京市湖南路 1 号 A 楼
邮　　箱 yilin@yilin.com
网　　址 www.yilin.com
市场热线 010-85376701
排　　版 灵动视线
印　　刷 三河市延风印装有限公司
开　　本 960 毫米 ×640 毫米 1/16
印　　张 19.5
版　　次 2018 年 2 月第 1 版　2018 年 2 月第 1 次印刷
书　　号 ISBN 978-7-5447-7163-4
定　　价 32.80 元